合璧影印中日分藏珍本

分門纂類唐宋時賢千家詩選

（上）

北京大學出版社
PEKING UNIVERSITY PRESS

国家古籍整理出版專項經費資助項目

目録

前言

兩漢以降，中國即成爲向周邊地區輻射的文化源地，東亞的朝鮮半島、日本列島，東南亞的越南等地，全面受容中國文化，形成以漢字、儒教、中國式律令、科技、中國化佛教爲基本要素的漢字文化圈。在漢字文化圈內，書籍傳播成爲重要的交流形式。特別是在中國大陸與朝鮮半島、日本列島之間，相當於存在一條書籍之路。根據史書記載，早在兩漢之際，《詩經》、《論語》等中國經典就流入朝鮮半島，並輾轉傳入日本。隋唐時期，日本列島諸國屢有遣隋使、遣唐使遠赴中國，其中一項重要任務就是購求書籍。官方使臣之外，入唐求法的留學僧侶也攜回大量書籍。兩宋以降，日本使臣、僧侶購求書籍的事例，仍不絶於書。由於雕版印刷術的流行，書籍不但數量劇增，而且變身爲商品，因此商船載運也成爲中國典籍外傳的重要形式。尤其在明清時期，書籍是中日貿易的大宗貨物，日本海關記録的《舶載書目》可爲例證。

根據目前的調查，日本公私收藏的唐寫本，如果不計敦煌卷子，數量遠超過中國的收藏。日本所藏宋元刻本有一千餘部，接近中國現存總數的三分之一。域外流傳漢籍的研究價值，首先在於提供中國業已失傳的佚書佚文，補充不傳之版本。在域外漢籍中，有相當部分中國已經失傳，版本系統不同或有內容殘缺。此外，中國典籍流傳至周邊地區，除原本得以存藏之外，通常再以傳抄、翻刻的形式擴大輻射面，延生出和本、高麗本（朝鮮本）、安南本；其後又以注疏、諺解、選編、評點、翻案等形式融入各民族文化元素；然後接受中國文化熏陶的域外文人又仿作或創作出本土漢文著作。因此，漢籍的流傳，無疑極大地促進了東亞地區文化的交融與發展。

《分門纂類唐宋時賢千家詩選》(以下簡稱《千家詩選》)即堪稱漢籍在域外流播的極佳個案。該書題爲宋末詩人劉克莊(後村)編纂,實際當是書坊依託之作,約成書於宋元之際。關於此書的文獻學研究,附録住吉朋彦教授的文章已經進行了梳理,國内學者李更、陳新《分門纂類唐宋時賢千家詩選校證》,金程宇《〈分門纂類唐宋時賢千家詩選〉新探——以兩種稀見日藏爲中心》①,亦早有論列。《千家詩選》分列時令、節候、天文、地理、禽獸、人品諸門類,各門之下又有細目,然後依唐賢、宋賢、時賢序次録詩,相當於主題詩選,推測是供學習作詩時搜討、揣摩之用。由於保存有相當數量不見於唐宋别集,特别是不知名詩人的詩作,《千家詩選》亦成爲後世編纂詩選、詩歌總集、别集採録文獻的來源。家喻户曉的童蒙讀本《千家詩》,元于濟、蔡正孫編《精選唐宋千家聯珠詩格》,明人編《詩淵》,清編《全唐詩》、《四庫全書》,厲鶚編《宋詩紀事》,今人編《全宋詩》、《蘇軾集》,均曾取資於此。阮元《四庫未收書提要》謂其「所選亦極雅正,多世所膾炙之什」,雖不乏錯謬,然瑕不掩瑜。此外,透過《千家詩選》,我們還可窺見宋末元初文學普及的面相,書中所存唐宋詩歌異文,亦有資文本校勘之用。

《千家詩選》在中國清代以前未見著録,傳世版本稀少。今已知舊本有國家圖書館藏明抄本二十五卷,清康熙四十五年揚州使院重刊《楝亭十二種》本二十二卷,《宛委别藏》影抄《楝亭十二種》本二十二卷,以及北京大學圖書館藏近世日本回流元刊本殘卷。其中,以《楝亭十二種》本最爲通行,影響較大。反觀日本方面,《千家詩選》在其南北朝時代(1336—1392)即已傳入,並成爲五山禪林流行的中國詩歌總集,貞和二年(1346)去世的虎關師錬對於《千家詩選》的編者和選詩已有精當的評論②。此後,《千家詩選》在日本流傳不廢,今存有成簣堂文

① 李更、陳新,《分門纂類唐宋時賢千家詩選校證》,2002,北京:人民文學出版社;金程宇,《〈分門纂類唐宋時賢千家詩選〉新探——以兩種稀見日藏爲中心》,《中國典籍與文化》總第73期,2010。

② 詳見後附住吉朋彦《〈千家詩選〉與〈新選集〉》文。

庫藏元刊二十二卷本殘卷，龍谷大學圖書館藏室町(1336—1573)末古抄注本，慶應義塾大學斯道文庫藏元刊本殘卷，天保九年(1838)影刊《棟亭十二種》本。《千家詩選》還成爲日本室町禪僧編纂《新選分類集諸家詩卷》、《續新編分類諸家詩集》取材的重要來源，而抄撮兩書編成的《錦繡段》與宋周弼編《三體詩》，則成爲日本十五世紀後半至十八世紀初最爲流行的詩學入門讀物。

根據中日兩國現存版本和學者的整理研究，《千家詩選》可分爲二十二卷本和三十卷本兩個版本系統。二十二卷本刊行在前，日本成簣堂文庫藏元刊殘卷、龍谷大學圖書館藏室町末古抄注本、中國國家圖書館藏明抄本、《棟亭十二種》本均屬此系統。只是龍谷大學本附有五山詩僧注釋，具有獨特價值①；明抄本爲殘本，係在二十二卷本之外，又補入三十卷本的詩作。三十卷本與二十二卷本的區别是缺少《人品門》，而另編《後集》十卷。三十卷本已知僅有北京大學圖書館和慶應大學斯道文庫存藏，前者藏卷一至四、八至十五、十八至二十，《後集》卷二至四、八至十，共八册；後者藏卷五至七，《後集》卷一、五至七，共三册。兩者相加，仍缺十六、十七兩卷②。兩處所藏版本特徵、批注文字、裝幀形式完全一致，且均鈐有「香山常住」印(「香山」是日本周防國清寺的山號，存於1406—1863年間)，已被斷定是國清寺舊藏而分散兩處。北京大學圖書館所藏部分有光緒二十九年繆荃孫親筆跋文，可知清末已經回流。傅增湘《藏園群書題記》著録有繆荃孫影寫本，且云原本乃楊守敬得之日本，當指此國清寺本。其後，徐乃昌、李盛鐸先後收藏，最後入藏北京大學圖書館。此本應在室町前期流入日本，故今本存有大量室町禪僧的批注，包括抄録自《新選分類集諸家詩卷》的263首詩作，不僅保存了珍貴的文本資料，而且據此可以窺見室町禪僧廣校衆本、參酌詩作的學風。

① 詳見前引金程宇文。
② 有的卷次有缺頁、錯頁、抄補等情況，詳見後附住吉朋彦文。

綜上所述，此《千家詩選》三十卷本承載了中日之間漢籍流通的豐富信息，而現今分藏兩地，不便研究利用。經慶應大學高橋智、住吉朋彦教授提議，並徵得兩家收藏單位的同意，今將兩處所藏合璧影刊，既饗學界之需，亦爲北大、慶應兩校合作貢獻一則佳話。兩處所缺第十六、十七卷，一仍其舊，期待他日重現於天壤之間。爲便於利用，特將住吉朋彦、堀川貴司教授的研究文章附於書後作爲解題，並由陳小遠編輯譯作中文。在此，特別感謝慶應大學斯道文庫、北京大學圖書館無償提供影印底本，感謝北京大學圖書館李雲、丁世良先生的大力協助，感謝北京大學出版社馬辛民主任、武芳編輯的精心編校。

劉玉才甲午年初春於燕園

蝶翅輕便細雨中　春詩　朱淑真

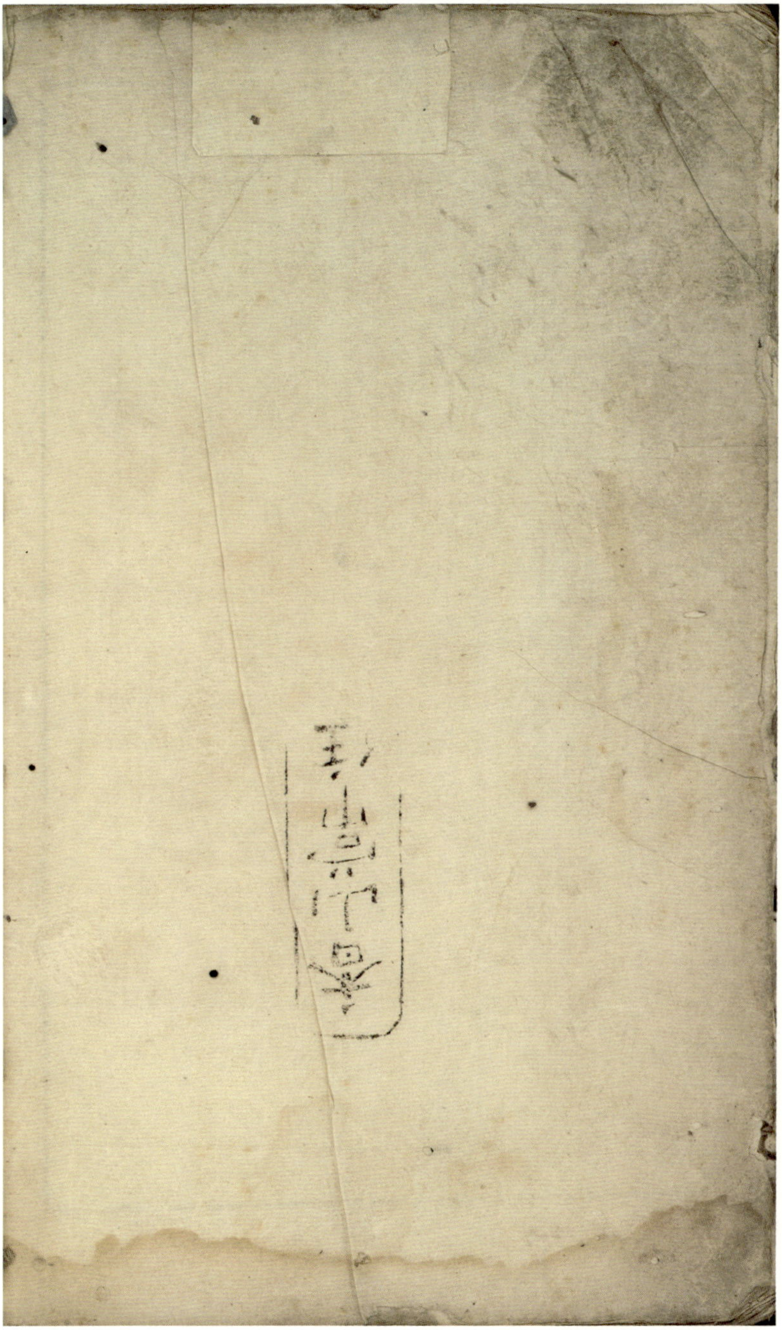

劉後村千家詩選跋

分門類纂唐宋時賢千家詩選宋刻本半葉十一行行二十一字積餘得自日本檢曹楝亭刻本校之行數字數均合尚存卷一二三四八九十十一十二十三十四十五十八十九二十為前集又卷三投獻門四慶壽門八餽送門九謝惠門十謝饋送為後集前集欠五六七十六十七五卷後集欠一二五六七五卷十卷以後不知有無缺逸曹刻廿二卷廿卷為前集與此均合後集止存二卷均人品門為此本所無但不知當在何卷耳又前集後留一葉均係訪僧道詩今亦無此門後村大全集所載唐賢詩選唐賢詩續選宋賢詩選近賢詩後選均與此不合不必强為附會前集皆物類後集皆

人事類曹刻不知是刻是鈔大約亦不全爲書估綴合梲去
前後集字以充全帙亦其長技曹本卷十一潘紫岩松詩末
句此物當爲伯仲行曹本此物下缺五字趙循道苕錢詩不
比榆花鋪砌白曹本不比下缺五字卷十四劉後村登山詩
捫蘿莫怪徐徐下曹本徐徐上缺四字卷十八劉後邨聞笛
詩何必謝公雙淚落曹本脱淚落二字武元衡角詩胡兒吹
角漢城頭曹本脱胡字均遜於此本又此書止有曹刻各書
目均未見阮文達外集亦未能悉其始末賴此本尚存天壤
俾見是書真面目雖零珠碎璧亦可寳也光緒癸卯夏六月
江陰繆荃孫

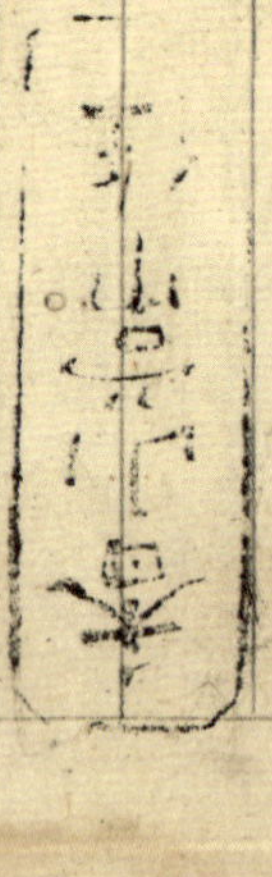

翡翠　鷗

黃雀　孔雀

鵬　鸛

馬　馬過橋

老馬　猫

猫捕燕　雞　附　朝雞

○卷之二十

○昆虫門

蜂　蝶

蟬　秋蟬

分門纂類唐宋時賢千家詩選目録終

早春
輕雲閣雨曲江頭柳褪梅清恰似秋最恨水仙花不語更無可伴說春愁
僧惠貞

分門纂類唐宋時賢千家詩選卷之一

後村先生編集

○時令門

春 附

探春　春遊　春陰　春暮　傷春
春愁　春恨　送春○餘見天文氣候門

唐賢

春　李商隱

九十春光鬬日光山城斜路杏花香幾時心緒渾無事得及游絲百尺長

又　宋素臣

一春情調淡悠悠閑倚書窗背小樓暖日只添中酒睡

晚風頻動惜花愁鶯銜舞蝶侵人過絮逐輕絲觸處遊
已爲韶光發惆悵可堪家近白蘋洲

又　韋莊

滿街楊柳綠絲煙畫出清明三月天好是隔簾花樹動
綺羅撩亂送鞦韆

二月客中　柳宗元

宦情羈思共淒淒春半如秋意轉迷山城過雨百花盡
榕葉落庭鶯亂啼

春遊　張仲素

煙柳飛輕絮風榆落小錢濛濛百花裏羅綺競鞦韆

又　周繇

青衫薄薄漏春風日暮鳴鞭柳影中回望玉樓人不見
酒旗深處勸花驄

又　　杜甫

朝廻日日典春衣每日江頭盡醉歸酒債尋常行處有
人生七十古來稀穿花蛺蝶深深見點水蜻蜓欵欵飛
傳語風光共流轉暫時相賞莫相違

三月游春　　李涉

野寺尋花春已遲背巖唯有兩三枝明朝携酒猶堪賞
爲報春風且莫吹

三月三十日　　賈島

三月正當三十日風光別我苦吟身共君今夜不須睡

未到曉鍾猶是春

春暮　杜甫

腸斷春江欲盡頭杖藜徐步立芳洲顛狂柳絮隨風去
輕薄桃花逐水流

又　韓昌黎二首

草木知春不久歸百般紅紫鬬芳菲楊花榆莢無才思
惟解漫天作雪飛

又

誰收春色歸將去嫚緑妖紅半不存榆莢秪能隨柳絮
等閑撩亂走空園

春愁　劉方平二首

紗窻日落漸黄昏，金屋無人見淚痕。寂寞閑庭春欲晚，
梨花滿地不開門。

又

朝日殘鶯伴妾啼，開簾只有草萋萋。庭前時有東風入，
楊柳千條盡向西。

春恨得家信　徐凝

兩轉三回讀遠書，畫簷愁見燕歸初。百花時節教人懶，
雲髻朝來不欲梳。

宋賢

春　蔡確

十二天街雨壓沙，鞦韆咿喔響人家。東風會勸十分酒，
寒食初開百五花。年少漸新金絡馬，柳陰無數畫輪車。

春來誰道遲遲日尤覺春來日易斜

又　范蜀公

絳萼梅初蘂青條柳未陰羣芳自先後一氣本無心

又　朱淑貞　四首

樓臺影裏蕩春風吐氣融怡物物同草色乍翻新樣綠
花容不減舊時紅鶯唇小巧微煙裏蝶翅輕便細雨中
聊把新詩記風景休嗟萬事轉頭空

又

乍煖還寒二月天釀紅醞綠鬭新鮮日烘春色成和氣
風弄花香作瑞煙鶯舌似簧初學語柳條如線未飛綿
金杯滿酌黃封酒欲勸東君莫放權

又

日煖風和明媚天最宜吟詠入詩篇庭花吐蘂紅如錦岸柳飛花白似綿深院雕梁巢燕返高林喬木谷鶯遷韶光正近清明節花塢樓臺酒旆懸

又

景近清明節垂楊綠縷長塞鴻歸朔漠海燕度瀟湘花麗繁爭錦鶯嬌巧囀簧西園正明媚收拾入吟鄉

二月　曾布

二月春華已半歸江天况值雨垂垂山梅倏忽花經眼園杏須臾子滿枝

探春　鄭獬

雪後清風特地斜柳條疎瘦未藏鴉與君試去探春信
看到梅梢第幾花

又　呂居仁

謾遣兒童掃雪開却穿籬落看春回溪山冷落泥三尺
故舊飄零酒一盃上買芒鞋供踏雪更攜藜杖與尋梅
玉川縱老生涯在時有隣僧送米來

春遊　司馬溫公

人物競紛華驪駒逐鈿車此時松與柏不及道傍花

春陰　錢昭度

雨燕初飛隴麥青春雲將雨滯行人雲間若有金烏賣
應被豪家占得春

又　　黄山谷

竹筍初生黄犢角蕨芽初長小兒拳試尋野菜炊香飯
便是江南二月天

又　　王荆公

日淨山如染風暄草欲薫梅殘數點雪麥漲一溪雲

又　　呂縉叔

海棠陰淺日黄昏畫閣輕寒綉被温春夢醒來能記否
賣花聲過忽開門

春暮　　向敏中

恨别春歸酒滿盃殘芳餘繞舊亭臺不甘淑景隨風變
剛被炎光繼日催弱柳緑濃還易合夭桃紅盡更難開

明年復與君相約重遣陽和早到來

又

落紅庭院綠池塘語燕啼鶯亦可傷霽柳吹花春已老
瞑槐成幄日初長

又

蜂蝶如知春已歸雨餘鶯亦縷金衣東風盡把楊花剪
吹作滿城輕雪飛

又　張文潛

春盡空餘白日長枝頭青杏已堪嘗人閑簾幕燕相語
風暖園林柳半黃病裏不知時節換老來都減少年狂
殘風濁酒猶堪在更遣流鶯送幾觴

又　王逢原

三月殘花落更開小簷日日燕飛來子規夜半猶啼血
不信東風喚不廻

又　張弋彦

日日雨霏霏閉門無所知謾尋花發處已過絮飛時替
紙蚕生遍修巢燕立危但催人老去羞作送春詩

又　沈惟肖

燕翼初乾緑滿池桑陰收盡麥黃時一年春事又成夢
幾日愁懷欲廢詩

又　蔡文饒

芳草莫尋遊處迹好花空認折殘枝啼鶯似怨歸何速

舞蝶應怜出太遲

又　李時

小園泥滑久妨行破曉東風始放晴九十日春將解印兩三盃酒自尋盟花依好竹如年少人對青山俱老成俗客不來清意足一吟聊復暢幽情

又　趙希逢

路入清溪一帶橋藹汀紅紫半零凋數峯鬟髻青山堆髻百態妖嬈柳颭腰聯轡踏花嘶寶馬當壚換酒解金貂堂堂無計留春住望斷天涯去路迢

又　朱淑真四首

一年妙處清明近已覺春光太半休點檢芳菲多少在

翠深紅淺已關愁

又

紅疊苔痕緑滿枝，舉杯和淚送春歸。倉庚有意留殘景，杜宇無情戀晚暉。蝶趂落花盤地舞，燕隨狂絮入簾飛。醉中曾記題詩處，臨水人家半敞扉。

又

燕子樓臺人寂寂，榴花庭院日熙熙。枝頭添翠鶯先覺，葉底銷紅蝶未知。

又

櫻桃初薦杏梅酸，槐嫩風高麥秀寒。惆悵東君太情薄，挽留時暫也應難。

傷春　　何應龍

玉纖輕揭綉簾開行到花前淚滿腮止爾春心無處託一雙胡蝶忽飛來

又　　朱淑真

覽鏡驚容却自嫌逢春長是病厭厭吹花弄粉新來懶惹恨供愁舊日添生怕子規聲到耳苦催雙燕語穿簾眉頭眼底無他事須信離情一味嚴

時賢

春　　趙信庵三首

檀板且教停花嬌不耐驚日融鶯語滑風軟蝶身輕縷篆銷春晝遊絲弄晚晴誰家楊柳院笑語雜棊聲

又

綠竹移陰抹畫墻倚闌紅藥殿春光風開簾幙催香篆
坐聽鶯聲春晝長

又

點點殘紅纈燕泥畫堂春煖日初遲綠楊陰裏鶯聲碎
正是南牎夢覺時

又　　真西山

東風昨夜入簾帷便覺深宮漏影遲一曲凉州花盡放
不須先作報春詩

又

帝里春光似酒濃管絃聲裏萬花紅熙熙和氣皇州滿
都在乾坤橐籥中

又　范成大

土膏欲動雨頻催萬草千花一餉開舍後荒畦猶綠秀
隣家鞭笋過墻來

又　戴石屏

帝里風光二月新西湖幾隊踏青人杏花時節偏饒雨
楊柳門墻易得春

又　危稹

春入長安百萬家湖邊無日不香車一林柳色吾無分
看殺庭前薺菜花

又　白玉蟾 五首

春來春去不知時只有詩人冷眼窺夜雨揩磨好山色

曉風擡舉舊花枝

又

瘦沈臞臞暮日匆花邊有酒且從容春三二月東風裏
鶯百千聲翠柳中

又

草根未放曉霜稀驟冷初暄蝶倦飛行到碧桃花下看
新花良是舊枝非

又

伶倫窺管夜飛灰萬紫千紅暗剪裁纖雨續天煙織雪
寒風皺水月篩梅壽鳩索婦花前笑鰥燕呼雛柳外哀
春草無邊茶未荚社前猶欠一聲雷

春遊　趙信庵

載酒尋春二月天，子規啼破綠楊煙。日斜醉倚鞦韆柱，石上桃花紅欲燃。

又　楊誠齋

不知春向雨中回，只道春光未苦來。老子今晨偶然出，李花全落杏花開。

又　范成大

社下燒錢鼓似雷，日斜扶得醉翁回。青枝滿地花狼藉，知是兒孫鬬草來。

又　劉攽之二首

東風鎮日倚闌干，淺綠深紅取次攀。麥隴浪翻袍色綠

花鈿風捲錦紋斑依林僧寺青山遶倚竹人家綠水環
趂取春光未狼藉不嫌日日到花間

又

深林路轉午雞啼知有人家住隔溪花塢鬪紅春意動
酒帘正直杏花西

又　林季謙

寶馬香車正踏青豈知已自過清明燕雛告訴花都盡
鳩婦丁寧雨速晴

又　盧梅坡

紅芳滿眼鬪風流誰信春來有客愁惆悵不干桃李事
故山煙雨憶松楸

又　　白玉蟾 六首

一春十病九因酒三月都無兩日晴明日乘驢芳草渡
緑楊深處聽啼鶯

又

到處笙簫鼓笛中詩人隨分得春風提壺處處差監酒
布穀朝朝講勸農

又

終日尋春入醉鄉不知何處見春光風條舞緑水楊柳
雨點飛紅山海棠

又

一點春山一點愁一絲暮雨一聲鳩病中況更縁詩苦

夜去可堪無酒休

又

幽人何事苦傷春春雨無端愁殺人不但幽人獨愁愁
江頭多少柳眉顰

又

曉風吹醒桃花醉暮雨添成柳葉愁醉了又愁愁又醉
鶯煎燕熬過春休

春陰　　方秋崖

玲瓏碧樹巧臨池影在窗前作麼移水墨畫圖春淡淡
鶯花庭院日遲遲不妨明月重相憶忍許浮雲浪得知
一片舞裀敧弱柳風來時復詑腰支

又　華岳三首

春潮昨夜没平灘，一雨催花色半含。鴈嘆元宵歸塞北，燕銜新社到江南。

又

春風恰恰破桃李，池館無人一徑深。鷗刷斷翎翻水面，蝶拋殘粉出花心。

又

春晴不慊慨，十日九清陰。蝶宿花留粉，鶯眠柳借金。

春暮　趙信庵

三月名園草色青，夢回猶聽賣花聲。春光不管人憔悴，飛絮紛紛弄晚晴。

又

依依楊柳已藏鴉風遞鶯聲透碧紗洗盡春光連夜雨
海棠贏得兩三花

又　劉後村　二首

晚雨泠泠子夜風杜鵑啼月小墻東江南詞客惜春老
清曉披衣拾墜紅

又

一畝青苔半落英蜂忙蝶懶互卿卿燕泥乾後兒初語
魚尾輕時子徧成閑拂午窗驚野馬夢遊天竺聽華鯨
舍南有柳纖纖在不柰雙蟬占取鳴

又

此春眼不到湖山過了春光只等閑頗有東君相管領
時吹飛絮入簾看

又　王臞軒

雲頭紅上三竿日煙際青來數點峯桑椹熟時鳩喚雨
麥花黃後燕翻風

又　方秋崖三首

卷中未有好詩看草滿池塘夢已殘客又不來春已暮
一簾新雨杏花寒

又

一樽無計遣春留落日傷情獨倚樓柔綠拍堤如可染
老紅滿逕為誰愁

又

青梅如豆帶煙垂紫蕨成拳着雨肥只有小橋楊柳外
杏花未肯放春歸

又　　戴石屏

撚指過三月又當春夏交花殘蜂課蜜林茂鳥營巢芳
草生青藹新篁長綠梢風騷將斷絶誰有續弦膠

又

酒醒愁難醒春歸客未歸鶯啼花雨歇燕立柳風微

又　　劉改之

百花開盡到酴醿一片春心又欲歸可恨東風留不得
謾教啼鳥怨斜暉

又

光陰卒卒一飛梭如許頭顱柰老何狼藉落花春不管
竹雞啼歇雨聲多

又　危昭德

晴天楊柳絲千緒淡月梨花玉一庭又是東風去時節
數聲啼鳥不堪聽

又　左經臣

池上柳依依柳邊人掩扉蝶隨花片落燕拂水紋飛試
數交遊看方驚笑語稀一年春又盡倚杖對斜暉

又　高九萬

韶光催去太無情秪為東君去住輕雖欲遲留芳逕裏

如何禁得杜鵑聲桐花快落春風老梅子微酸晚雨晴
從此嬉遊時節少不須日日報詩成

又　　劉隨如

春至又春暮閑心成古心花光隨雨薄草色共煙深粉
蝶稀狂影黄鸝送好音餘芳留不得還共夕陽沉

又　　王叔安

坐看飛溜落簷牙吟裏風吹鬢脚斜洛下牡丹無覓處
一枝空插杜鵑花

又　　曹豳

門外無人問落花緑陰冉冉遍天涯林鶯啼到無聲處
春草池邊獨聽蛙

又　華岳　三首

買春無計托花神賞盡榆錢不計緡風絮飛成三徑雪
雨犂翻動一園春

又

桃蹊噴火柳拖煙如豆青梅已半酸燕子怯春歸未得
一簾風雨杏花寒

又　危稹　二首

恰則杏花天轉頭過禁煙燕歸纔數日蠶起又三眠

又

三月湖天春晝長東風飄緩草浮光櫻桃熟後遊人倦
柳絮飛時燕子忙

又

麥鬚豆莢雨生肥閑緑園林粉蝶飛賸買好花安四壁不教人道是春歸

又　　林季謙

日暮紅無幾煙條翠欲深殷勤連夜雨牢落暮春心洗盞愁蘿醉摛毫瘦耐吟晚來幽夢破啼鳥尚餘音

傷春　　楊誠齋

準擬今春樂事濃依然枉却一東風年年不帶看花眼不是愁中即病中

又　　華岳

初入京華薦香途中今已過春芳十年恰走萬餘里

兩鬢幾莖一半霜却酒不禁春黯淡落花愁對月昏黄
不堪夜半歸心切更被杜鵑愁斷腸

又　　白玉蟾

盡把天工付祝融東皇歸去大華宫稜稜山色從蒼玉
湛湛波光浸碧銅楊柳入天鳩要雨海棠落地蝶嫌風
好將杖屨西園看萬紫千紅一夜空

柳塘送春　　白玉蟾

海棠開後雨寘綿寒食清明又一年勝賞挨排三月朔
嫩晴將息百花天水光山色供圖障燕語鶯聲助管絃
我自吟邊閑拄頰笑人陌上拾花鈿

又

殘紅點點送春光小立芳臺對夕陽鶯語只聞花裏面
鷗飛猶在水中央風前綠草無人管煙外青山底處藏
柳幄張天桃幕靜一川漲起麥雲黃
小院無人雨長苔滿庭脩竹間疎槐春愁兀兀成幽夢又被流鶯喚醒來　杜牧之
白晝偶成芳草夢起來無事看新詩風簾不動黃鸝語坐見庭花日影移　平仲
紅紫紛紛花上塵可憐遊子不知春杜鵑叫落千山月自不能歸卻勸人　呂仲甫
御街官柳嚲金黃忽見遊蜂戲蝶狂堪笑軟紅塵裏客夢花猶上看春光　孟毅夫

分門纂類唐宋時賢千家詩選卷之一

風光如此是陽春雲樹煙花一色新杜宇不啼真解事亭鄉誰是肯歸人　李德貞
紅芳滿眼鬬風流誰信春來有客愁惆悵不干桃李事故山煙雨憶松楸　盧梅坡
古鼎燒殘心字香閒來携枕卧藤床一聲啼破鳥邊夢花影滿簾春晝長　趙彥鎮

曲屏紙帳護春寒，午夢初回山含思還。薄暮無言芳草短，一簷風雨杏花寒。　鄭會

無名野草依人綠，有種山花特意紅。春到人間芳萬物，人心安得似東風。　周伯弜

花信風高分外寒，老夫無處倚欄干。蓐來一枕昏昏睡，另折梨花帶雨看。　宋明甫

桑麻得雨更青葱，苜葉番春信既紅。惟得鳥聲人知許，好身還在亂山中。　歐陽伯威

隄雲漠漠雨濛濛，楊柳如絲不厭看。見說前村風又惡，杏花無地避春寒。　僧法振

觧將春鬢混塵沙，閉戶看山自一家。睡起不知寒食近，滿簷樓閣帶楊花。　僧義銛

春曉

蒙蒙三月閉柴荊，綠葉陰陰忽滿城。自是老來遊無力，春風何處不堪行。　王安石

一年春事又成空，擁鼻微吟半醉中。夾路梅花新過雨，馬蹄無處避殘紅。　張仝

三月殘花落更開，小簷日日燕飛來。子規夜半猶啼血，不信東風喚不回。　王逢原

平生得志在烟霞，失却黃塵負歲華。過了海棠渾不看，夢中猶自詠梅花。　嚴粲

鳩雨收聲曉色濃，遊絲飛過女墻東。倚欄識得春歸路，半在濛濛芳草中。　鄭德源

院竹無人鳥自回，落紅點點着莓苔。春愁本自糢糊在，歷歷子規啼出來。　艾南船

肱

緑樹陰〻覆短墻，煮茶烟裡落花忙。此心無事天寬大，曲乏肱春晝長。　陳明子

西三點雨㳂烟裡，四五声鶯濃綠中。吹盡殘紅無可落，晚來閑却一簾風。　陳允信

紅紫吹成陌上塵，欲留春去已無因。一般情緒兩般恩，半送行人半送春。　丞西

春寒惻〻掩重門，金鴨香殘火尚温。燕子不來花又落，一庭風雨自黃昏。　趙子昂

惡樹殘紅濕不飛，楊花雪落水生衣。年年百念成灰冷，無語送春〻自歸。　歐陽伯威

為憐紅杏一枝斜，看到斜陽送亂鴉。又是一春窮不死，天教留眼看鶯花。　同

江花落〻水光明，岸柳風輕雨乍晴。故白不來春已老，空看燕子逐流鶯。　僧教隱

炉烟熟盡冷衣篝，長樂鐘聲半入樓。燕子不啟春寂〻，刺桐花月上簾鉤。　華仲山

坐到心清百和香，蒲團紙帳任更長。閑門不掃庭前月，分付梅花自主張。　陳藏一

春曉

黃鸝啼斷雨濛〻，生意晴光暖霧中。一卅不知花春有恨，曉來雞落盡東風。　劉吉伯

春寒〻　中石集本五字之作〻

春艸平蕪烟雨迷，秋千寂寞舊園池。江南也是春風惡，花骨輕寒一夜收。　趙信庵

分門纂類唐宋時賢千家詩選卷之二

後村先生編集

番山呂任

○時令門

夏 附 宫夏 初夏 餘見天文氣候門

夏 杜甫

唐賢

糝逕楊花鋪白氊，點溪荷葉疊青錢。竹根稚子無人見，沙上鳧雛傍母眠。

又 高駢

綠樹陰濃夏日長，樓臺倒影入池塘。水晶簾動微風起

花當暑自
江嬌流行一
氣元無見
杞柏何妨杷
后湄刘手国

滿架薔薇滿院香

又　徐寅

長養薰風拂曉吹漸開荷芰落薔薇青虫也學莊周夢
化作南園蛺蝶飛

夏　程顥

百葉盆榴照眼明桐陰初密暑猶清深深重幕度香縷
寂寂高堂聞燕聲

又　王荆公

四顧山光接水光凭欄十里芰荷香清風明月無人管
併作南窗一味凉

又　張文潛

桑間椹熟麥齊腰鶯語惺憁野雉嬌日薄人家曬蠶子
雨餘山客賣魚鮮

又　趙希逢

綠暗紅稀四月天榆錢鋪遍撒青氊兩肥渴動羨梅與
風暖香傳餅麥鮮觧慍更無琴可續納涼徒有句堪聯
看〻河朔相追逐避暑忘形到酒邊

又　朱淑真二首

竹搖清影罩幽窓兩兩時禽噪夕陽謝却海棠飛盡絮
困人天氣日初長

又

枝上渾無一點春半隨流水半隨塵柔桑欲椹吴蠶老

稚笋成竿綉鳳馴

初夏　　侯延慶

猥山狹路蔚桑麻籬落春歸尚有花雨漲小溪蒲劒短
風回横隴麥旗斜

初夏　　趙信菴

時賢

院宇沉沉雨四垂傅山香断未多時驅除春事風姨怒
貼水新荷又滿池

又

梅子留酸軟齒牙芭蕉分綠映窻紗日高睡起無情思
閑看兒童捉柳花

又

櫻笋方天麥報秋梅黃雨過水平疇春歸欲帶春風韻
枝上一聲黃栗留

又　徐元杰

橫波漾竹紋鋪簟疊雪輕羅香剪衣清夏槐生風細細
新秋麥漲雨霏霏

又　戴石屏二首

乳鴨池塘水淺深熟梅天氣半晴陰東園載酒西園醉
摘盡枇杷一樹金

又

梅子金黃杏子肥麥花雪白菜花稀日長籬落無人過
惟有蜻蜓蛺蝶飛

又

牕户經初雨風清野景饒閑庭猶戲蝶高柳已鳴蜩

又　　白玉蟾二首

城中厭雨過清和偶出西郊野興多蠶簇趂晴方摘繭

麥塲經潤欲生蛾

又

曉來掠面更東風過盡溪山属祝融楊柳引教荷芰緑

海棠讓與石榴紅稻針刺水連青畝麥浪翻雲漲碧空

我有浮瓜沉李約諸君同上紫霄峯

宮夏　　真西山

瑶池十丈藕花香清賞尤便水殿涼闘説内家多寵貴

冰盆浸果侑霞觴

又

水晶簾捲午風輕萬壑清寒透室冰閑奏薰絃思解慍
肯教人世濁炎蒸

又

午漏遲遲滴玉壺清陰冪冪布庭除直將底事銷長日
大學中庸兩卷書

秋

(附) 初秋　秋愁　餘見天文氣候門
秋晚

秋　杜牧

紅燭秋光冷畫屏輕羅小扇撲流螢天階夜色涼如水

卧看牽牛織女星

又　孫僅

火雲猶未斂奇峯。欹枕初驚一葉風。幾處園林蕭瑟裏，
誰家砧杵寂寥中。

又　趙嘏

殘星幾點鴈橫塞，長笛一聲人倚樓。紫艷半開籬菊靜，
紅衣落盡渚蓮收。

秋愁　裴夷直

索索凉風滿樹頭。破窻殘月五更秋。病身歸處吳江上，
一寸心中萬里愁。

雨中客愁　楊憑

入薊花心 眼前多閑 心上又付字 寒蛩微收 吟 孫存吾

秋聲 大塊纔音不可窮誰僧江葉響西風不知天籟自疏越长寄塵無澤個中 黃毅方

辭家遠客愴秋風千里寒雲與斷蓬日暮隔山投古寺
鍾聲何處雨濛濛

秋　　程明道

洗滌炎埃宿雨晴井梧一葉報秋聲氣從緹室葭孚起
風向白蘋洲渚生

又　　秦少游

月團新碾瀹花甆飲罷呼童課楚詞風定小軒無落葉
青蟲相對吐秋絲

又　　沈惟肖

昨日午時秋西風夜轉頭吹來溪外樹藏卻樹間樓暝
帶棲鴉色涼催客燕愁一樽吟未了鬢髮早颼颼

又　朱淑貞

肅肅涼風至凄然景驟清雨餘殘暑退日落晚凉生鷹隼雙睛轉梧桐一葉驚試聽松竹裏萬籟起秋聲

秋　范成大

新霜徹曉報秋深染盡青林作纈林惟有橘園風景異碧叢叢裏萬黃金

又　劉武子

乳鴉啼散玉屏空一枕新涼一扇風睡起秋風無覓處滿街梧葉月明中

又　葉岳二首

滿目秋容拂畫圖敗荷衰柳接平蕪西風刮地鴈聲落

寒月滿天人影孤

又

暮色千林薄秋空萬里長寒蟬鳴晩樹歸棹撥斜陽水

遠天同碧風高葉脫黄星星老蓬鬢不覺到潘郎

又　趙希逢

千林搖落鼓號風怒激秋濤氣勢雄遠水兼天拖練白

曉楓委地染丹紅

初秋　方秋崖

殘暑何時退秋風日夜生已嫌湘簟冷稍覺楚天清山

路晴猶濕星河夜自明時聞梧葉落一似打門聲

客中詠秋　戴石屏

晚秋　籬菊有黃工冷淡差梅無葉試敲斜作江不滿銅瓶水一夜芙蓉三四花　李南金　夕醒客枕漏初殘斜倚畫樓月滿欄水東西音昔信芙蓉花左鳴声冬

榴花纔放客辭家，客裏因循見菊花。獨坐西樓對風雨，天寒猶自着輕紗。

秋晚　劉後村

晴窗早覺愛朝曦，竹外秋聲漸作威。命僕安排新煖閣，呼奴熨帖舊寒衣。葉浮嫩綠酒初熟，橙切黄香蟹正肥。蓉菊滿園皆可意，賞心從此莫相違。

又　高九萬

江頭楓葉舞低回，催得濃雲頃刻開。萬里碧天紅日晚，數聲新鴈送寒來。

又　宋器之

西風吹破黑貂裘，多少江山惜倦游。紅葉已霜天欲鴈

綠蓑初雨客吟秋

又　白玉蟾 五首

岸花洗面初收雨
江草搖頭已怯風
獨立危欄聊送目
西邊落日叫孤鴻

又

檢點秋光莫問天
只從鴻燕見推遷
未霜楊柳老多病
飽雨芙蓉美少年

又

拄杖相尋訪夕陽
詩肩獨聳到昏黃
白沙洲上西風起
黃葉聲中秋意長

又

庭皐一葉夜來秋，拍塞乾坤爽氣浮。有客放船芳草渡，何人吹笛夕陽樓。鱸魚蓴菜李鷹興，鳴雁蘆花宋玉愁。碧水映天天映水，淡雲如幕月如鈎。

又

一點秋光寄盡圖，秋來吟鬢似楓疎。晴煙染樹看何足，缺月梳雲狀不如。暑退涼生蟬有語，水長天遠雁無書。此心直欲鵬南舉，不學蜘蛛結網居。

冬

附　冬　冬暖

餘見天文氣候門。

唐賢　冬　李昭史

一氣推遷晷復回，人生常苦歲華催。凍雲欲雪雁聲過，

臘酒正春梅信來

冬　沈惟肖

歲逢冬欲半心事更迢迢細雨寒窻閑孤灯長夜挑遠書和夢寫新酒帶愁澆明日有幽興尋梅到石橋

又　朱淑真

觸目園池景荷枯菊已荒風寒侵夜枕霜凍怯晨粧江上楓翻赤庭前橘帶黃題詩欲排悶對景倍悲傷

冬煖　戴石屏

脫却鷫裘付酒家忍寒圖得醉京華一冬天氣如春暖昨日街頭賣杏花

又　華岳

天不雨霜雪朔藏與暮春霞江梅呈臘萼嵓桂又冬花

臘月南州不類冬梨花飄粉小桃紅未曾飛動遥山雪
早有春三二月風

凍雪寒雲作冷冬群花百卉盡羞紅誰將煖律吹寒谷
一夕春回幾信風

分門纂類唐宋時賢千家詩選卷之二

消此香盤 不住烟女郎 呼伴坐勾 數歲二十五 声点昨日回 頭是去年 黄子尊

分門纂類唐宋時賢千家詩選卷之三

後村先生編集

節候門

元日

附 新歲 人日 元日雨 元日登九仙

宋賢

元日　張弋彥

曆以寅爲正風從艮位來桃符當壁寫竹户趁鍾開宿雨滋初茁長年老不才滿庭青柏葉惆悵獨持杯

又　胡安國

競裝被木餞餘寒頌逐椒花上彩牋覽鏡自驚非昔貌

舉杯同喜得新年

時賢

元日　　方秋崖　二首

欽敘耕閑老病身何堪附翼與攀鱗山中是處有詩思
天上自來無故人歲事共知雙鬢雪梅花又過一年春
晴妍已有溪村興牛下柴車或可巾

又

一元坱圠先天易萬物胚腪太極圖自嚼梅花冰片片
無人先後飲屠蘇

元日登九仙　　潘紫岩

不到鰲峯久重來感物華松應添歲壽梅尚隔年花清
磬聞朝斗丹爐借瀹茶滿城人記節此日正諠譁

元日雨　　方秋崖　二首

那得工夫作往還一犂取日破荒灣春今又綠山中草
酒不能朱鏡裏顏六十只餘三歲在百年亦是霎時間
村村雨色瞑濛外已覺天公露一斑

又

上七日為人雲蒸潤經春入山從此始得句不知貧宿
雨行泉脉歸禽隱樹身無人閑似我野薺共時新

新歲　　戴石屏

新年試筆欲題詩老去才衰得句遲春事未容桃李覺
梅花開到北邊枝

又　　林季謙

立春后作
東君珂珮響珊珊青馭多時下九関方信玉霄千万里春風猶未到人间 王初

歲已隨冬盡春猶帶臘寒舊書那厭讀新曆又驚看

人日　戴石屏

自換端平新曆日眼看日月倍光輝南州有雪古來少人日不陰今見稀鼓舞萬方觀德化轉移一世屬天機朝廷有道吾君聖掰作昇平老布衣

立春

宴罷辛盤轉曉風乾坤生意浩無窮宿雲新拱山前雨元氣淋漓万木中　周彌之

聞說黃昏始得春朝來霧氣已氤氳前蜂子增前蚁早得臘風不怕人倚　何子蕃

宋賢

十二月立春　胡安國

未臨除夕氣先交玉嶂朝來見日消冰自解圍回木色花能傳信滿梅梢人家剪綵應書字天仗迎春盡在郊北望塞垣魂夢斷任從飛去莫相招

又　李時

東風昨夜到疎籬，早被游蜂採得知。花事又從今日好，人情須勝去年時。盤裝薺菜迎春餅，瓶插梅花帶雪枝。勸了親庭眉壽酒，旋裁春帖換新詩。

立春前一日　朱淑真　四首

梅花枝上雪初融，一夜高風激轉東。芳草池塘冰未薄，柳條如線着春工。

又

停杯不飲待春來，和氣先春滿六街。生菜乍挑宜捲餅，羅幡旋剪稱聯釵。

又

自折梅花插鬢端韭黄蘭茁簇春盤潑醅酒軟渾無力
作惡東風特地寒

又

喜勝春幡裊鳳釵新春不換舊情懷草根隱緑冰痕滿
柳眼藏嬌雪影埋

立春　白玉蟾

（時賢）東風吹散梅梢雪一夜挽回天下春從此陽春應有脚
百花富貴草精神

歲前一日立春　林季謙二首

蠟蟻梅循㨿春盤菜已絲條風初破木殘雪更粘枝

又

歲與梅花晚春先爆竹鳴客愁催鬢覺時事寸心驚

元日後一日立春　王臞軒

年從爆火暗中移剪柏迎歡上酒巵今日天晴宜麥熟
明朝春到報花知好奇謾說雞千跖行樂都來黍一炊
但得新年詩有料不妨貧似去年時

又　林季謙

遙想東風騎氣來柴門迎日暖先回鬢絲那待金花勝
面纈猶堪柏葉杯

人日後一日立春　潘紫岩

人日纔過春日至薄醪生菜旅亭頭慈親鬢髮垂垂白
應看諸孫弄上牛

客中立春　林季謙

鬢絲無力受春幡，把酒聽歌意不歡。千里同風亦同俗，客懷終作異鄉看。

上元 附

上元遇雨　翫燈　嘲禁舞

嘲科費　御宴

唐賢

上元　崔液

玉漏銅壺且莫催，鐵關金鎖徹明開。誰家見月能閑坐，何處聞燈不看來。

又　杜牧

夜市千燈照碧雲，高樓紅袖客紛紛。如今不似時平日，猶自笙歌徹曉聞。

宋賢 上元 陸放翁

放翁也入少年場一笑燈前未歇狂翠袖成圍欺月冷
氊車爭道覺塵香

又 朱淑真

蘭月籠春霽色澄深沉簾幕管絃清爭豪競侈連仙館
墜翠遺珠滿帝城一片笑聲連鼓吹六街燈火麗升平
歸來禁漏踰三四緫上梅花瘦影横

又

壓塵小雨潤生寒雲葉澄鮮月正圓十里綺羅春富貴
千門燈火夜嬋娟香街寶馬嘶瓊轡輦路輕輿響翠軿
高掛朱簾凝望處分明星斗下晴天

上元御賞　王珪

雪消華月滿仙臺，萬燭紅樓寶扇開。雙鳳雲中扶輦下，六鼇海上駕山來。

侍宴御樓　蘇東坡

澹月疏星遶建章，仙風吹下御爐香。侍臣鵠立通明殿，一朶紅雲捧玉皇。

又　孫何

突兀毬場錦繡峯，遊人士女擁千重。月離雲海飛金鏡，燈射冰簾掣火龍。

上元雨

淡月微雲外，街泥小雨餘。人如墟市散，燈似曉星疏。

時賢　上元　趙信庵

翡翠簾開舞袖輕，寒星萬點下蓬瀛。清樽對月酌不已，也向蓬窗坐到明。

又　姜堯章二首

遊人總戴孟家蟬，爭託星毬萬點圓。闌裏傳呼大官過，後車多少盡嬋娟。

嘲禁舞

市樓歌鼓太喧譁，燈若連珠照萬家。太守令嚴君莫舞，遊人空戴王梅花。

嘲科費　王臞軒

元宵燈火費抨科，鬬巧爭妍照綵鼇。官府只知行樂事

誰知點點是民膏

翫燈　白玉蟾二首

碧玉融成萬里天，蒲街羅綺競春妍。柳梢掛月黃昏後，花市張燈白晝前。

又

上界天官比按行，五雲深處有簫聲。一輪寶月明如晝，萬斛金蓮開滿城。

社日

宋賢　社　陸放翁

坎坎迎神鼓兒童喜欲顛。放翁無社假，閉戶課殘編。

時賢　社　林季謙

茅茨寂寂幾家春　田鼓喧喧樂社神　欲買雞豚共樽酒　此身猶未是閒人

又　方秋崖

燕子今年指社來　翠餅猶有去年梅　丁寧莫管杏花俗　付與春風一道開

清明 附寒食

唐賢　清明　杜牧

清明時節雨紛紛　路上行人欲斷魂　借問酒家何處有　牧童遥指杏花村

二月江南花滿枝，他鄉寒食遠堪悲。貧[illegible]無烟火，不独明朝為子推。　孟雲卿

荒塚無捧土，慘夕陽芳草。古生愁路傍，只是誰家子。[illegible]把花枝插[illegible]落頭。　僧聖徒
[illegible]掃無過骨肉親，一年唯此[illegible]二辰家頭。[illegible]種有花樹，春色不到泉下人。

寒食　項翊

春城無處不飛花，寒食東風御柳斜。日暮漢宮傳蠟燭，輕煙散入五侯家。

又　韓偓

淡淡輕寒剪剪風，杏花飄謝小桃紅。夜深斜搭鞦韆索，樓閣朦朧細雨中。

又　張仁寶

寒食家家盡禁煙，野棠風墜小花鈿。如今空有孤魂夢，半在嘉陵半錦川。

又　薛能

美人寒食事春風，折盡青青賞盡紅。夜半無燈還有睡

客中清明
客中今日最
高心憶看
空山松樹林
白石崗頭聞
杜雨杜宇見
他人墓亦
落襟
載復去
吳松江上春
春雨客路扁
舟三月行兩
岸人插柳
不知今日
是清明
僧丟子澤

鞦韆懸在月明中

宋賢 清明 王元之

無花無酒過清明興味蕭然似野僧昨日鄰家乞新火
曉窻分與讀書燈

又 何應龍

踏歌槌鼓近清明小雨霏霏欲弄晴喚起十年心上事
春風樓下賣花聲

寒食 張滄川

江城吹角曉風斜城郭人稀噪亂鴉火冷煙青寒食過
家家門巷掃桐花

時賢 清明 陳簡齋

街頭兒女雙髻鴉隨蜂趂蝶學天邪東風也作清明節
開徧東籬幾樹花

又　高九萬

南北山頭多墓田清明祭掃各紛然紙灰飛作白蝴蝶
淚血染成紅杜鵑日落狐貍眠塚上夜歸兒女笑燈前
人生有酒須當醉一滴何曾到九泉

又　戴石屏

一笠戴春雨愁來不可遮清明思上塚昨夜夢還家歸
興隨流水傷心對落花晉原松下淚沾灑楚天涯

寒食　王臞軒

一百五日寒食節八十六翁行地仙曲水飛觴酬勝景

漢宫傳燭憶青煙三春幸自添餘潤雙筆今題第幾篇
俛仰興懷兒輩事先生有樂在壺天

又　蔣夢炎

不暖不寒寒食天小橋楊柳未飛綿三分春有一分在
十日晴無兩日全桐角喚回前嶂曉子規啼破隔江煙
麻裙素髻誰家女哭向墦間送紙錢

上巳

上巳　張祜

猩猩血綵繫頭標天上齊聲舉畫橈却是內人爭意切
六宫紅袖一時招

又　　李德裕

黃河西繞郡城流上巳應無祓禊遊爲憶綠江春水色更隨宵夢向吴洲

（時節）上巳　　劉後村

櫻笋登盤節物新一筇踏徧九州春似昔山陰訪脩竹不記水邊觀麗人豪飲自憐非少日俊遊亦恐是前身暮歸尚有清狂態也插山花滿角巾

又　　林季謙

客路春風三月三鳶飛魚泳日酣酣海棠紅藥俱無有試摘山花總不堪

又　　白玉蟾

十紅萬紫鬪繁華，鶯燕多依富貴家。上巳蘭亭修禊事，一年春色又楊花。

上巳祓禊

晴風麗日滿芳洲，雲幕春遊祓錦流。昔言曲侍瑤溪宴，暫侶乘槎天漢遊。　　徐彥伯

分門纂類唐宋時賢千家詩選卷之三

分門纂類唐宋時賢千家詩選卷之四

後村先生編集

節候門

端午 附 伏日

宋賢　端午　朱淑真

縱有靈符共綵絲心情不似舊年時榴花照眼唯牽恨强切菖蒲泛酒巵

時賢　端午　戴石屏二首

海榴花上濛濛雨自切菖蒲泛濁醪今日獨醒無用處

爲公痛飲讀離騷

又

榴花角黍薦時新何處家家不酒樽堪笑江湖老詩客
也隨高文上朱門謁見也

又　潘紫岩

今歲獨無人弔古料他魚腹亦凄涼當時早使懷王悟
安得孫心去牧羊

又　白玉蟾

驚心節物讀齊諧迎面南風泛酒盃池畔雨荒靈運草
亭前雲釀洞賓梅藕絲冰水敵時暑臂縷釵符付女孩
遐想湘沅歌楚些蘭魂桂魄不歸來

伏日　劉後村

羣山竹樹帶蝸涎，淨掃風軒散髮眠。老子平生無長物，陶詩一卷枕屏邊。

懶住山中歲月流，不知曆日到床頭。風吹一葉停庭樹，始記今朝是立秋。　曹擇可

立秋

時賢　立秋　方秋崖

秋日尋詩獨自行，藕花香冷水風清。一涼轉覺詩難做，付與梧桐夜雨聲。

七夕

唐賢　七夕　祖詠

雲漢無波
斗柄移鵲
偏烏慢得
橋遲若教
精衛填河
漢一水還
應有盡時
暑妝原、
金針插並
玉攏頭月
落河傾當
倚樓細認
奴星還自
感別離到
底一般愁
武朝宗、

閨女求天女更闌意未闌玉庭開粉席羅袖捧金盤向
月穿針易臨風整線難不知誰得巧明日試看看

又　宋邕

北斗佳人雙淚流眼穿腸斷爲牽牛封題錦字凝新思
抛擲金錢織舊愁桂魄三更雲漠漠銀河一帶水悠悠
欲將心向仙郎說借問榆花早晚秋

宋賢　七夕　朱淑真二首

拜月亭前梧影稀穿針樓上覺秋遲天孫正好貪歡笑
那得工夫賜巧絲

又

三秋靈匹此宵期萬古傳聞是果非脫俗未能還自笑

張景安作
万里秋空掛玉盤猶樓香香相高寒寒四時此月曾無別人自今宵別眼看無雲世界秋三五共看

金針乞得巧絲歸

又　　楊朴

未會牽牛意若何須邀織女弄金梭年年乞與人間巧
不道人間巧已多

中秋　附　十四日夜

宋賢

中秋　　秦敏

一年月色今宵好千里無雲秋夜長宿鵲已驚枝上夢
露螢亮綴草頭光清輝謠謠寒侵屋香霧濛濛影轉廊
老子於中非淺興披衣起坐據胡牀

又　　黃魯直

灝氣纔中兎魄圓衆躔韜彩獨娟娟魏宮烏遶空枝上
漢苑桐凋露井前金波萬重涵渤澥玉沙千里對江邊
遥知此夕多情思三級蕭臺枕碧漣

又　李朴

皓魄當天曉鏡升雲開仙籟寂無聲平分秋色一輪滿
長伴雲衢千里明狡兎空從弦外落妖蟇休向眼邊生
靈槎擬約同攜手更待銀河到底清

又　周開祖

月華圓滿正秋中天上人間此夕同桂魄十分澄浪海
冰輪千里碾霜空

又　王禹偁

何處見清輝登樓正午時莫辭終夕看動是隔年期冷
濕流螢草光凝宿鵲枝不禁雞唱曉輕別下天涯

又　　朱淑真　二首

光陰如擲指不覺是中秋欲賞今宵月須登昨夜樓露
濃梧影淡風細桂香浮莫做尋常看嫦娥亦解愁

又

杳杳長江斂霧煙冰輪都勝別時圓風傳漏報天邊曉
惆悵嬋娟又隔年

八月十四夜　　孫明復

銀漢無聲露暗垂玉蟾初上欲圓時清樽素瑟宜先賞
明夜陰晴未可知

中秋　白玉蟾

（時賢）

千崖爽氣已平分萬里青天碾玉輪好向錢塘江上望

相逢都是嶺寒人

又　戴石屏

把酒冰壺接勝遊今年喜不負中秋故人心似中秋月

肯爲狂夫照白頭

重陽　附

客中　登高　閏月九日

舟中　前一日賞

重陽　杜牧

（唐賢）

江涵秋影鴈初飛與客携壺上翠微塵世難逢開口笑

菊花須插滿頭歸但將酩酊酬佳節不用登臨歎落暉

古往今來只如此牛山何必獨沾衣

又　高適

節物驚心兩鬢華東籬空繞未開花百年將半仕三已

五畝就荒天一涯豈有白衣來剝啄亦從烏帽自欹斜

真成獨坐空搔首門柳蕭蕭噪暮鴉

客中思憶　王維

獨在異鄉爲異客每逢佳節倍思親遥知兄弟登高處

徧插茱萸少一人

登高有感　劉禹錫

世路山河險君門煙霧深年年上高處未省不傷心

又　杜甫

老去悲秋强自寬興來今日盡君歡羞將短髮還吹帽
笑倩傍人爲正冠藍水遠從千澗落玉山高並兩峯寒
明年此會知誰健醉把茱萸子細看

重九　王荆公

九日無歡可得追飄然隨意歷山陂蔣陵西曲風煙澹
已有黄花一兩枝

又　朱行中　二首

一見黄花只自羞蕭然短髮不禁秋誰人爲整烏紗帽
獨倚西風滿眼愁

客中

秋風千里鴈初回强折黄花傍酒盃日下故人書自少

茱萸那寄一枝來

舟别　趙希逢

倦客逢萸節生涯寄葉舟窮途危不顧飛棹去難留舊菊重陽日寒蘆兩岸秋多情惟破帽猶戀老人頭

重九　方秋崖

把住秋雲遶菊籬野情未覺老垂垂古今不遇豈惟我風雨相過莫問誰未郭索前空有酒自陶潛後更無詩底須計較明年健只麽悠然自一奇

又　潘紫岩

纔説登山病便甦老身健得似於菟一絲白處潮來往數點青邊山有無獻勝詩窮多插菊驅磨酒惡細看吏

龍山落帽方真樂孫盛汝非桓氏圖

又　　徐淵子

衰容不似秋容好坐上誰憐老孟嘉牢裹烏巾莫吹却
免教白髮見黃花

又　　華岳

破帽無情不受吹滿頭霜雪已如絲菊花笑我三秋客
風物撩人九日詩

又　　戴石屏三首

九日江亭上誰憐老孟嘉要人看白髮不用整烏紗遠
眺愁楓葉長歌醉菊花歸心徒自苦尤在楚天涯

客中九日

醉來風帽半攲斜幾度他鄉對菊花最苦酒徒星散後
見人兒女倍思家

舟中

獨立秋風裏悵然思故鄉街頭沽美酒船上作重陽籬
菊一枝瘦溪魚三寸長客中聊爾耳亦可慰凄凉

重九前一日　　陳簡齋

小甕今朝熟無勞問酒家重陽明日是何處有黃花

又　　林季謙二首

九日明朝是明朝果是非流年真似夢久客盍知歸漸
晚風聲急輕陰雨意微鄰牆酒初熟欲典已無衣

又

明日重陽酒何人共一盃江楓徒自落籬菊爲誰開爲
客情無幾還家夢恰回小童殊解事攜得木犀來

冬至 附 臘

冬至　　韓偓

唐賢

中宵忽見動葭灰料得南枝有早梅四野便應枯草綠
九重先覺凍雲開陰冰莫向河源塞陽氣今從地底回
不道慘舒無定分却憂蚊響又成雷

又　　杜甫

天時人事日相催冬至陽生春又來刺繡五紋添弱線
吹葭六琯動浮灰岸容待臘將舒柳山意衝寒欲放梅

雲物不殊鄉國異教兒且覆掌中杯

臘日　杜甫

臘日常年暖尚遥今年臘日凍全消侵凌雪色還萱草漏泄春光有柳條縱酒欲謀良夜飲還家初散紫宸朝口脂面藥隨恩澤翠管銀罌下九霄

宋賢

冬至　朱淑真

黄鍾應律好風催陰伏陽升淑氣回葵影便移長至日梅花先趁小寒開八神表日占和氣六琯吹葭動細灰已有岸傍迎臘柳參差又欲領春來

時賢

冬至　戴石屏

年光流轉尋常事世事驚心感慨多一歲休祥在雲氣

今朝雲氣果如何

又　方秋崖

至日觀書不幾行梅梢横月欲昏黄漢宫紅影無人見
未必曾添一線長

除夜

（時賢）除夜　王臞軒　一首

爆竹聲中臘已殘酴酥酒暖燭花寒朦朧曉色籠春色
便覺風光不一般

又

窮冬欲去尚徘徊獨坐頻斟守歲杯一夜臘寒隨漏盡

十分春色破朝來桃符自寫新翻句玉律誰吹定等灰
且是吟詩人未老換年添歲莫相催

又　劉後村　一首

憶昔都城值歲除高樓張燭戲呼盧久依淨社參尊宿
難向新豐認酒徒天子未知工草賦鄰人或倩寫桃符
夜寒別有窮生活點勘離騷擁地爐

又

除夕陰寒怕捲簾雨聲斷續下高簷壁穿自和乾泥補
窻損教尋廢紙粘秪有青燈相守定縱無白髮亦生添
更闌自筭明年事不就君平卦肆占

又　方秋崖

挑盡殘燈歲又殘一年彈指幾悲歡人情何啻吳江冷
世路從來蜀道難春酒止須今夕共梅花併作百年看
團欒但得吾親健未辦生涯意自寬

又　潘紫巖

屈指頭顱三十一年時又見煮餘酥平生自謂安身易
未死誰甘淺丈夫戲逐羣兒燒竹爆自拈秃筆寫桃符
梅花一笑須相領莫道今吾非故吾

又　曾公袞

北風吹雪四更初嘉瑞天教及歲除半盞餘酥猶未舉
燈前小草寫桃符

又　朱淑真

休歎流光去看看春欲回椒盤捲紅燭柏酒溢金盃殘

臘更籌盡新年曉角催爭先何物早唯有後園梅

一盃歲酒莫畱殘坐看新年上鬢端只恐梅花明日老

收瓶相對不知寒　　除夜　　陳去非

分門纂類唐宋時賢千家詩選卷之四

(分門纂類唐宋時賢)千家詩選 残本七巻二本
宋劉克荘編 宋末元初刊本
巻五至七、后集目録巻一、五至七ヲ存ス。成簣堂善
本目ニ元刊本二十二巻(十三至二十二補鈔) ト著録シタルモノ同種本ナ
ランカ。当時厳格ニ元刊本トシタレド宋刊本トシテモ可
ナラン。此ハ前集ノミニテ總目末ニ「共計一十の門餘門後
集刊行」トアル後集ノ存セシ、後ノ目録モ「后行」ノ
刊語ニ当ル四行ノ刊語ガ后集ノ目録首ニモアリ。香
山常住ノ墨印、宋刊及ビ表紙ノ下「藏」字墨書ハ室町時
代周防國清寺ノ旧藏ヲ示スモノナリ。

分門纂類唐宋時賢千家詩選卷之五

後村先生編集

春小字注

氣候門

寒 附 春寒

宋賢

寒　王震

竹屋霜風透客衣初寒病骨已支離挑燈不作還家夢

擁鼻空吟乞米詩

時賢

春寒　趙信庵

春草平蕪煙雨迷鞦韆寂寞舊園池江南也是東風惡

花骨經寒瘦不支

又　劉後村

趂得清明幾日閑不禁連雨作春寒小牕對客開新煑
爇罷沉香看牡丹

又　林季謙

梢零數竹緑翛翛春半餘寒苦似秋故紙叢中雙倦眼
樵青催喚酪蒼頭

又　高九萬

料峭東風破客衣春寒不比臘前時絶憐墻角櫻桃樹
全似梅花雪後枝

暑 附 暖

暑　華岳

時賢 翠微家在大江東五月鞭驢入建中雲烈火車天欲雨汗淹香葛扇無風不求蝦閣千閒花却喜岩泉一線通爲汲滿盂清齒頰與君行盡夕陽紅

又　趙希逢

强學劉文賦雪車吏陪河朔飲流霞漱泉枕石閑終日滿口水晶寒嚼瓜

又　劉後村

南州四月氣如蒸却憶炎中始買冰綠浦遊船常載妓

畫廊浴鼓或隨僧

暖　趙崇森

春晴多得兩三日便覺暄於輕暑天行客停鞭爭買扇
侍臣啓筍請收綿把盃早自嫌温酒盥手相將喜冷泉
此去西湖已初夏安排絺綌上游船

涼

（宋賢）涼　秦少游

携杖來追柳外涼畫船南畔倚胡牀月明船笛參差起
風定池蓮自在香

又　朱淑真

春晴　林季謙

密幄籠山翠已成凝陰不放晚春晴分牀聽雨村春急拄杖看雲野艇輕林笋似能爭地出溪流渾欲與橋平一懷幽事無窮意更著千岩萬壑聲

又　高九萬

積雨纔收雲盡歸長空一色碧琉璃日移簾影臨書案風颭飛花落硯池巢燕學飛留戀母籠雞得食旋呼兒眼看景物關情甚喜為新晴賦此詩

秋晴　范成大

秋來只怕雨垂垂甲子無雲萬事宜穫稻畢工隨曬穀直須晴到入倉時

乍晴　劉後村

天更商量兩人都領略晴晚山青安貼野水白縱橫鷺立沙頭影蜂喧樹底聲筍輿扶病出邂逅亦詩成

晴　潘紫岩二首

西風一夜與晴期紅日當天曉陸離雲似敗棊無看處山如宿酒頓醒時

喜晴

久雨淋漓天亦厭一聲霹靂洗層陰青山愁似故人面初日明如烈士心掃石安排朝曬藥約僧準備晚聽琴

祈晴　方秋崖

清宵那更當三五賸把金樽對月斟

能幾何時霎乞晴爐煙未斷已收聲天於老子亦多可
國有豐年方太平風土不堪人佩犢月明無復夜啼鼪
及今便可歸田去牛背斜陽一笛橫

旱 附 閔雨 久旱喜雨

閔雨　鄭毅夫

（宋賢）潭底乖龍嗅不應驕陽似欲敗西成虛堂永夜眠無寐
起聽四郊車水聲

（時賢）又　劉後村　二首

滿望梅天雨誰知日轉驕畦蔬新住摘盆樹久停澆米
貴粮囷盡泉乾汲路遙未遑憂世事災已到顏瓢

又

暘烏下飲百川空民向祠龍禱社公豈是長官渾忘却
水車聲不到城中

又　　盧梅坡

百萬人家井水黄江南太半田無秧垂龍豈是爲霖物
貪弄明珠翫日光

久旱喜雨　　趙崇森

五月炎歊化作霖分明滴滴是黄金田禾預卜六分熟
河水新添一尺深和氣已能周禹甸至誠端自禱湯林
此時此澤人知否大慰饑民望歲心

分門纂類唐宋時賢千家詩選卷之五

分門纂類唐宋時賢千家詩選卷之六

後村先生編集

晝夜門

曉

附 宮曉 早朝 江上早行 山中早行

曉行 張泌

唐賢

客離孤館一燈殘牢落星河欲曉天雞唱未沉幽谷月鴈聲新度灞陵煙

曉 魏仲先

宋賢

燒藥爐中無宿火讀書窻下有殘燈臨階短髮梳和月

傍岸衰容洗帶冰

又　李膺

露侵短褐曉寒輕星斗闌干野外明寂寞小橋和夢過
豆花深處草蟲鳴

又　歐陽脩

月落龍蛇蟠木影山空風雨起雞聲上車莫恨晨霜冷
又得脩途一日晴

又　晁叔用

老去功名意轉疎獨騎瘦馬取長途孤村到曉猶燈火
知有人家夜讀書

吾曉　劉屏山

景陽鍾動曉寒清度柳穿花隱隱聲三十六宮梳洗罷
却吹殘燭待天明

早朝　歐陽脩

疎星零落曉光微殘月蒼龍闕角西玉勒爭門隨仗入
牙牌當殿報班齊

曉行　孔毅甫

枕上杜鵑啼匆匆早起時出門天未曉月在杏花枝

時賢

早朝　張敬夫

衣潤熏籠煖燈殘漏尚長鳴雞帶窻月立馬覓嚴霜

江上早行　戴石屏

堤頭曉步落潮痕行盡蒲根到柳根鴉影參差半江月

雞聲咿喔數家村

山中早行　黄瀛父

上到山巔曉色分眼看殘月待朝昕望迷四顧渾如海

立欲移時秖是雲隱隱樓臺平地見行行鍾磬半天聞

舉頭頓覺青霄近我欲乘風謁帝君

又　劉隨如

嚴鍾將報曙遊子已登途野火時明滅殘星似有無

曉行　潘大臨

化蝶方酣枕聞雞又着鞭亂山徐吐日積水遠生煙

又　華岳

歸心夜半已飛揚喚僕吹燈促曉裝雞翅拍斜茅店月

馬蹄蹴破版橋霜

晝 附 晴晝

時賢 晝 劉後村二首

散懷輕病骨汲古活心源日炙桐陰晚煙蒸豆穗繁密紅雙鷺跋深綠一鷗喑來晝聊舒傻茶香起小煙

晴晝

風來窻戶涼如洗雨過園林綠正肥卯酒覺來清晝永雙雙時有燕雛歸

晚 附 晚晴 江小晚

晚　趙嘏

唐賢　茫茫藹藹失西東，柳浦桑村處處同。羌笛一聲帆影盡，水禽飛起夕陽中。

又　崔德符

宋賢　落日不可畫，丹林紫翠間。冥冥遠色裏，歷歷暝鴉還。

晚晴　李方叔

陰壑留殘雪，林紅帶晚霞。孤煙障漁市，不見兩三家。

又　趙令時

偷得浮生半日閑，晚來信步出林間。數聲長笛吹沉月，一片殘雲點破山。嵓寺漸疎聞石磬，漁家方半掩柴關。徘徊從此褪吟興，待得溪頭月上還。

時賢

江上晚　劉後村 二首

數點歸鴉過別村隔溪漁笛遠相聞孤浦斷岸潮痕濕
日落空山生白雲

又

江頭落日照平沙潮退漁舟閣岸斜白鳥一雙臨水立
見人驚起入蘆花

江上晚眺　黃榮仲

十里滄波自在流滿天風月下蘆洲待攜六幅生綃去
畫出江南水墨秋

夜

附　舟中　夜遊　春夜　夏夜　秋夜
冬夜　夜坐　寒夜　雪夜

舟中　張繼

月落烏啼霜滿天江楓漁火對愁眠姑蘇城外寒山寺
夜半鍾聲到客船

長安夜遊　袁不約

鳳城連夜九門通帝女皇妃出漢宮千乘寶車珠箔捲
萬條銀燭碧紗籠歌聲緩過青樓月香氣潛來紫陌風
長樂曉鍾歸騎後遺鈿落翠滿街中

宮春夜　李益

露溼晴花春殿香月明歌吹在昭陽似將海水添宮漏
共滴長門一夜長

春夜　無名氏

暝色千村靜遙峯帶晚霞荷鋤歸別墅乞火到鄰家踈
鼓聞更遠殘燈見字斜小窻風露冷自起灌蘭花

秋夜　杜子美

露下天高秋水清空山獨夜旅魂驚踈燈自照孤帆宿
新月猶懸雙杵鳴南菊再逢人臥病北書不至雁無情
步蟾倚杖看牛斗銀漢遙應接鳳城

又　竇鞏

護霜雲映月朦朧烏鵲爭飛井畔桐夜半酒醒人不覺
滿池荷葉動秋風

又　朱景玄

淅淅寒流漲淺沙月明空渚徧蘆花離人偶宿孤村下

永夜聞砧一兩家

春夜　蘇東坡

春宵一刻直千金花有清香月有陰歌管樓臺聲細細

鞦韆院落夜沉沉

又　朱淑真

夢回酒醒春愁怯寶鴨煙銷香未歇薄衾無奈五更寒

杜鵑叫落西樓月

夏夜　毛澤民

毒暑殊三伏微涼起二更月牕風竹亂煙渚露荷傾

秋夜　朱淑真

夜久無眠秋氣清燭花頻翦欲三更鋪牀涼滿梧桐月

月在梧桐缺處明

冬夜　陳祐

寒氣侵侵夜未央九門傳令一聲長庭除半露牆根雪
月影斜分瓦壠霜

寒夜宿江上　華岳

夢回斜月掛林端酒力初消怯夜寒何處客舟猶未泊
一聲柔櫓過前灘

夜坐　朱淑真

抱影無眠坐夜闌牕風戰雨下琅玕我將好事供陪夢
只恐燈花不奈寒

又　鮑欽止

萬卷堆中種眼花睡魔亦厭夜深茶平生不草長門賦
豈有黄金送酒家

春夜　方秋崖二首

酒不能多詩又慳欄干月午奈何春天寒莫道海棠瘦
一夜東風吹倒人

夏夜

河漢微明星乍稀碧蓮香濕襲人衣夜涼如水琉璃滑
自起開窻放月歸

雪夜　趙信庵

酒力欺寒淺心清睡較遲梅花醉雪影和月度踈籬

分門纂類唐宋時賢千家詩選卷之六

野花

入眼尋花易動人
曉凭把玩曉泥塵
何如淺淺離根下
隨分菜華過一春

分門纂類唐宋時賢千家詩選卷之七

後村先生編

百花門

花 附

看花　惜花　嘆花　笑花　採花

賞花　山花　落花　春花秋開

唐賢

花　無名氏

小隱園中百本花，各隨紅紫發新芽。東君見借陽和力，尽在公侯富貴家。

看花　羅鄴

花開只恐看來遲，及到愁如未看時。家在楚鄉身在蜀，

一年春色負歸期

夜宴惜花　武元衡

芳草落花明月樹朝雲暮雨錦城春莫愁紅艷風前散
自有青娥鏡裏人

惜花　崔塗

繡軛香韉夜不歸少年爭惜最紅枝東風一陣黄昏雨
又到繁花夢覺時

又　來鵠

東風漸急夕陽斜一樹夭桃數日花為惜紅芳今夜裏
不知和月落誰家

落花　韋莊

一夜霏微露濕煙曉來和淚喪嬋娟不隨殘雪埋芳草
尽遂狂風上舞筵西子去時遺笑靨謝娘行處落金鈿
飄紅墮白堪惆悵少別穠華又隔年

嘆花　杜牧

自是尋春去較遲不須惆悵怨芳時狂風落尽深紅色
綠葉成陰子滿枝

山花　崔櫓

曉紅初拆露香新獨立空山冷笑春春意自知無主惜
恣風吹逐馬蹄塵

宋賢　探花　范仲淹

登山昨夢嘆匆匆便恐新春過眼空千縷未搖官柳綠

一梢初放海棠紅金羈絡馬閑遊處彩筆題詩半醉中
流落天涯何足道年年常策探花功

落花　朱淑眞一首

連理枝頭花正開妬花風雨便相催願教青帝長為主
莫遣紛紛點翠苔

又

生情賸得春心性賸選名花遶砌栽客到且堪供客眼
詩慳聊可助詩才低叢高架隨宜有淺紫深紅次第開
便做即今風雨限要看香艷綉蒼苔

惜花　張派

病眼看花似夢中一番吹落又飛空朝來不忍倚樹立

倚樹恐搖枝上紅

賞花　歐陽脩

淺深紅白宜相間先後仍須次第栽我欲四時携酒去
莫教一日不花開

時賢

笑花　劉後村

春風滿面喜津津縱有癡拳不忍嗔尚恐傍觀安住脚
笑他何事與何人

賞花　趙信菴 二首

人樂清明三月天也隨人賞萬花園偷閑把酒簪花去
不似兒童笑語諠

又

昨日新園去看花路邊郎女阿誰家香車寶馬相追逐
笑語歸來日未斜

落花　　嚴伯復二首

他鄉桃李為誰栽追曉輕紅帶露開一夜風姨妬顔色
落花無數點蒼苔

又

片片落花飛隨風去不歸如何臨欲別不得傍君衣

歎花　　潘紫岩

春光今日歸何處更向花前把一盃盡日問花花不語
為誰零落為誰開

春花秋色

似斉山桃野杏非恥將濃綠眩羣姿間天乞入秋風隊
蘭蕙中間入片時

梅花 附

種梅　採梅　寄梅
尋梅　見梅　雪裏覩梅
南枝開北枝未開　未開梅　早梅
枯梅　落梅　紅梅　青梅
綠萼梅　黃萼梅　九月梅　眞州梅
瓶梅　梅桃　梅竹

早梅　王商

唐賢
忽見寒梅樹開花漢水濱不知春色早疑是弄珠人

又　無名氏

白玉堂前一樹梅今朝忽見數枝開兒家門户重重閉
春色何因得入來

又　　戎昱

一樹寒梅白玉條迥臨村落傍溪橋秖緣近水花先發
疑是經春雪未消

寄梅　　陸凱

折梅逢驛使寄與隴頭人江南無所有聊贈一枝春

紅梅　　方惟深

清香異質世稱奇試作輕紅更自宜紫府與丹來換骨
春風吹酒上凝脂直教臘雪無藏處只恐朝雲有去時
溪上野桃何足種秦人應獨未相知

種梅　劉翰

淒凉池館欲棲鴉彩筆無心賦落霞惆悵後庭風味薄
自鋤明月種梅花

梅花　林和靖

宋賢

衆芳搖落獨暄妍占盡風情向小園踈影横斜水清淺
暗香浮動月黄昏霜禽欲下先偷眼粉蝶如知合斷魂
幸有微吟可相狎不須檀板共金樽

梅花　晁無咎

寒岩幽霧不曾開殘雪猶封宿草荄一夢故應先臘破
百花渾未覔春來輙非上苑青房比誤作唐昌碎月待
常恨清溪照踈影横斜遂許落金盃

梅花　舒信道二首

霜林盡處碧溪傍小露檀心媚夕陽天下三春無正色
人間一味有真香

又

依然想見故山傍半倚墻陰半向陽短笛樓頭三弄夜
前村雪裏一枝香

紅梅　陳不器

嬌朱淺淺透煙光瘦倚疎籬半出墻雅有風情勝桃李
巧含春思避冰霜融明醉臉籠輕暈歛掩仙姿鬉嫩黄
日暮風吹隨行袂依微猶著袖中香

梅花　鄭性之

先生多在山中宿爲愛横斜影上窗然鬢髮借從深澗洗
頰有奴過别峯扛和羹宰相調金鼎止渴將軍擁碧幢
空谷不知如許沽来村酒且開紅

又　　方秋崖二首

近看遥見總風標不揀疎村自斷橋大士定中蒙素衲
太眞浴起卸紅綃别修花史爲題品高倡離騷伴寂寥
歲晚道人心似鐵愛香憐影尚魂銷

又

歲晚何人肯卜鄰梅於我輩最情親兩山盡是經行處
一雪不知多少春先後落花隨人意思横斜枝寫月精神
箕香嚼得成詩句落紙雲煙行草真

又　杜耒

寒夜客來茶當酒竹爐湯沸火初紅尋常一樣牕前月
纔有梅花便不同

又　戴石屏

瀟洒春葩縞壽陽百花惟有此花強月中分外精神出
雪裏幾多風味長捹向書牕疑是玉吟來齒頰亦生香
年年茅舍江村畔勾引詩人費品量

又　潘紫岩四首

柴門盡日少蹄輪坐對横窻數點春心向雪中偏暴白
影來月下亦精神十分洗盡鉛華相百劫修來貞潔身
笑殺唐人風味短不應喚作弄珠人

又用湖字韻

偷得湖齋半日閑有梅此地即孤山瘦邊似我腰今沈
白処憐渠鬢亦潸惟有竹君同所好豈容蝶使戲其間
調羹莫作兒童語老眼相看在歲寒

又

老梅手植幾何年一見風標始射仙特地留爲滕六伴
笑他大欠麴生緣孤高直是難諧俗開落從渠莫問天
座上諸公醒亦醉對花起舞藉花眠

又

昨夜花神有底忙先教踏白入南邦冷將隻眼窺春破
肯把孤心受雪降松弟得兄呼最長竹君取友歎無雙

月寄試看尤清絕一在梢頭一在牕

又　　林季謙二首

我爲梅花屢賦詩最憐踈蘂欲開時故人已去月千里驛使不來春一枝雪後園林纔有恨竹間桃李想亡奇天寒相對客心折百結新愁若亂絲

又

老眼驚看意自傷一枝春近故山長未愁瘴霧籠肌雪所恨流年點鬢霜索笑定知猶作想和詩端恐不成章司花莫綴封姨怒滿地飄零更斷腸

又　　白玉蟾五首

一自華光爲寫眞至今人冷落水之濱惟三更月其知己

此一瓣香專爲春清所以清冰骨髓損之又損玉精神
雪中好與誰爲伴只有竹如君子人

又

冰玉丰姿不可雙霜前雪後想淒涼絕憐夜氣渾如水
而況笛聲堪斷腸以月照之偏自瘦無人知處忽然香
從今桃李皆門士誰道花中有孟嘗

又

夜半風吹雪滿階頭巾不裹把燈開南枝暗就江頭發
一點香從月下來

又

南枝纔放兩三花雪裏吟香弄粉些淡著煙濃著月

深宮龍水淺籠沙

又

煙裏梅花別是清略無風動亦寒馨如焚古鼎龍涎餅坐對幽牕小黒屛

又　　王公煒二首

枯霜剪盡千林葉幾放江頭第一春瘦影看來天愛畫孤根生處地無塵夜郎歲晚逢羇客谷口雲寒見似人絕是精神吟不盡好枝和月揷紗巾

又

雪後梅花獨步天半開猶自未全然倚巖太瘦魂宜夢照水無塵骨蛻仙貯向金瓶生怕俗絕饒翠袖取爭妍

夜深霜角吹殘月錯夢梨花耿獨眠

又　　劉叉䏻二首

呼童汲井華泠浸枝枝雪伴我山中人吟無半窻月

又

佳人天一方歲暮音書絶一枝特贈君猶帶去年雪

又　　盧梅坡

梅雪爭春未肯降騷人閣筆費平章梅須遜雪三分白雪亦輸梅一段香

採梅　　戴石屏

穿林傍水幾平章合有春風到草堂自入冬來多是暖無花處忽聞香枝南枝北一痕月山後山前兩鬢霜

直。過年開未了，醉吟且放老夫狂

未開梅　劉後村

老樹天機早潛回，一點春寒梢方蓓蕾。玉骨已精神冷淡，看前輩芳菲總後塵。更須香共色，未是覽花人。

南枝開北枝未開　鄭性之　二首

山北雲衣裹萼紅，山南莫恨雪乘風。眼前開謝人心別，醉裏吟哦我輩同。

春意收香歸鼎鼐，月梢留影印階空。諸君行試調羹手，來歲花邊獨釣翁。

早梅

杖藜行盡幾崔嵬，處處尋梅未見梅。昨夜雪晴山有月，就中描得一枝來。

又　　鄭碩

紛紛蜂蝶莫教知竹外踈花一兩枝待得枝頭春爛熳
便如詩到晚唐時

又　　張榘

扶筇拄月過前溪問訊江南第一枝驛使不來羌管歇
等閑開落只春知

又

何年流水恨昨夜小橋春縱有相逢地都無可寄人

九月梅　　潘紫岩

洒掃東籬具菊杯仙翁折送幾枝梅絕憐綠蕚挽先去
悲與黃花作伴開造物定應無頃刻未霜早自有春回

窮山似汝真何數辛被詩人拈出來

紅梅　白玉蟾

玉妃初醉下瑤臺紫霧深深撥不開却恐錯穿桃李徑
高燒銀燭照歸來

用錢買綠萼梅　潘紫岩

爲愛栽梅廢食眠杖藜行盡幾山巔因貪雪後横窗影
那用朝來糴米錢窮鬼揶揄爭笑我詩翁邂逅亦欣然
花時莫起淵明恨糞火蹲鴟酌澗泉

黄蠟梅　林子謙 三首

鉛花洗盡暗香在金縷衣寒風味孤誰與絳綃偕舊敍
散花天女定黄姑

和前作

青女寒生玉霰濃素娥留照夜同孤小桃莫作嬌羞態

要與姚黃是婦姑

枯梅　　馬知節

斧斤戕不死半蘇半枯槎寂寞幽巖下一枝三四花

眞州梅　　周端臣

歌倒幾株梅黏枝半是苔相傳前代種曾歷太平來山

冷雪猶在春深花始開亂離無酒賣嚼蘂當銜盃

山中見梅　　戴石屏 五首

踏破溪邊一徑苔好山好竹少人來有梅花處惜無酒

三嗅清香當一杯

又

孤標粲粲壓羣葩，獨占春風管歲華。幾樹參差江上路，數枝妝點野人家。冰池照影何須月，雪岸聞香不見花。絕似林間隱君子，自從幽處作生涯。

寄尋梅者

寄聲說與尋梅者，不在山邊即水涯。又恐好枝爲雪壓，或生幽處被雲遮。蜂黃塗額半含蘂，鶴膝翹空疎帶花。此是看梅端的處，折來須付與詩家。

雪裏觀梅

辜負溪邊雪裏梅，怕寒不肯出門來。欲邀鄭老同清賞，爭得梅花六月開。

瓶梅

膽樣銀瓶玉樣梅，花枝折得未全開。爲憐寂寞空山裏，喚入詩人几案來。

又　嚴少魯

衣染龍涎與麝臍，裁雲剪月作冰肌。小瓶雪水無多子，只㕘横斜一兩枝。

落梅　鄭性之

夜來幾陣隔窻風，便恐明朝已掃空。點在青苔眞可惜，不如吹入酒杯中。

又　潘紫岩

一夜風吹恐不禁，曉來冷落已鬖鬖。忽聞病鶴和苔啄

空遣飢蜂遶竹尋稚子躊躇看不徧老夫索寞坐微吟
牕前最是閑情處拾片殷勤貯掌心

又　周端臣

條脫空嗟蕚綠華俗塵惟久駐香車數聲畫角單于塞
一曲山香阿母家簷砌尚疑妝後粉㙮衣猶認唾時花
別來埋沒春風面幾度虛牕嘆月華

又　嚴少魯

園花皆手植梅蕚獨禁寒色與香無價飛和雪作團
枝橫翠竹一夜遶朱欄不惜吟邊苦收將句裏看

又　盧梅坡

自負孤高伴歲寒玉堂茅舍一般看顛風擢剝君知否

鐵笛一聲人倚欄

青梅　白玉蟾

青梅如豆試嘗新脆核虛中未有仁勘破收香藏白處

冰肌玉骨是前身

梅謝桃　方秋崖二首

下欲成蹊春已殘雨紅猶自有人看極知不與君同調

但守平生一點酸

梅問竹

一番煙寒孰與娛橫斜影對此君臞風饕雪虐轉強項

唯我與君有是夫

實成債句望調羹今有高宗能用否詩味從來耳又和恐君酸不入侯鯖　李彥高

竹〻蜂蝶莫教知竹外疎花一兩枝待得枝頭春爛熳便知詩到晚唐時　鄭〻

玉笛吹徹北樓寒野月峥嶸動亂山一夜霜清不成夢起來春信滿人間　穀城黃銖

雪冷雲寒特地開高標元是衆芳魁是均不敢輕題品誰道離騷忘却梅　趙君寶

分門纂類唐宋時賢千家詩選卷之七

鐵面蒼髯冉洛陽客玉顏紅頰會瞽仙街頭相見如相識恨滿東風意不傳　陳去非

精神明潔思無邪妙處何須藉月華萬紫千紅誇富貴怎生修得到梅花　鄭大東子

竹外橫斜三兩枝暗香那得被風吹見梅不可無詩耳未必梅花要此詩　許屋翁

聞說梅花折曉風雪堆遍滿四山中何方可化身千億一樹梅花一放翁　陸務觀

梅花樹下著郎丘古人尚能愛花不月淡烟渾橫牧笛花生常支不負愁　同

一花兩花春信回，南枝北枝風日催。爛熳却愁零落近，丁寧且莫十分開。　同

万瓦清霜夜漏殘，小亭斜月過欄干。老來一支偏惆悵，堪恨好看梅時却怕寒。　同

迷谷何堪更北枝，年年自分着花遲。高標逸韻君知否，已在層冰積雪時。　同

孤山处士風流遠，招得梅花枝上魂。疏影橫斜猶昨日，不知人世几黄昏。　徐抱独

玉神何事帶紅消，未讓胭脂与杏花。天下更無清可比，湘累不敢入離騷。　僧雪岑

看花独立洞之濱，欲折芳枝恐損神。南国多年無驛使，憑誰寄与隴頭人。　僧李潭

紅梅

苧蘿山下越溪女，戲作長安時世粧。白白朱朱雖小異，斷知不是百花香。　陸務觀

施朱太赤非関染，映日多情不為酬。錯認杏花休舉似，北人強半在江南。　僧道原

姑射真人笑臉開，肯將顏色混香腮。仙姿曾打桃源過，引得春風上面來。　僧無文

南枝向暖北枝寒，一種春風有兩般。憑仗高樓莫吹笛，大家留取倚欄干。　劉元載妻

雪梅

東郭先生破履痕，瘦筇歷歷自尋春。千林一樣糊糊白，人不見花花見人。　胡直昭

月梅

倚樹徘徊有所思，小窓西畔影參差。孤山回首橫斜句，底用沉吟更作詩。　同

山村　無人知我歲寒心，乱樹繁藤翡翠中。竹外一枝人更看，山林正恨不能深。　同

江梅　玉立湘妃蘭若洲，淒淒心事水東流。滿汀沙月無人白，知有何人會此愁。　同

籬梅　甘処荒寒寂寞濱，此花元自不憂貧。竹籬茅舍詩人屋，正與玉妻同此春。　同

竹间梅　古梅半樹竹相侵，密翠周遭不可尋。斜放一枝窗出去，也應有不平心。　同

瓶梅　香骨和冰帶淚痕，剪騰瓶斜插水晶寒。一枝摘索春無主，合用揚州傍樹看。　同

林下看梅　銀花斜照數枝橫，夜半寒生玉骨清。竹外黃昏晴雪後，不知窗下見分明。　王渕伯

探梅　后五百年無放翁，狂歌醉舞與誰同。溪人入得桃花洞，猶有梅花路不通。　刘須溪

憶梅　孤山借別已多時，風月無媒雁信稀。夢裏相逢心未穩，尚疑太白收郎的。　刘叔安

種梅　齡叟閑人智淺深，淺堪成器種堪金。自憐到老猶迷闷，純種梅花作暮林。　刘潜夫

同　典衣了却贖園錢，甘為清香忍一寒。記得幾年風雪裏，傍人籬落借花看。　袁幻之

商洛見梅　仿東山下雪成堆，黃洞溪邊始見梅。山史不知春色早，却言梅花是去年開。　華子亭

雪裡觀梅　古年賓溪边雪子梅，白寒不肯出門來。欲邀郊老同清賞，無謂梅花二月開。　戴石屏

藏
前四

分門纂類唐宋時賢千家詩選卷之八

後村先生編集

百花門

桃花 附 桃 十月桃 山中見桃 櫻桃

唐賢　桃花　羅隱

暖觸衣襟漠漠香間梅遮柳不勝芳數枝艷拂文君酒半朵紅欹白玉墻

又　崔護

去年今日此門中人面桃花相映紅人面只今何處去

桃花依舊笑春風

遊玄都觀　劉禹錫

紫陌紅塵拂面來無人不道看花回玄都觀裏桃千樹盡是劉郎去後栽

山行見桃花　李九齡

一樹繁華奪眼紅開時先合占東風可憐地僻無人賞抛擲深山亂木中

櫻桃　柳子厚

海上朱櫻贈所思樓居況是望仙時蓬萊羽客如相訪不是偷桃一小兒

桃花　向敏中

千朶穠芳倚檻斜一枝枝綴亂雲霞憑君莫厭臨風看
占斷春光是此花

又　朱淑真

盡是劉郎手自栽劉郎去後幾番開東君有意能相顧
蛺蝶無情不見來

十月見桃　趙信庵

恰匝新園一徑通荷經霜盡野塘空桃花錯認東風暖
却與芙蓉鬬小紅

桃花　劉後村

為愛桃花半樹斜解衣貰酒隔溪家唐人苦死無標致
只識玄都觀裏花

緋桃　施眞卿

衣裁緗纈態纖穠，猶在瑤池半醉中。嫌近清明時節冷，趁渠新火一番紅。

又　潘紫岩

一枝纔破便精神，直是猩猩血染成。休逐東風貪結子，玉環早已妬傾城。

櫻桃　戴石屏

緑樹帶朱實，驅禽費彈丸。獨先諸果熟，堪奉五侯餐。猩血和瓊液，蠙珠薦玉盤。同時得同賞，芍藥滿雕欄。

杏花

杏花　　薛能

唐賢

活色生香第一流手中移得近青樓誰知艷性終相負亂向春風笑不休

杏花　　朱淑真

宋賢

淺注胭脂剪絳綃獨將妖艷冠花曹春心自得東君意遂勝玄都觀裏桃

又　　林逋

蓓蕾枝梢血點乾粉紅腮頷露春寒不禁夜雨輕欺儜秖好庭前愛惜看

梨花　附　梨

三分精神雪
作意雨中嬌
韻越清癯若
人會得嫭些
態須作物𫟼
出洛圖
趙福元
九月梨花
移臘迷春月
滿枝詮隨秋
日弄芳菲料
應恐落作春宵
是刪被西風
不放故
韓偓

唐賢　禁省梨花　皇甫冉

巧解迎人笑還能亂蝶飛春風時入省幾片落朝衣

梨花　謝無逸　二首

冷香銷盡晚風吹脉脉無言對落暉舊日郊西千樹雪今隨蝴蝶作團飛

又

剪剪輕風漠漠寒玉肌蕭瑟粉香殘一枝帶雪墻頭出不用行人着眼看

宋賢　又　蘇東坡

梨花淡白柳深青柳絮飛時花滿城惆悵東欄一株雪人生看得幾清明

又　朱淑真

朝來帶雨一枝春薄薄香羅蹙蘂勻冷淡未饒梅共色
靚妝長與月爲鄰許同蝶夢還如蝶似替人愁却笑人
須到年年寒食夜情懷爲你倍傷神

又　趙福元

玉作精神雪作膚雨中嬌韻越清癯若人會得嫣然態
寫作楊妃出浴圖

梨果　潘紫岩

紫輕半百遠分貽正值文園病渴時玉液果如孫楚賦
金柯未數上林奇斷牙頗覺飛泉遶老態慚非飣玉姿
無限世間蒸食者令人那解識檀梨

海棠 附 垂絲海棠

唐賢

海棠　鄭谷

艷麗最宜新着雨，妖嬈全在欲開枝。莫愁粉黛臨香嫩，梁苑丹青點畫時。

又　無名氏

海棠枝上問春歸，豈料春風雪滿枝。應爲紅妝太妖艷，故施微粉着胭脂。

宋賢

又　蘇東坡

東風渺渺泛崇光，香霧空濛月轉廊。只恐夜深花睡去，高燒銀燭照紅妝。

又　洪适

雨濯吳妝臙風催蜀錦裁自嫌生較晚不得聘寒梅

又　楊萬里二首

艷翠春銷骨妖紅醉入肌花仙無別訣一味服臙脂

又

老子侵晨起蜂兒代我忙滿身無鼻孔信口道無香

又　朱淑真

胭脂為臉玉為肌未趁春風二月期曾比浴泉妃子睡
不吟西蜀杜陵詩桃羞艷冶偷藏臉柳妬妖嬈抵皺眉

又　任斯庵二首

燕子欲歸寒食近黃昏庭院雨絲絲

紅妝翠袖一番新又向園林作好春却笑華清誇睡足
只今羅襪久無塵

又　劉後村

幾樹繁紅一徑深春風裁剪錦成叢花前莫作淵材恨
且看楊妃睡未醒

又　劉後村

海棠妙處有誰知全在胭脂半染時試問玉環堪比否
玉環猶自覺離披

海棠唱五首　劉後村

萬蘂千葩染似紅停盃無語恨東風薄寒且爲花愁惱
何況閑時值雨中

又

紅點霏霏似撒沙，荒園幻作五侯家。自憐改盡青青鬢，無力栽花且看花。

又

幾樹繁紅映碧灣，李羅山下見芳顏。分明消得黃金屋，却墮荒蹊野徑閒。

又

颶風猛雨阻追攀，欲問春留數日閒。過眼紅雲成白雪，到晴只恐没花看。

又

梅太酸寒蘭太清，海棠方可入丹青。趙昌骨朽徐熙死

誰寫春風上錦屏

和用前韻五首　劉後村

色深乍擣守宫紅，片細俄隨蛺蝶風。到得離披無意緒，精神全在半開中。

又

薔薇難比況金沙，一種風標富貴家。我有公評君記取，惜花須惜海棠花。

又

千株絳雪照滄灣，雁笑劉郎帶老顔。尚有少年情味在，戲搜綺語續花間。

又

鳳州宮柳昔曾攀，亦醉瓊花芍藥間。獨有海棠心未足，每逢多處必來看。

又

劉園水竹絕幽清，花徑繁紅鮮砌青。何處貴游閑步幛，誰家生色畫深屏。

又　王臞軒

梅太清臞桃太肥，不濃不淡此花宜。何人筆下有香字，爲杜陵翁補逸詩。

垂絲海棠　孫花翁

嫋嫋垂絲不自持，更禁日炙與風吹。仙家見慣渾閑事，乞與人間看一枝。

十月海棠

雪裡海棠

又　　楊誠齋

垂絲別得一風光誰道全輸蜀海棠風攬玉皇紅世界日烘青帝紫衣裳懶無氣力仍春醉睡起精神欲曉妝舉似老夫新句子看渠桃杏敢承當

杜甫從前看句難紫綿嬌色靠欄干春風不是開元樣豈作貪花睡起看　王橘林

万里橋西老拾遺兵戈流落念詩危海棠雖好無心看正自悲吟病類詩　江子我

移根千里入名園酒暈紅嬌氣欲昏待得大官春醉醒風光已不似開元　陳叔茂

昭陽殿裡醉含情三十六宮顏色輕幾句春風恰薄命少陵詩史不留名　僧聖從

小春破白催梅早占換南枝花尚遲似是天工薄寒素東風先到海棠枝　鍾景安

蜀妃妝詔紫虛皇玉鳳參差趣曉妝宮罷瑤池芳氣醉胭脂臉上白雲香　王子信

分門纂類唐宋時賢千家詩選卷之八

分門纂類唐宋時賢千家詩選卷之九

後村先生編集

百花門

牡丹 附

白牡丹
剪牡丹

唐賢

牡丹　李山甫

邀勒春風不早開，衆芳飄後上樓臺。數苞仙艷火中出，一片異香天上來。曉露精神妖欲動，暮煙情態恨成堆。知君也解相輕薄，斜倚闌干首重回。

又　方惟深

嫚黄妖紫間深紅殺雨初晴早景中静女不言還愛日
綵雲無定只愁風爐煙坐覺沉檀薄粧面回看粉黛空
此別又須經歲月酒闌携燭遶芳叢

白牡丹　韋莊

閨中莫妬啼粧婦陌上須慚傅粉郎昨夜月明渾似水
入門唯覺一庭香

又　開元明公　三首

長安豪貴惜春殘爭賞新開紫牡丹別有玉盃承露冷
無人起就月中看

又

漫山桃李占春光始見檀心吐露芳花骨不禁寒料峭

多煩曉日爲催粧

又　咸陽郭氏

既全國色與天香，底用家人紫共黄。却喜騷人稱第一，至今喚作百花王。

又　無名氏

一種芳菲出後庭，却輸桃李得佳名。誰能爲向天公說，從此移根近太清。

又

紅開西子粧樓曉，翠揭麻姑水殿寒。三月莫辭千度醉，一生能得幾回看。

（宋賢）牡丹　蘇東坡

綺席偏宜晝香霞獨占春洛陽荆棘久誰是惜花人

又 秋開 城山

白帝工夫纈彩霞肯將顔色弄部華酒粘織女秋衣薄

風動嫦娥寶髻斜霜露莫推今日藥輪蹄争看異時花

陰陽造化栽培地不趂春光有幾家

又 胡安國

秀出群芳照碧欄世間顔色比應難曉來露采光先泛

晚得雲陰葉未殘艷質易迷人競賞道心無染興終闌

使君認取真消息同向樽前笑裏看

又 朱淑真

香玉封春未啄花露根烘曉見纖霞自非水月觀音樣

不稱維摩居士家

白牡丹　石曼卿

玉色深紅緞帶長宮簾寒在井欄香毋家引上瑤池品
先得春風一面粧

（時賢）牡丹　任斯

日落簾垂春日長懶晴天氣牡丹香細看月面天然白
不必姚家宮樣黃

又　潘紫岩

爲愛妖饒惱病懷翠屏錦幄護香荄真教花事從頭盡
却把東風滿室開一縷暗藏金世界千重高擁玉樓臺
鼇湯池館依然在掃子年〻來不來

又　盧梅坡

玉欄四面護花王，一段風流似洛陽。深院不須防野鹿，只愁蜂蝶暗偷香。

三月晦日剪牡丹　潘紫岩

三月三十日，千花餘牡丹。莫辭連夜剪，猶得及春看。銀燭淺深間，金瓶高下安。洛中全盛日，見說大如盤。

芍藥

【宋賢】芍藥　洪駒父

蚕老桑柔戴勝鳴，翻階紅藥占春榮。牽風孫壽愁眉破，帶雨驪姬淚眼盈。

又　　蘇東坡　二首

一聲啼鳥畫樓東魏紫姚黃掃地空多謝化工憐寂寞
上留芍藥殿春風

又

小檻徘徊日自斜只愁春盡委泥沙丹青欲寫傾城色
世上今無楊子華

（時賢）芍藥　　林季謙

嫚綠妖紅一樣新一心黧面已陳人知君欲見梅花賦
故肯霜刀特送春

瑞香

瑞香　朱淑真

宋賢 玲瓏巧足紫羅囊，今得東君着意粧。帶露欲開宜曉日，臨風微困怯春霜。發揮名字來雕輦，彈壓芳菲入醉鄉。最是午窗初睡醒，重重現得夢魂香。

時賢 瑞香　劉後村二首

一樹婆娑數復斜，使君輟贈到田家。自慙蘿蔔繩樞子，不稱香囊錦傘花。小借煖風爲破蕚，旋澆新水待抽芽。丁寧童子勤封植，留與甘棠一樣誇。

又和

吟諷攀翻到月斜，衆驚奇寶聚貧家。高才盍視宮中草，退士聊看屋角花。未必園丁識樹性，更愁墨客笑婆芽。

畫堂金鼎爇熏蘭爭肯有天然韻可誇

又　潘紫岩

愛極愁風雨移根入畫簷色過袍樣紫香帶蜜脾甜蜜葉團團護幽枝歲歲添芬芳無着處一月在書籤

又　白玉蟾

瑞香蓓蕾破寒晴稚子呼爲紫素馨萬斛幽香量不盡霜風吹送暮天青

荼蘼

唐賢

荼蘼　盧祖皐

雪顆雲條一架春酒中風度夢中聞東君不是無顏色

過却梅花便到君

又　宋賢　韓持國

平生爲愛此香濃仰面常迎落架風每到春歸有遺恨
典刑猶在酒盃中

荼蘼　晁詠之　二首

綠鬢縈風春恨長高臺曉日倦新粧喚將梅蘂要同韻
羞殺梨花不解香

又

疎簾高檻俯幽芳露浥煙霏欲退粧月冷素娥偏有態
夜深青被不禁香

又　朱淑真

花神未怯春歸去故遣仙姿殿後芳白玉体輕蟾魄瑩
素紗囊薄麝臍香夢思洛浦嬋娟態愁記瑤臺淡薄粧
勾引詩情清絶處一枝和雨在東牆

茶蘼　　戴石屏

東風滿架得春饒三月梁園雪未消賸馥何人炷蘭麝
柔枝無力帶瓊瑤

又　　林季謙

想見君家壓架春一枝聊慰草堂人緑來桃李渾無味
合與梅花作後身

又　　劉溪翁

青蛟蛻骨萬條長玉架盤雲護曉霜外面看來些子槩

中間着得許多香一枝縞色分明好百卉含羞不敢芳
飛殺銜花雙海燕被渠勾引一春忙

又　盧梅坡

荼蘼結屋是何年風雨摧頹爲愴然飛似緑珠樓上墜
困於畢卓甕間眠

又

門前礙路旋移來壓架欹斜緑作堆三月半時花正好
十年前是手親栽幽香早被風偷逝小蘂那禁雨急催
盡數折爲神佛供兒教飛去卧蒼苔

荷花 附

新荷　敗荷　雨中荷花
賞荷

敗荷　李羣玉

唐賢

斜雨飛絲織曉空，疎簾半捲野亭風。荷花向晚秋光淨，零落殘紅碧沼中。

新荷　朱淑真

宋賢

平波浮動洛妃鈿，翠色團團小更鮮。蕩漾湖光三十頃，未知葉底是誰蓮。

荷花　任斯庵

時賢

五月荷池未見花，但擎餘蓋碧參差。何人喚起凌波步，要見晨粧出曉霞。

又　徐元杰

鼓角聲中璧月光，竹輿十里遶蓮塘。碧瑤仙子凌波襪

紅散天絲織錦裳彷彿若耶溪上路淒迷太華井邊涼
入城不覔東方白吹散一身風露香

又　僧居簡

漭粘古屋水泓天數葉田田貼小錢才大古來無用處
不須十丈藕如船

雨中荷花

翠蓋佳人臨水立寂寞雨中相對泣溫泉洗出玉肌寒
檀粉不勻香汗濕

賞荷　范大成

千頃芙蕖放棹嬉花深迷路晚忘歸佳人看識舟行處
時有鷺鷥水鴨飛

蓮花

附 採蓮 白蓮 青蓮 蓮實 旱蓮 ·双頭蓮

唐賢

蓮花　孟遲

脉脉低回殷袖遮，眼横秋水鬢盤鴉。蓮塘有刺不成折，盡日岸傍空看花。

偷采蓮　白居易

小娃撑小艇，偷採白蓮回。不解藏蹤跡，浮萍一道開。

宋賢

·蓮花　杜衍

鑿破蒼苔作小池，芰荷分得綠參差。曉來一朵煙波上，似畫真妃出浴時。

白蓮花　王元之

昨夜三更裏嫦娥墜玉簪馮夷不敢受捧出碧波心

青蓮花　朱淑眞

淨土移根体性殊笑他紅白費工夫幽姿羞損嬋娟女異色孤芳潑艷湖

時賢　蓮花　高九萬

膩玉肌膚碧玉房纍纍波面趁紅芳坐忘佛土三生夢來結人間一夏涼青葉縱時仙掌濕綠苞分處蜜脾香樽前笑摘翻風露猶記西湖古柳傍

双頭蓮　林季謙二首

一杯當與酹波神把酒臨池莫厭頻絕代不知誰獨立並頭應笑李夫人

又

幽香雙綻絳羅裳笑殺徐妃半面粧想見霜刀費天巧
染根應不待韓郎

旱蓮　劉後村

晴久方池可跣行萍枯惟有草縱橫未能未見叢〻折
緑柄𦃃〻看寸〻生憔悴若放臣臨楚澤戹於孝士陷秦坑
輸他杭越花如錦畫舫名姝衩按塋

蓮實　劉屏山

分房圓戢〻弄𢇁翠娟〻摘實憐空的方知雨露偏

荔枝　附

鴉啄荔

宋賢　荔枝　　蘇東坡三首

羅浮山下四時春盧橘楊梅次第新日啖荔枝三百顆不辭長作嶺南人

又

本自玉肌非鴿浴至今丹殼似緹刑侍郎賦詠窮三峽妃子煙霞動四溟

又

丞相祠堂下將軍大樹旁炎雲駢火實瑞露酌天漿爛紫垂先熟高紅掛遠揚分甘徧鈴下也到黑衣郎

時賢　荔枝　　戴石屏

荔子園多種色香俱不同新來嘗小緑又勝擘輕紅大

嚼恩千樹分甘僅一籠肯覩蔡公譜夢想到莆中

鵶啄荔枝　李梅亭

絳衣摇曳綻氷肌依約清華出浴時何物鵶鶵驅不去前身恐是食酥兒

芙蓉　附　黄芙蓉　三月芙蓉　木芙蓉

宋賢　芙蓉　邵清甫

三秋猶解強顔紅絶好清晨風露中不許涉江人錯認凌波着土兩家風凌波是水芙蓉着土是木芙蓉

黄芙蓉　朱淑眞

如何天賦與分芳徒作佳人淡泞粧試倩東君一爲

主輕黃應不讓姚黃

時賢

芙蓉　潘紫岩

為惜艷陽粧新枝不肯長綠深秋後兩紅折夜來霜
偏閒垂楊畔多臨古岸傍年〻根帶在開謝未渠央

又　劉後村

池上秋開一兩叢未妨冷淡伴詩翁而今縱有看花
意不愛深紅愛淺紅

又　盧梅坡

雲袂飄搖翠佩環仙姿綽約紫霞冠雖然謫在西風
裏合作人間小牡丹

三月芙蓉　白玉蟾

豈論春夏及秋冬事事皆由造化工誰道一生無好韻
何緣三月見芙蓉騷人猶恐東風誤醉眼真疑芍藥紅
便是重陽開未晚且傳好意取歡容

白髮飄蕭一病翁暮年身世藥瓢中芙蓉墻外高高發九月憑欄未怯風　陳去非

白帝鳴鞘送去程群仙高宴餞河津亭却倚祖帳金風冷綠袍紅嬌作軟屏　諶子仁

分門纂類唐宋時賢千家詩選卷之九

山礬　雍子順

折來隨意插銅壺能白晚香雪不如匹似梅花輸一着枝肥葉密欠清癯

牽牛花　秦少游

銀漢初移漏欲殘步虛人倚玉欄干仙衣染得天边碧乞与人間向曉看

同　楊廷秀

曉思欣欣晚思愁遶籬縈架太嬌柔木犀未發芙蓉落買斷西風恣意秋　武衍

紅槿花

花是深紅葉麹塵不將桃李共争春今日驚秋自憐客折來持贈少年人

槿花

風露淒淒秋景繁可憐榮落在朝昏未央宫裏三千女但保紅顏莫保恩

分門纂類唐宋時賢千家詩選卷之十

後村先生編集

百花門

桂花

附　秋晚未開　岩桂落英　賣木犀花

桂花　何應龍　二首

宋賢　露粟藏金一半開，層層碧玉映樓臺。西風昨夜吹香過，人在欄干待月來。

又

一樹婆娑月裏栽，是誰移種下天來。金英恰似清霄月

一度圓時一度開

桂花　邵清甫

絶怜月殿好根荄，流入人間次第開。只有君家双種好，馨香曾達九天來。

又　謝無逸

淪雪凝酥點嫩黄，薔薇清露染衣裳。西風掃盡狂蜂蝶，獨伴天邊桂子香。

又　宋貫之

多因譙国山邊種，豈是嫦娥月裏香。願與兒孫積陰德，東堂時占一枝芳。

又　朱淑真

彈壓西風擅衆芳十分春色爲伊忙一枝淡貯書窻下
人與花心各自香

秋晚未開　朱淑真

着意裁詩特地催花須着意听新詩清香未吐黃金粟
嫩葉猶藏碧玉枝不是地寒偏放晚定知花好故教遲
也宜急趂無風雨莫待霜高露結時

桂花　楊誠齋

天將秋氣蒸寒馥月借金波滴小黃不會溪堂老居士
更談桂子是天香

又　劉後村

生得粟來大粧成蠟樣黃落金遮蟻穴釀蜜滿蜂房月

下高低影風前遠近香夜深清到骨幽夢繞胡床

又　　宋壺山

揭紙糊窻莫放開園丁新送木犀來旋移屏著色無非畫盡日烘香不用煤同氣相求唯逕菊後生可畏獨江梅月中一本應靈異待向仙娥覓種栽

又　　戴石屏

金谷園林知幾家競栽桃李作春華無人得似天工巧明月中間種桂花

又　　林季謙

緑葉園林秋未高小籬放蘂近重陽西風故欲爲渠地掃盡岩頭樹〻香

木犀花
金粟如來言佛壯衣愛槐沉水侍諸方西風散作曼陀羅遍滿三千界香
李壽卿

又

歲華翻手又淒涼，世味令人鬢欲霜。淚眼見花愁入骨，西風吹去爲誰香。

又　華岳

西風吹老碧蓮房，萬壑風流拆麝囊。謾與籬花爭曉色，肯教盆蕙壓秋芳。月中有女爭分種，世上無花敢鬬香。要識仙根逈然別，一枝開傍御家墻。

賣木犀花　周端臣

擕却枝頭沽酒物，湖邊博得木犀花。西風可是無拘束，一夜吹香直到家。

落英　華岳　二首

秋叢遶舍似陶家遍遶籬邊日漸斜不是花中偏愛菊此花開盡更無花 元稹

淨掃庭階襯落英西風吹恨入蓬瀛人從紫霄囊中過
馬蹄黃金屑上行眠醉不須鋪錦褥研香還解作珠纓
宮娥未許填溝壑汲拾流蘇浸玉甖

菊花 附 五月菊 十月菊

唐賢 菊花 張彥發

秋風籬落遠晨起自栽移稍覓微根損須遲數日開最
清人愛重乍見蝶疑猜昔有陶元亮因茲歸去來

十月菊 月作日 鄭谷

節去蜂愁蝶不知曉庭還繞折殘枝自緣今日人心別
未必秋香一夜衰

菊花　楊誠齋

時賢

物性從來各一家誰貪寒瘦猒妍華菊花自擇風霜国
不是春光外菊花

又　王臞軒

弱榦簪頭大鮮葩蠟樣黃攙求煩稚子喜甚見重陽擬
與浮花並看渠晚節香今宵將供聖一粲動天皇

又

忙裏何曾把酒巵一愁心事付東籬等閑應被西風笑
老却黃花未有詩

五月菊　宋壺山

東籬千古屬重陽此本偏宜夏日長會得淵明高卧意

庭花猶得一句看　高九万

楊妃菊　玉環一占留香魂流落東籬艸樹根猶作霓裳嬌媚態愛江深粉濕秋痕

十月菊　張方叔　殘重陽九日期金英新開發兩三枝客非

故菊同占小窗涼

十月見菊　趙信庵

落拓山園載酒來江梅含雪倚春臺黃花無藉秋光老
猶自離披帶雨開

十月菊　潘紫岩十首

香名不枉入騷壇最愛霜枝傲歲寒切莫逢人歎遲暮
何曾委地有彫殘人如靖節方堪採世欠靈均少得殘
甚矣吾衰閉門坐籬邊自折一枝看

又

先生嗜菊々中仙不把東籬博秋田九日於中誰不愛
勤餐或可得延年

又

夕陽西去一憑欄眼底黃花自歲寒姚魏終皆非正色
請君細把楚騷看

又

不染東籬一樣黃枝頭攢細白而香勞將茉莉相題品
未必蓮花似六郎

又

一段風流玉琢成開從霜後越精神休嫌茉莉非吾配
曾見張良似婦人

又

白白黃黃自歲寒詩翁但作菊花看牡丹茉莉非吾輩

自是時人被眼瞞

又

親向東籬手自栽夕陽小徑重徘徊花應似得人乖角
過了重陽卻爛開

蘭花（附）

取叙蘭　種蘭花

一榮一枯

蘭花　王臞軒

（時賢）

見山堂裏小春寒觴政詩囊甚有歡重客分明知小李
美人自在寫猗蘭直須博去紉爲佩只欠香來劣可餐

又

[illegible]磵一枝尤灑落不妨人作易芳看　小李善畫墨蘭

劉後村

竹底松根甘寂寞
随桃李媚春日
高名三尺離騷
奚不入離騷更自高
許比肩

感蘭
迷花一似古
君子色不
香素爲春
媚人唯有
風無好醜
故令荊棘
蔓宜求去
得道亭

蕭艾敷榮各有時深藏芳潔欲奚爲世間卑孔無憑據
正伴幽懷讀楚辭

又　　潘紫岩三首

長身大葉發叢叢生處雖殊臭味同全帶安期溪澗碧
微偷勾漏篝砂紅閒名久向騷經內識面翻從要服中
等是海山閑草木東皇一顧便春風

又

聞説古家一種蘭移來遠自鄭津灣葉如壯士衝冠髮
花帶癯仙辟穀顏行輩合推梅以上交游多在菊之間
平生我亦好脩者乞取幽蘭鎮小山

遣人取紫岩劍蘭

万里鯨波一葦航坐移蕙畹置吾傍葉侵海氣三分瘦
花比家山一樣香灌溉預先收露水栽培偏愛近朝陽
莫教晚節儕肖艾我欲歸來結佩囊

種蘭花　趙時伐

深林瘦徑傲朝昏牙髮消疎氣骨存久畹誰移炎海角
半庭新禎冷雲痕圃翁認葉非凡種墨客知花是蕙魂
從此國香香不斷光風地長兒孫

一榮一枯　劉後村

兩盆去歲共移來一置雕欄一委苔我拙扶持令葉瘦
君能調護遣花開隸人挑蠹巡千匝稚子澆泉走幾回
亦欲效顰栽小圃地荒終恐費栽培

薔薇 附 紫薇

唐賢 薔薇 張祜

曉風抹破臙脂顆夜雨催殘蜀錦機當晝開時正明媚故鄉疑是買臣歸

又 朱慶餘

四面垂條密浮陰入夏清綠攢傷手刺紅墮斷腸英粉着蜂鬚膩光凝蝶翅明雨中看亦好况復值初晴

時賢 紫薇 劉後村

風標雅合對詞臣映硯窺牕伴演綸忽發一株深谷裏似知茅屋有詩人

葵花 附 黃蜀葵

黃蜀葵　薛能

唐賢　色黃新嫩欲題詩，盡日含毫有所思。記得玉人初病起，道家粧束厭禳時。

又　李涉

此花莫遣俗人看，新染鵝黃色未乾。好逐秋風天上去，紫陽宮女要頭冠。

芭蕉

夜滿月暗乱螢飛，驚見芭蕉葉上詩。憶得前時吟最苦，自携殘燭拂蛛絲。　僧藏叟

唐賢　芭蕉　杜甫

一種靈苗異天然体性殊葉如斜界紙心似倒抽書

未展芭蕉　錢珝

冷燭無煙綠蠟乾芳心猶捲怯春寒一緘書札藏何事
會被東風暗拆看

玉蘂花

玉蘂花　王建

唐賢

一樹蘢鬆玉刻成飄廊點地色輕輕女冠夜覓香來處
唯見階前碎月明

又　劉禹錫

玉女來看玉蘂花異香先引七香車攀枝弄雪時回首

驚怪人間日月斜

橘花 附柑

唐賢 柑　　　柳子厚

手種黃柑二百株春來新葉徧城隅方同楚客憐皇樹
不學荊州利木奴幾歲開花聞噴雪何人摘實見垂珠
若教坐待成林日滋味還堪養老夫

宋賢 橘花　　　丁謂

香於梔子細於梅柳絮梨花過後開搔首預愁經惡雨
傷心初見落蒼苔丹青得到須名手題詠今疎信不才
莫怪主公相看好幸家新自洞庭來

又　　黄山谷

君家秋實羅浮種已作纍纍半拂墻莫遣兒童酸打盡
要看霜後十分黄

山茶

宋賢　山茶　　陶商翁

江南池館厭浮紅零落山煙山雨中却是北人偏愛惜
數枝和雪上屏風

時賢　又　　劉後村

青女行霜下曉空山茶獨殿衆花叢不知户外千林縞
且看盆中一本紅性晚每經寒始拆色深却愛日微烘

人言此樹猶難養暮灌晨澆自課僮

榴花

唐賢 榴花　韓昌黎

五月榴花照眼明枝間時見子初成可憐此地無車馬
顛倒青苔落絳英

又　柳子厚

幾年封植愛芳叢韶艷朱顏竟不同從此休論上春事
看成古木對衰翁

宋賢 西垣榴花　晏元獻公

山木有甘實花托根清禁中歲芳搖落盡獨自向炎風

借水開花自一奇水沉爲骨玉爲肌暗香已壓酴醾倒只比寒梅無好枝

時賢　十月榴　刘後村

炎州氣序異十月榴始華是誰初植此石罅抽根斜綠陰蔽朝曦朱葩奪暮霞始猶一二枝俄已千百葩染人不能就畫史無以加

水仙花　附　金錢花

時賢　水仙　楊萬里　二首

韻絕香仍絕花清月未清天仙不行地且借水爲名

又

開處誰爲伴蕭然不可親雪宮孤弄影水殿四無人

時賢　金錢花　邵清甫

也無稜郭也無神露洗還同鑄出新青帝若教花底用
牡丹應是得錢人

茉莉

時賢 茉莉　劉後村

一卉能令一室香炎天尤覺玉肌涼野人不敢煩天女
自折瓊枝置枕傍

又　盧梅坡

京塵湫隘蠓蚊多彼美繁英玉雪窠見謂嬌柔能特立
肯憑他物斈藤蘿

又　徐千里

炎洲綠女雪爲肌十二朱欄月未移香逼簟紋眠不得
爲渠醒到打鐘時

又　趙福元

刻玉雕瓊作小葩清姿元不受鉛華西風偷得餘香去
分與秋城無限花

玉簪花

宴罷瑤池阿母家飛瓊扶上紫香車玉簪墜地無人拾
化作東南第一花

分門纂類唐宋時賢千家詩選卷之十

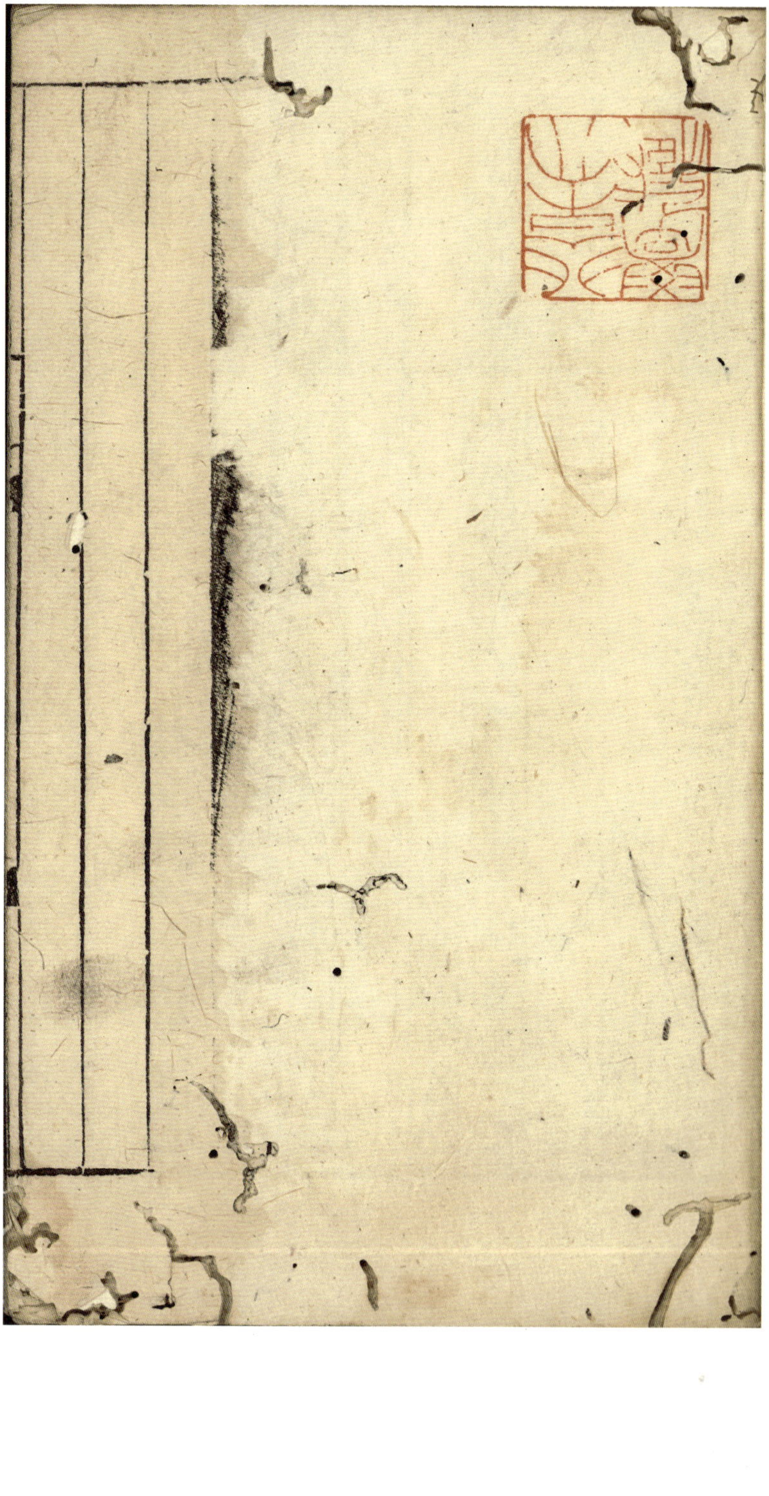

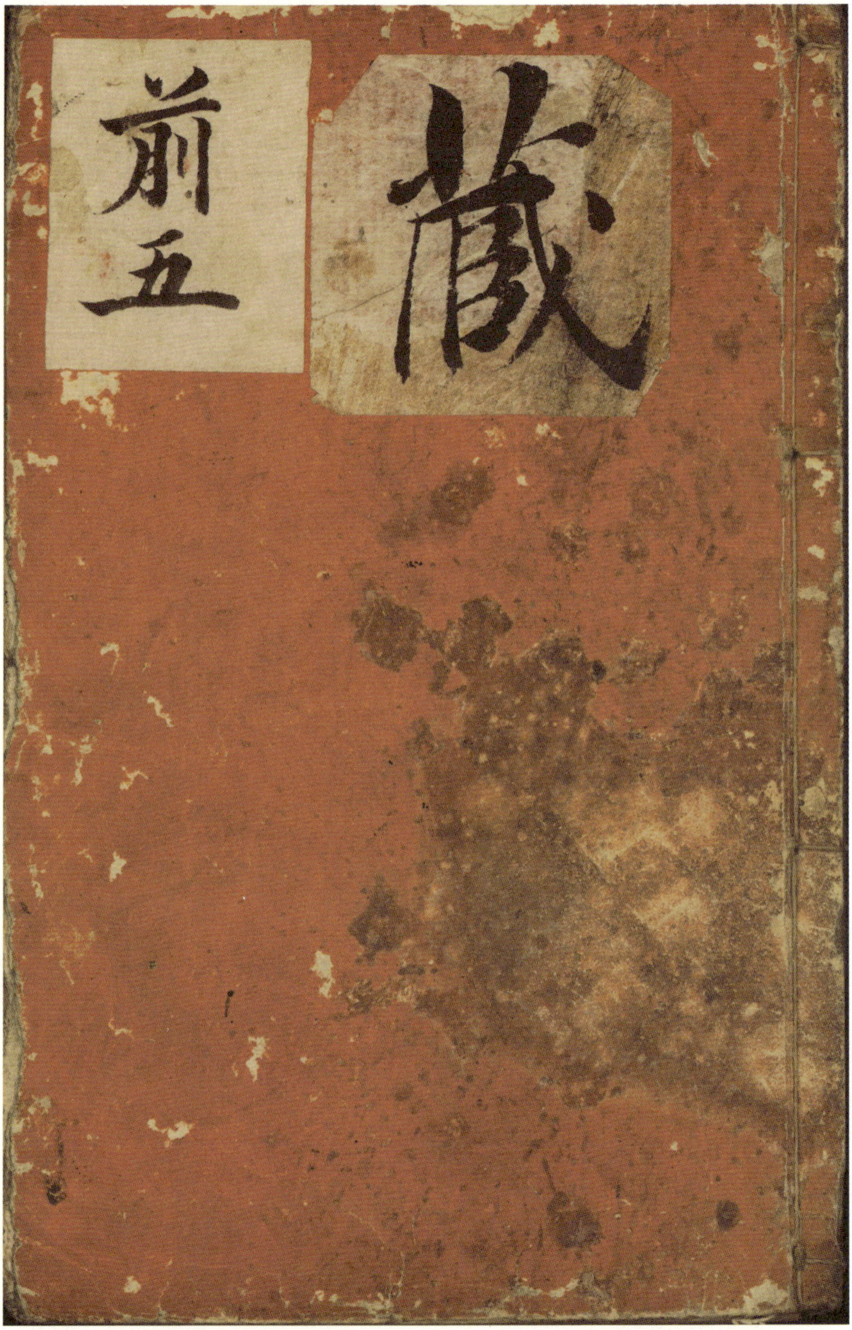
藏
前五

懷小栢
手種庭前小栢樹，分枝散葉儘天成。詩句未見長相憶，况是經年別友生。
范德機
老檜
皮乾鱗皺耐渴寒，誰能移植倚欄干。四時護有不凋色，近日人多種牡丹。
趙度支大
錢少章
挿檜
檜枝蒼翠色長鮮，古耳銅壺浸石泉。粧點吟窻似僧舍，一春不費買花錢。
羅隱
竹
籬外清陰接葉桐，晚風交戛碧琅玕。千歎從后知音少，移節雲梢漫歲寒。
楊廷秀
新竹
東風弄巧補殘山，一把吹添玉數竿。半脫錦衣猶半着，籜龍未信從春寒。
薛能
盩厔官舍新竹
心花清涼躰似吹，瀉風輕撼葉之之。無端種在西閑地，衆鳥嫌寒鳳未知。

分門纂類唐宋時賢千家詩選卷之十一

後村先生編集

竹木門百草附

竹附筍

新竹　班竹

柳嘲竹　竹答柳　直竹

竹　李涉

負郭依山一徑深萬竿如束翠沉沉從來愛物多成癖辛苦移家爲竹林

筍　何應龍

泥中莫恠出頭遲歷盡水霜稚自知昨夜雷轟渭畝

請君來看化龍枝

竹　蘇東坡

鮮籜新篁不自持嬋娟已有歲寒姿要看凛凛霜前意
須待秋風粉落時

又　朱淑真二首

一徑濃陰影覆墻含煙敲雨暑天凉猗猗肯羨夭桃艶
凛凛終同勁柏剛風籟入時添細韵月華臨處送清光
凌冬不改青堅節冒雪何傷色轉蒼

又

百竿直節拂雲齊千畝誰人羨渭溪籠雀謾教來唧噪
虛心終待鳳凰棲

新竹　黄庭堅

插棘編籬謹護持，養成寒碧映漣漪。清風掠地秋先到，赤日行天午不知。解籜時聞聲簌簌，放稍初見影離離。歸閑我欲頻來此，枕簟仍教到處隨。

又　李元應

峥嶸澤国與煙村，飽見尖尖出土痕。稍倩南風開鷁尾，數煩夜雨送龍孫。平生直節初揮籜，後日清陰自庇根。殘月暮雲森外看，森森矛戟萬軍屯。

班竹　洪适

帝子登湘岸，臨風粉淚彈。染花多少淚，點點透琅玕。

直竹　朱淑真

功直忠臣節，孤高烈女心。四時同一色，霜雪不能侵。

柳嘲竹　楊億　一首

好在碧澶灣，叢底度歲寒。何堪栽鳳律，只好製魚竿。水煙梢潤含風劒，葉攢芳陰聊奉庇。君試仰天看。

竹荅柳

我自虚心者，君能百尺芳。未聞䕶雪秀，唯解刺天長。葉密招禽宿，皮枯任蠧藏。他年丹穴鳳，恐不集垂楊。

時賢

竹　任思庵

挺挺霜中節，沉沉日下陰。試裁蒼玉管，吹作紫鸞音。

又　林季謙

勁節不肯俗，濃陰相映寒。數椽如可借，時聽報平安。

松

松 附 枯松 松明 柏 楓

宋賢 松 鄭獬

高標不畏雪霜侵，杜斷孤根出舊林。但恐長安無地種，人家桃李自成陰。

又 李誠之

半依岩岫倚雲端，獨立亭亭冒歲寒。一事頗爲清節累，秦時曾作大夫官。

又 王荆公

青青石上歲寒枝，一寸庵前手自移。聞道近來高數尺，此身蒲柳故應衰。

又　謝子才

壯節無双獨占春靈根誰肯混凡塵有時雷雨掀天地
疑是蒼龍獨奮身

又　僧齊己

影浸僧禪濕風吹鶴夢寒尋常風雨夜應有鬼神看

松　潘紫岩

柯代移來得々長想渠歷晉復經唐慣於岩畔諳風雨
可與人間作棟梁二室七仙同守護千杉萬檜任低昂
向來諸葛祠前柏比此物當爲伯仲行

枯松　白玉蟾

霜鱗雪爪一枯松恍似湖心見白龍想得呂仙曾[illegible]化

因官代松

拏雲攫霧去騰空

松明　林季謙

簌簌林梢落晩紅小炉隨分一樽空青熒爇火誰相語
坐揖凌煙十八公

陶侃栢　戴式之

四絶堂前枯栢樹晉人栽植宋人吟無枝無葉無吟處
聊寓一時懷古心

楓　趙成德

黄紅紫緑岩巒上遠近高底松竹間山色未應秋後老
靈楓方爲駐童顔

大夫古作棟梁材盃復清陰護緑苔只把江頭明月地詩他千里鶴飛來　胡靈集

禁中新柳 萬條金線帶春烟，深染青絲不直錢。又免生當離別地，宮鴉啼處禁門前。

楊柳 附 宮柳 柳絮 三眠柳 種柳 柳耳

唐賢

楊柳　温飛卿

楊柳千條拂面絲，綠煙金穗不勝吹。香隨靜婉歌塵起，影伴嬌饒舞袖垂。羌管一声何處曲，流鶯百囀最高枝。千門九陌花如雪，飛過宮墻兩不知。

又　鄭谷

半煙半雨溪橋上，映杏映桃山路中。會得何人惆悵意，千絲萬絮惹春風。

又　皇甫冉

高拂危樓低拂塵，灞橋攀折一何頻。思量却是無情樹

城外春風吹酒旗行人揮袂日西時長安陌上無窮樹唯有垂楊管別離　刘禹錫
綠樹千絲更万條春風到処一般吹離愁結在長亭路不似珠簾側畔　子昕
松風腰纖葉鬪眉春来無処不成條灞橋

不解迎人只送人

又　段成式　二首

陌上河邊千萬枝怕寒愁雨盡低垂黃金穗短人多折
已恨東風不展眉

宮柳　刘禹錫

枝枝交影鎖長門嫩色曾沾雨露恩鳳輦不來春欲盡
空留鶯語到黃昏

又　刘禹錫

花萼樓前初種時美人樓上鬭腰支如今拋擲長街裏
露葉如啼欲恨誰

宋賢　楊柳　陳恭公

一度春來一度新翠光長得照龍津君王自愛天然態
恨殺昭陽歌舞人

柳絮　蔡確

楊花三月暮撩乱送春歸盡日閑相逐無風亦自飛輕
輕攔乳燕故故撲征衣莫上高樓望徘徊灑落暉

又　石敏若

若無筋骨大輕柔何物如君得自由帶雨飄來成墜雪
捲春歸去作飛毬向人有意長如舞到處為家不解愁

又　朱行中

一陣東風邀勒住倒吹還補舊枝頭
隨風逐浪事輕狂巧占人門欲夏天只恐[illegible]空飛作雪

係又係 借客夢
百花洲畔
漫青坡
才五橋頭
蘸碧波
管竟筆
春寂寂
信後日伴
將頭致
借李庠

從教糝徑白於綿

又　邵堯夫

臨溪柳帶正依依更被狂風來往吹濃暮春不勝煙冪冪
深春無奈日遲遲誰家繚綁紬羅綺何處蹁躚金縷衣
猶恐離人腸未斷滿天仍着亂花飛

又　朱淑真

繚繞晴空似雪飛悠揚不肯着塵泥花邊嬌軟粘蜂翅
陌上輕狂趁馬蹄貼水化萍隨浪遠弄風無影度墻低
成團作陣愁春去故把東君歸路迷

三眠柳　謝才子二首

萬絲繚繞貫春工斜倚闌干枕曉風兩被流鶯驚夢覺

依前睡起海棠紅

又

嫩蘂吹風不自持淺黃微綠映清池玉人未識分離恨
折向堂前斈畫眉

又　　吕居仁

含煙帶雨過平橋嫋嫋千條復萬條張令當年成底事
風流才似女兒腰

西征問柳　　張芸叟

靈州城下千枝柳歲歲官軍採作薪他日玉関歸去路
將何攀折贈行人

柳　　刘後村

静是無憀動是狂秋蝉兩〻抱斜陽不知才思能多少
瘦得腰肢似沈郎

柳　林季謙

多情楊柳最怜人小撚煙條問訊春腸斷西風吹夢破
一番眉綠爲誰顰

又　李億二首

倚岸依〻一兩株溪風吹影暮煙踈青條拂水長如線
釣叟折來穿白魚

又

顔色鮮明能幾時末秋黄葉已辞枝都緣愛管閑離別
多恨多愁故早衰

柳絮　李梅亭

蝶撲蜂粘發出狂，飄然欲上白雲鄉。無端却被游絲𦨇，綰住春風舞幾場。

又　白玉蟾

綠楊無力燦相依，不管黄鸝送落暉。絮被魚吹成雨點，花爲蝶攫逐風飛。

又　盧梅坡

晴欄看尽柳花飛，一段風清不自持。若使化爲萍逐水，不如且作絮沾泥。

柳耳　李梅亭

風絮起時無續塞，兩絲添處有珠垂。黄鸝說尽千般語

舞困三眠總不知

種柳　　宋自遜

短斫深煨倒揷宜明年便有綠垂垂只因造化大容易不見歲寒冰雪時

又　　劉後村

少〻旗亭夾道邊小橋終日水潺湲垂楊種後方三尺惆悵成陰是幾年

百草　附

宮草　　萍

唐賢

草　　鄭谷

花落江堤簇暖烟雨餘江色遠相連香輪莫碾青〻破

留與遊人一醉眠

宮草　劉長卿

君王不可見芳草舊宮春猶帶羅裙色青青向楚人

又　崔国輔

長信宮中草年年愁處生時侵珠履迹不使下階人

萍　陸龜蒙

曉來依約半池明重疊侵沙綠剪成不用臨池重相笑
最無根蔕只浮名

宋賢

萍　邵堯夫

花間山畔綠如茵興廢曾經漢與秦了了山川無限好
愁傷今古幾多人嚴霜殺尽還逢雨野火燒殘又遇春

不見道傍多此物農家長是費耕耘

苔錢　趙循道

班〃染簟色差輕个〃徽圓類綠萍不比榆花鋪砌白
未饒荷葉點溪青陶鎔尽出春工巧磨雨多因夜雨零
好與詩人買風月何妨貯積滿空庭

（時賢）萍　宋謙父

若無根蔕逐波流風約纔稀雨復稠舊說楊花能変此
是他種子已輕浮

苔錢　趙福元

繞徑玲瓏撒綠錢田〃成百又成千未知買得春多少
草帶不妨長短芊

又　葉起潛

青錢點點浮鵝眼綠毯鱗鱗織翠毛聚散因風翻覆手池塘猶喜沒驚濤

又　葉秀實

山居雨后蘚紋斑滿地錢流疊翠團若是得之能使富多應不到野人看

分門纂類唐宋時賢千家詩選卷之十一

分門纂類宋宋時賢千家詩選卷之十二

後村先生編集

○天文門

日

唐賢

日

旦出扶桑路遥昇若木枝雲間五色滿霞際九光披　李嶠

又

錢易

又

洛浦全開鏡衡山半隱規相歡承愛景共惜寸陰移　杜甫

內宮月 三十六宮秋水深昭陽歌斷信沉沉唯應独伴陳皇后照看長门望幸心 杜牧之

天山月 寂寞寒光照斂衣閨西看將走眠遲絶徑青塚悲雲裡猶自嬋娟學眉 趙渓定

夏日出東北稜天經中街朱光徹厚地鬱蒸何由開

月

附 霜月 雲掩半月 十四夜月
新月 半月 翫月 十六夜月

唐賢

月 李建樞

昨夜圓非今夜圓却疑圓處減嬋娟一年十二度圓缺能得幾多時少年

霜月 李商隱

初聞征鴈已無蟬百尺樓南水接天青女素娥俱奈冷月中霜裏鬬嬋娟

宋賢

月 劉翰

春冰一片淨無瑕萬里清光遍海涯欲與嫦娥誇桂樹

京城翫月
秋滿西湖月正圓家家歌賞倚欄干西風歲歲長淮地應有征人帶淚看

盧金三甫
嫦娥竊藥出人間藏在蟾宮不放還后羿遍尋無覓處誰知天上亦容奸

袁郊

月中先合種梅花

十四夜月　范仲淹

光華豈不盛賞宴尚遲遲天意將圓夜人心待滿時已知千里共猶訝一分虧來夕如澄霽清風不負期

新月　周開祖

落照西山夜色浮彎彎寒月掛雲頭寶奩新樣橫眉黛珠箔斜懸半額鈎丹桂一枝初淺露金波千里未圓流嬋娟三日纔成魄散洒清光四百州

雲掩半月　朱淑真

霜月凝寒著意圓橫天雲浪礙嬋娟嫦娥未肯全梳掠玉鑑先教露半邊

雪月

雪月雖吹小 [illegible]
擔濕眼增明
月明華自光
人覓誰遣
梅花送影來
楊濟翁

半月　朱元晦

人間離別最堪憐天上嫦娥恐亦然昨夜廣寒分破鏡
半奩飛上九重天

翫秋月　趙崇森

玉宇秋光無一塵人人共喜桂華新看來世態炎涼盡
惟有月明無貴貧

初月　鄭仁叔

初月當樓滿風簾倚望斜光虧微有暈桂薄不成花

十六夜月

急槳寒天闊長江得月逢最憐新缺後全勝未圓時夜
壓潮千丈秋風桂一枝潛蛟勿翻動怨笛莫驚吹

又　　楊誠齋

昨夜雲爲祟今宵月始妍如何一日陽便減半分圓影
裏偏宜竹光中不認天客來休遣去我醉正無眠

星

（唐賢）星　　李嶠

蜀郡靈槎轉豐城寶劍新將軍臨北塞天子入西秦未
作三台輔寧爲五老臣今宵潁川曲誰識聚賢人

雲

水底分明天上雲可憐形影似吾身何妨舒作從龍勢一雨
吹消萬里塵　片雲　僧齊己

（唐賢）雲　　韓偓

輕世忘離愁藹容暉如車如蓋早依依山頭觸石纔長在
天際從龍自不歸竟欲向隙總籠夜月每來仙洞襲行衣
春風淡蕩無心後見說襄王夢亦稀

又　　辛黃遜

因登巨石知來處勃勃元生綠蘚痕靜即等閑藏草木
動時傾刻徧乾坤

又　　鄭準

片片飛來靜又閑樓頭江上復山前飄零盡日不歸去
帖破清光万里天

又　　郭震

聚散虛空去復還野人閑處倚節看不知身外无根物

拂拂林梢枝淡烟籠桃初試小晴天東風也似人情薄便將寒梅左一边　國謙甫

蔽月遮星作万端

雲

宋賢　司馬光

映日成丹鳳隨風變白衣去來皆絶迹隱顯兩忘機

風

附　春風　秋風　冬風
江上阻風

春風

唐賢　宋邕

輕花細葉滿林端昨夜春風曉色寒黄鳥不堪愁裏听
緑楊宜向雨中看

又

高蟾

明月斷魂清藹藹平蕪歸思緑迢迢人生莫遣頭如雪
縱得春風亦不消

又　羅鄴

芳草和煙暖更青閑門要路一時生年年檢點人間事
惟有春風不世情

秋風　刘禹錫

何處秋風至蕭蕭送鴈群朝來入庭樹孤客最先聞

宋賢

春風　王荆公

染雲為柳葉剪水作梨花不是東風巧何緣有歲華

秋風　刑居實

目送閑雲尽日愁寒來着破舊貂裘憑誰說為西風道
留取黄花點綴秋

江上阻風　朱淑真

正阻行程江岸間江頭三日繫歸船水光激浪高翻雪
風力推沙遠漲煙撥悶喜陪樽有酒供廚不虞食無錢
雕章見及唯虛辱勉强賡酬愧斐然

春風　白玉蟾

底事東風苦欲嫌不教詩客縱游觀無端盡把鞦韆送
落盡梨花似雪團

秋風　劉後村

黄葉蕭蕭忽滿街獨騎瘦馬豫章臺莫將宋玉心中事
吹向潘郎鬢畔來

又　桃鏞

灝灝風薄衣襟踈聲集暝林鴈驚煙塞夢鱸入故鄉心靜

落階前巢青傳月下砧更憐芳屋破愁絶少陵吟

冬風　白玉蟾

雪白霞紅雲色黄晚風先辨曉來霜吹開一路江梅蘂薰作九天沉水香

雨

春雨　夏雨　秋雨　祈雨　久雨

附　喜雨　夜雨　暮雨　江上遇雨

書堂遇雨　上嶺遇雨　登山遇雨

客中雨　舟中雨　漏屋雨

唐賢　雨　杜牧

連雲接塞添迢遞洒幕侵灯送寂寥一夜不眠孤客耳主人牕外有芭蕉

聽雨
方付江友尽
亭永英妙理
時時得細評
老去同參推
夜雨焚香白
卧聽無聲
声
遺簷点滴
如琴筑支枕
遠之自聽
奇憶在錦
城歌吹海七
年收雨不
曾知
陸務觀

春雨　　李九齡

夾路輕風撼柳條，雨侵香態動無憀。採桑陌上誰家女，濕損釵頭翡翠翹。

又　　羅鄴

東風颯颯洒皇州，能滯輕寒與勝遊。半夜五侯池館裏，美人驚起為花愁。

又　　楊憑

暮雨朝雲幾日歸，如絲如霧濕人衣。三湘二月春光早，莫逐狂風撩乱飛。

夏雨　　張俞

凝雲不斷常遮塔，野水無声自入池。綠樹晚涼鳩語鬧

畫梁晝寂燕歸遲

秋雨

點的行雲覆苑墻飄蕭微影度迴塘秦聲未覺朱絃潤
楚夢先知薤葉涼點水有紋浮淡碧遠林無韵滴疎黄
螢稀燕寂高牕暮正是西風玉漏長

觀祈雨　李約

桑條無葉土生煙簫管迎龍水廟前朱門幾處看歌舞
猶恐春陰咽管絃

宋賢

春雨　朱淑真一首

東風吹雨苦生寒壓盡春光不放寬萬紫千紅渾未見
閑愁先占許多般

春雨

添得垂楊色更濃飛烟捲霧弄輕風沾滋芳草茸茸綠濕透夭桃薄薄紅潤物有情如着意催花无語自施工一犁膏脉分春隴只慰農桑望眼中

又　　周邦彥

耕人扶耒語林丘花外時時落一鷗欲驗春來雨多少野塘漫水可迴舟

夏雨　　朱淑真

烈日如焚正蘊隆黑雲載雨瀉長空飛龍霹靂一声歇庭竹蕭蕭來好風

秋雨　　沈惟肖

夏雨
倏然一雨送輕颷客夢驚回枕簟寒剛道是晴還未信檐声和月落芭蕉
孟叔異

茸根听不歇滴二泠然秋疑是山翁醉岩前枕瀑流

又　翁元廣

勢掠郊原飛急雨声摇牕户過奔雷坐知多稼連雲熟
不獨新凉傍枕來

夜雨　歐陽脩

十里長街五鼓催泥深雨急馬行遲卧听竹屋蕭二響
却憶滁州睡足時

江上雨　丁謂

雨驚魚食釣翁歸手把絲綸下𩽹磯家在渡頭衝濕去
碎声繁點逐蓑衣

久雨　朱淑真

幾度尋芳已不成，又還寂寞過清明。假饒風雨顛迷甚，十日春無一日晴。

時賢

春雨　趙崇森

連朝連夜雨，春晝轉瀟瀟。巷陌泥沾足，田疇水浸腰。麥黃皆倒穗，桑凍不抽條。花事今休矣，祈晴且救苗。

又　白玉蟾

柳色煙光正鬧春，桃花落尽杏花驚。風從牕眼空中入，雨在簷頭滴到明。

夏雨　楊誠斋二首

一番暑雨一番凉，真个令人愛日長。隔水風來知有意，爲吹十里稲花香。

楊柳又橫風，冷雲壓地暮，江急画教人家水墨中。魏南夫

雨意

雲頭點地黑如點，雨脚枯天未敢恣，待得風師來判斷，一齊併作晩凉啟。鄭清之

秋雨

禾穟輕黄尚淺青，荷香已報隔林声。忽驚暮色翻成曉，仰見雙虹雨外明。

夜雨　　呂紫微

夢短添惆悵，更長轉寂寥。如何今夜雨，只是滴芭蕉。

又　　潘紫岩

吟魂不飲覓惺惺，那更宵眠得雨晴。遍地乱沾霜葉碎，隨風斜上紙牕明。暗從石罅添泉脉，戲向簷牙認雪声。明日梅邊曾有約，西郊泥濘未堪行。

暮雨

暮燕翻雷天作雲，一声歸鳥萬林昏。□城寂寞無堪□

月下擔瀕雨打門

久旱喜雨　　王𦼮軒

弥旬不雨懶龍乖乾我茅齐一畒苔火傘亭亭當午立
雷車隱隱半天來催詩笑我孤吟苦憂国愁眉八字開
池水甫能添幾許兒童已報可浮盃

喜雨　　林季謙

阿香誰使喚行雷風馭前驅電𢧁催江上乱雲隨手変
屋頭流水建瓴來枯田轉作豐年想碧樹旋招凉意回
坐覔乾坤有清氣却拈詩筆不能裁

登山遇雨　　劉後村

與客同登万仞崖蔽天風雨驀然來六丁白晝誅炎魃

百怪蒼淵起蟄雷毒螭噴時休盡黑怒龍裂處石中開
吾生不及觀河決得賦斯游亦壯哉

上嶺遇雨　黄白石

黑風吹雨又黄昏鷄犬數声山下村身在嶺雲飛處濕
不緣别淚濺成痕

江上遇雨　項平齋

夜牕踈雨不堪听獨坐寒齋萬感生今夜故人江上宿
如何禁得打蓬声

書堂遇雨　華岳

風疊雲成片溝槎水作層濕書移案避添硯就簷承鼃
擊声疑雹牕低暗欲灯須申酉漏日瞞意慢騰く

趙希逢 二首

又

急風吹不散膚寸起雲層覆千簷如潟寒心留莫承雷轟天上鼓電掣眼前灯掩卷興深省書声息口滕

客中雨

路滑山邊石灘渾水底沙曉風動銀竹夜漏滴簷花身伴灯爲客心隨夢到家頑雲凝未散合喚阿香車

漏屋雨　趙崇森

官屋無錢可得修雨來難免震崚憂墻基有罅相將踣地板無釘自在浮僕折松枝通夾溜兒編竹葉夅行舟衣衾漂濕渾閑事且上書樓把盃收

分門纂類唐宋時賢千家詩選卷之十二

閔雨三首
此詩三首在后集末久缺之

陌上冬乾泣老農天番甘雨付春工河昏争試雷霆手莫放人间有卧龍 朱希真

潭底亦龍喚不應驕陽似欲敗西成塵埋水車耿無蘇起點四野車水声 鄭敬夫

暍鳥下飲百川空民自祠龍待社公豈是長官渾忘卻水車声不到城中 劉潛夫

浴冰

車僕人煩渴思長岩中冰片玉方成老仙哭我塵学久労乞与壹高洗俗腸 程[illegible]

分門纂類唐宋時賢千家詩選卷之十三

後村先生編集

◎天文門

霜

宋賢 霜 歐陽脩

一夜新霜著地鋪，芭蕉心折敗荷傾。耐寒惟有東籬菊，金粟繁開曉更清。

露

唐賢 露 李嶠

滴瀝明花苑葳蕤泫竹叢玉垂丹桂上珠湛綠荷中夜
警千年鶴朝零七月風願凝仙掌內長奉未央宮

霧

唐賢 霧 李靚

樹在溪無影禽來鵲未知愛花留潤與避日卷陰移

又

曹公迷夢澤漢帝出平城涿野妖氛靜丹山霽色明

時賢 霧 白玉蟾

淡處還濃綠處青江風吹作雨毛腥起從水面蒸雲嶂

驚失林間一小亭

雪

附　春雪　賀雪　瑞雪　途中遇雪
夜雪　雪霽　雪後暖

唐賢

雪　　唐彥謙

客來迷舊徑，虎過識新蹤。浦近渾無鶴，林疎只有松。

又　　白樂天

何處更能分道路，此時兼不認池臺。冰鋪湖水銀爲面，風捲汀沙玉作堆。絆惹舞人春艷曳，勾留醉客夜徘徊。偷將虛白堂前鶴，失却樟亭驛後梅。

又　　李義山

寒氣先侵玉女扉，清光旋透省郎闈。梅花大庾嶺頭發縱橫隨風飛作楊花舞便向簷間作雨聲眼看手白失許坡三日青松奈老何昨收東風消不盡古檣陰知曉猶多集手潭普天銀色迷山河西望群峰濤白波旧讀楚今始信層冰積雪正峨峨 趙子昂

柳絮章臺街裏飛欲舞定隨曹振馬有情應傍謝莊衣
龍山萬里無多遠留待行人二月歸

雪　林逋

宋賢

清夾曉林初落數冷和春雨轉飄揚堪憐雀避來閑地
最愛僧偷過短墻

又　蘇東坡

天風淅淅吹玉沙詔恩歸沐休早衙遙知清虛堂裏雪
正似詹蔔林中花

又　石敏若

曉樹放開花意思夜窗添起月精神何如飛上黍乘鬢
與惱紅樓歌舞人

又　　　　　　　　　　戒昱

風卷寒雲暮雪晴江煙洗盡柳條輕簷前數片無人掃
又得書窗一夜明

又　　　　　　　　　　秦韜玉二首

雲掩寒空思寂寥玉塵如糝滿春朝片纔着地輕輕陷
力不禁風旋旋消惹砌任從香粉妬縈叢自學小梅嬌
誰家醉捲珠簾看絃管堂深煖易調

又

北闕同雲掩曉霞東風春雪滿山家瓊章定少千人和
銀樹長開六出花

瑞雪

盡道豐年瑞豐年瑞若何長安有貧者爲瑞不宜多

大賢

雪　蘇東坡

黄昏時作雨纖纖夜静無風勢轉嚴但覺衾裯如潑水
不知庭院已堆鹽五更曉色來書幌半夜寒光落画簷
試掃北臺看馬耳未隨埋没有雙尖

又　黄山谷

夜聽疎疎還密密曉看整整復斜斜風回共作婆娑舞
天巧能開頃刻花

又　胡安國

彤雲無際朔風高萬竅噓聲正怒號梅徑有香迷皓白
漁舟堪畫壓洪濤樵家束柱邀行客村館論錢旨薄醪

破臘莫嫌寒色重，會看未柰滿東皐。

雪　方惟深

剪水飛花着地乾，世間顔色比應難。謝家兒女空才思，只作因風柳絮看。

又　曽誠

曾看塵硯忽生冰，試出踈門雪已平。棲鳥亂爭寒栱鬧，晚雞微傍凍檐鳴。風花半結乾尤重，雲葉初黄暗未晴。書罷擁衾渾不寐，夜長惟聽洒窻明。

又　王震

未送餘寒歸嶰谷，先傳春信到花叢。最侵凌竹色回新緑，點注梅梢破小紅。

又　石敏若 二首

簷角玉龍垂不流凝雲未肯等閑休渾教玉樹開千里
不放紅塵礙寸眸珠滴甃頭寒後蟻衮披江上晚來舟
宮梅却恨花無韻封定香苞一夜愁

又 隨風排排玉花飄入夜窗窗總更寂寂是誰火已殘灯欲盡一篷詩 竹白蕭蕭 呂信臣

窗片穿窗夢枕清晨徉三白已占星勾牽物色詩傳信
排遣寒成酒有靈弱柳非時飄絮絮亂鴉何處墜風翎
朝來拄頰還驚失不見山屏萬疊青

雪霽　李方叔

紙窗明晄晄雲日暗瞰瞰半夜寒添被清晨雪擁門

夜雪　歐陽脩 二首

石泉凍合竹無風，夜色沉沉萬籟空。試向靜中閑側耳，隔牕撩亂撲春虫。

瑞雪

天工呈瑞足人心，平地今聞一尺深。此爲豐年報消息，滿田何止萬黃金。

途中遇雪　李時

天寒鴉欲棲，客路尚遲遲。泥滑寒驢澁，風斜破帽欹。雲藏山斷絶，梅苦盛禁持。客裏愁無着，愁邊却有詩。

又　朱淑真　四首

飢禽萬噪日三竿，積雪回風墮指寒。秀色暗添梅富貴，綠梢明報竹平安。冷侵翠袖詩肩聳，春入紅爐酒量寬。

簾外有山千萬疊，醉時回作怒濤看。

又

寒鵲無聲繞竹籬，凍雲四幕雪將垂。北風不看人情面，控勒梅花不放枝。

又 釣雪 長江渺渺浸同雲，六出飛花着地新。若更持竿圍妍吟，故來高臥得一簑歸。 余貴文

一夜青山玉撰尖，了無塵翳半痕兼。寒鴉打食圍沙渚，凍雀藏身宿畫簷。野外易尋東郭履，月中難認塞翁髯。梅花恣逞春情性，不管風姨號令嚴。

又 和

誰剪飛花六出尖，素娥肌肉瑩相兼。分明幻玉迷青嶂，輕薄隨風入畫簾。[illegible]筆想停詩客手，寒蓑宜擁釣翁髯。

長安陋巷多貧士可見鶉衣透膽寒

（時賢）雪　趙信庵

玉龍昨夜起天涯曉看團花一尺圍莫放粧臺簾捲上怕驚釵畔寶鸞飛

又　楊誠齋

揉雲剪水作風毬夜落連明肯便休舊説六花元未識偶看一片上貂裘

又　魏了翁

天馬流行澤上坤玉龍飛洒水邊村陽和入麥開新歲寒色留梅作上元

又　劉後村

衣裯無葉報蕭颼卧聽悤悤聲作許愁蘇暗冷光侵硯几
瓦蹤飛片落香篝甁思結客遊梁苑往愛提軍入蔡州
也欲訪梅湖畔去黄塵滿袖欲盟鷗

雪　　徐元杰

瓦聲初聽響蹤蹤頃刻庭除百斛珠寒雀不知來啄木
群雞粥粥亦相呼

又　　盧鉞

笠澤高風寒凜凜玄溪凝雪白皚皚扁舟我獨乘歸興
自是不因安道來

又　　高九萬

小艇沿湖看雪飛千當騎馬蹋春時是誰乞與楊花舞

先占東風一片期

又　方秋崖

酒醒開門雪滿山徑穿踈竹上危欄溪山與我俱成畫
草木惟梅大耐寒留伴夜深銀蠟落莫緣春近玉闌珊
老枝擎重供詩嚼一洗相如渴肺肝

又　潘紫岩

薄暮風吹一片雲可人滕六張吾軍鋪匀世界能平等
補往梅花得十分但使一天長玉色何須雙手裂龜紋
時清果亦多麋臾委地珠璣若不聞

又

淒暮簷牙雨跳珠兒童指似雪先驅初聞竹上來能密

旋覺梅梢重欲扶北地多應三丈許南州近亦十年無
此間斷縛吳元濟看踏銀坯入獻俘

又　趙希逢

雲霽商量未了天模糊遠近色相兼白呵凍手拈詩筆
青向誰家認酒帘散亂飛花刀旋剪須臾平地尺誰添
也知表沴并呈瑞深淺階前自可占

又　華岳三首

朔風卷水入天渠剪作飛花散玉虛竹本無聲緣葉密
梅因有影怕花疎路從玉鑑上頭過家在冰壺裏面居
欲作一詩撩謝女不知爲況近何如

一夜風神約海神盡將純素掩丹青四圍白壁成千嶂
萬里紅塵沒一星蘇岸柳條垂玉帶壓墻梅蕚上銀屏
好將今日平淮策說與當年李愬聽

又　趙汝鋌

病倦怯危坐起看天雨花蹇驢東野句破屋玉川家勇
羨穿籬犬飢憐噪樹鴉龍山雲氣勝冰柱憶劉叉

又　趙崇森

今年寒較早十月雪霏霏冰渚魚深逝風林鳥倦飛家
人催買炭客子慮無衣便好騎驢過羊羔酒正肥

又　白玉蟾　四首

朔風吹冷裂隱紗重把羅幃綉幕遮青女先將霜起早

素娥始放雪飛花

又

曉來紅日尚羞明四外同雲未放晴一夜九天開玉闕
六花萬里散瓊英

雪

飛廉滕六逞寒威費酒陪詩為解頤雪待夜深飛落盡
梅嗔風惡放開遲

又

久晴忽尔雨絲絲既雨還晴亦不疑滕六假寧催入局
趙袁回避乞尋醫擣霜碾雹出來不剪水彫冰片子時
一夜悄然飛到曉滿天滿地化琉璃

夜雪　宋壺山

雪眼羞明夜轉飛，梅花未覺竹先知。一爐榾火三杯酒，誰記山陰有戴逵。

雪後暖　戴石屏

先臘梅花謝，不冰溪水流。早嘗春菜餅，爕卻木綿毯。去歲三冬雪，今年百穀秋。此冬無此瑞，又爲老農憂。

雪晴　朱淑真　二首

桃李無言蜂蝶忙，曉寒未肯放春光。花將計會十山日，風爲栽埋一夜霜。

又

早上新鶯語尚澀，花無氣力倚雕欄。幸蒙殘雪回頭早

閑人倚杖笑
雷公又向澤
山霹怪松少
若有蘇天下
意何如聳
起武侯竜
乾致之

又遣東風薄倖寒

雷 附 雷鳴不雨

雷　禹九萬

時賢

二月寒猶在，春雲濕未開。洒窻終是雨，發軔數聲雷。齊麥綠生腦，棠梨紅折腮。西湖花事動，從此日裴回。

雷鳴不雨　潘紫岩

海激天翻雹霰肩，砉枝十丈壁爭為薪。須臾龍卷他山去，誤殺田頭望雨人。

又

樵子俄從路回，因言溪谷響如雷。分明雨怕城中去

只隔前峯不過來

虹

虹　王逢原

宋賢

晚虹隨雨過山巔誰揷青雲倒掛懸可惜兩垂空倒海不令一直去衝天豈堪暮靄時相蔽常對斜陽亦可憐好使渴來能劇飲且教溪壑減深淵

又　秦少游

倒垂雌蜺掛西樓逐雨追晴去未休安得萬糚相向舞酒酣聊把作纏頭（蜺，蜺結切）

分門纂類唐宋時賢千家詩選卷之十三

分門纂類唐宋時賢千家詩選卷之十四　　後村先生編集

地理門

香山常住

山（附）

山居　登山　深山

山行　宿山家　遊山

山居　　李九齡

唐賢

亂雲堆裏結茅廬已共紅塵迹漸疎莫問野人生計事

窓前流水枕前書

又　　王建

屋在瀑泉西茅簷下有溪閑門留野鹿分食與山雞桂

熟長收子蘭生不作畦叩開洞中路深處轉松梯

登山　李涉

終日昏昏醉夢間忽聞春盡強登山因過竹院逢僧話
又得浮生半日閑

深山　李成季

日出斂蒼靄雨餘生晚涼鳥啼人不見花落樹猶香

山行　王荆公

瀟灑重重柳山坡處處梅小輿穿麥過狹徑礙桑回

宿山家　徐靈淵

維舟拚曉步平沙晚泊雲根第一家新取菜蔬沾野露
旋編籬落帶山花門前相對青峰小屋後流來白水斜

可愛山翁無一事藤墻西畔看蜂衙

遊山 西山　陳傅

爲愛西峯好吟頭盡日昂卧花紅作陣溪水緑成行幾夜凝新月半山無夕陽寄言嘉遯客此處是仙鄉

山行　趙信菴

下馬酌村醪松梢日正高轉從山後去幾樹野櫻桃

又　徐元杰

步繞青秧緑水間春畦交錯路回環老翁牽得牛當路恐礙人行却復還

山行　戴石屏

度嶺休騎馬臨淵看網魚木根高可坐石細堪書谷

鳥鳴相荅山雲卷復舒儒衣人賣酒疑是蜀相如

又　　石屛

地僻人稀到山寒水欲冰聞鍾知有寺見犬不逢僧斷壠森喬木頽簷掛古藤清溪照孤影詩骨瘦崚嶒

又

山村寂寞去程賒莫惜頻頻到酒家行李蕭然還不俗擔頭顛倒插梅花

登山　　劉後村

一里稀逢寸地平且無木影蔭人行竟飛唯學王喬舄每貫全如鄧艾兵棋子斅花簪帽重山靈供水入瓢清捫蘿莫怪徐徐下恐賺林僧秉炬迎

遊山　戴石屏

鳳凰洲上鳳凰山草草登臨見一斑不立樊墻天廣大
儘栽花竹地寬閑白雲四面峯千疊綠柳前頭水一灣
行色催人詩未就寄情亭院落花間

登山　戴石屏

抖擻囂塵上翠微旁溪寺上坐題詩忽聞啼鳥不知處
細看好山無厭時風掃雲煙開遠景人携香火謁崇祠
客來千里登臨意說與時人未必知

登嶺　潘紫岩

纔登西嶺路詩思便能清眞棧道雲間没籃輿壁上行遥
山時見虎深谷夏聞鶯咫尺名山寺猶勿兩日程

又

黃茅連遠近，不見一人行。信步未知險，回頭方可驚。路由高頂過，雲在半腰生。落日無棲止，飄飄自問程。

山居　戴石屏

岩路穿黃落，人家隱翠微。籠雞爲鴨抱，網犬逐鵝飛。竹好堪延客，溪清欲浣衣。禪菴在何許，僧帶雲歸。

又

茅屋七五聚，沙汀八九驂。撐山栽麥秀，囊石障溪湍。交老雞麻社，兒童芋栗盤。幽居有餘樂，奔走愧儒冠。

宿山家　范成大

黑穀鑽籬破，花猶突戶開。空山竹尾屋，猶有燕飛來。

村 附

田家　江村
村居　山村

村　李商隱

唐賢
城郭休過識者希哀猿啼處有柴扉滄江白石漁樵路
日暮歸來雨滿衣

田家　孟浩然

故人具雞黍邀我至田家綠樹村邊合青山郭外斜

江村　杜甫

清江一曲抱村流長夏江村事事幽自去自來堂上燕
相親相近水中鷗老妻畫紙爲棊局稚子敲針作釣鈎
多病所須唯藥物微軀此外復何求

宋賢

村居　趙希逢

卜築便幽僻相逢嘉客嘉充庖鋤野筍釘坐拗山花竹列階前戟山排門外衙夜深誰是伴風月兩三家

又　徐靈淵

路遶山根石磴斜小橋流水樹交加柴門半掩人稀到五里牌邊三四家

江村　郭功父

遠近皆僧刹江村八九家得魚無賣處沽酒入蘆花

江村　蔡襄

黯淡江村春日斜汀洲芳草野田花孤舟横笛向何處竹外炊煙一兩家

山村　彭汝礪

莫笑農家勝酒樽豐年留客足雞豚山重水複疑無路
柳暗花明又一村

田家　范成大　二首

晝出耘田夜績麻村莊兒女各當家童孫未解供耕織
也傍桑陰學種瓜

又

榾柮無煙雪夜長地爐煨酒煖如湯莫嗔老婦無盤飣
笑指灰中芋栗香

又　趙崇森

稺子呼牛女拾薪山妻自鱠小溪鱗安知曝背庭中老

不是淵明行輩人

村家　　徐元杰

踈煙落日路三叉，敗葉乾楓屋數家。場圃畢工梁月出，傍簷紅女績絲麻。

村居　　戴石屏

山僻誰家綠樹中，短墻半露石榴紅。蕭然門巷無人過，三兩孫隨白髮翁。

郊野　附

郊行　郊坰

郊行遇雨

宋賢

野　　吳思道

密竹藏啼鳥，荒村起白煙。人行秋色裏，家在夕陽邊。

郊野　　趙信菴

白鳥衝煙去山僧渡水來竹籬茅舍外忽見野梅開

郊坰　　劉後村　二首

所住在郊坰田園事遍經淺溝晴後塞高壠雨餘青

潤隣翁富祠新社鬼靈兩州無酒禁十戶九旗亭

郊行

一兩錢殘熱欣然思牧添野田沙鶴立古木廟鴉啼失

僕行迷路逢樵負過溪獨遊吾有趣何必問棲棲

又　　徐元杰

百花只被一晴催一出郊行花盡開携杖奚奴趂先去

路迷青草却回來

又　　潘紫岩　五首

山色今朝改，溪流昨夜添。數荷紅貼水，一笋綠平簷。處處鬧繅軸，時時見酒帘。買香謁岳廟，翁媪亦祈蠶。

又

衰病逢行健，歸途未寂寥。晚山青潑眼，早稻綠平腰。林舊藏僧寺，溪新架石橋。松陰田舍古，小立聽鳴蜩。

又

擬欲尋詩取次行，東風放出十分晴。花時酒旆家家有，蚕月繅車處處鳴。尺可腰鐮從父老，何能手板事公卿。他年居述逸民傳，萬一中間有姓名。

又

野店柴門傍水開憑欄漱罷一徘徊雲來嶺表商量雨
蜂遶溪灣物色梅

又　　僧惠嵩

野田分路入誰家綠樹鳴鶯坎鬧蛙過午歇涼人睡足
村村水滿稻吹花

郊行雨　　潘紫岩

出郭忽數里雨餘秋意偏遠山青入霧野水白平田鷺
立斜陽去牛依古樹眠不辭泥濘極即此是豐年

分門纂類唐宋時賢千家詩選卷之十四

分門纂類唐宋時賢千家詩選卷之十五

後村先生編集

地理門

江景（附）

江行　江望　江上暮景

江漲　江居　江上泊舟

（唐賢）江　柳子厚

瘴江南去入雲煙，望盡黄茆是海邊。山腹雨晴添象跡，潭心日煖長蛟涎。

路險束舟　錢起

峚路縁江狹，沙崩岸不平。盡知行處險，誰肯載時輕。

宋賢

江　王荆公

小雨輕風落楝花細紅如雪點平沙槿籬竹屋江村路時見宜城賣酒家

又

行至滄洲直酒旗午煙浮起隔林炊江晴日煖蘆花轉恰似春風柳絮時

又　許右丞

愛此江邊好留連至日斜眠分黄犢草坐占白鷗沙

又　范成大

江邊閣舟子潮落幾時回野店無灯火還須明月來

時賢

江

天色無情淡江聲不斷流古人愁不盡留與後人愁

江行　趙信庵

霜清月冷鴈聲秋今古江流不盡愁風捲蘆花漫雪浪
夜深鼓櫂落汀洲

又懷安路　劉後村　三首

閩溪瘴嶺客程賒曉泊懷安喜近家大屋書旗夸酒米
小舟鳴櫓競魚蝦溪移驛已臨高岸潮退帆多聚淺沙
快着征衫鞭瘦馬要看二十里梅花

又

曉發霜寒甚添衣過石橋蟹蹲水怪漁婦飾山魈海
船多停岸人家盡面潮平生村野熟欲此老耕樵

又

暫游不得久淹留此龍江景物何天勢去隨帆際盡海聲來傍枕邊多晚窻微見燈明嶼齋閣遥看日浴波定有後人尋舊迹已留小篆識山阿

江行　戴石屏

江頭落日照平沙潮退漁舟閣岸斜白鳥一雙臨水立見人驚起入蘆花

江行　潘紫岩

急櫓鳴鵝鸛喧灘閤鼓聾風隨山曲折船與浪高低春淺霜連夜天隨月半溪差峩如許石直欠一鐫題

江行　王君謨

暮雲含雨意江路轉凄清夜泊扁舟處時聞孤鴈聲蓼
於秋欲老蘋是客閑情不信他鄉恨吟邊分外生

又　趙崇森

貪看湘江景蓬䆫手自捫沙陳鳥行跡石帶水流痕大
樹多遮廟踈林閒有村蘆花白彌望消得酒盈罇

江舍　徐元杰

水車軋軋雪飛飛向水開門近岸磯鵝鴨不隨江水去
清晨出放晚來歸

又　潘紫岩

近郭畏囂塵移居在水濵江山千古意松竹四時春賓
客門無禁詩書筆有神何郎好心事鷗鷺亦相親

江居　戴石屏 五首

八景横陳淦水濵，異鄉誰識倚樓人。江山不礙乾坤大，煙雨翻成風月新。十載經營梅屋趣，三間突兀草堂隣。裁詩未得驚人句，從此登臨莫厭頻。

又　葉唐卿

家住夕陽江上村，一灣流水護柴門。種來松樹高於屋，借與春禽養子孫。

江望　朱正中

點點風帆落處還，似無似有海門山。白鷗却怕潮頭惡，閑卧汀花野草間。

江上泊舟　戴石屏

稀舟泊江渚,遥沂酒家門。出網魚蝦活,投林鳥雀喧。無橋通竹塢,有路到桃源。一見南塘字,婆然憶故園。

江漲

夏潦連秋漲,人家水半門。都拋破茅屋,移住小山村。

江上暮景　　戴石屏

數點歸鴉過別村,隔溪漁笛遠相聞。菰蒲斷岸潮痕濕,日落空江生白雲。

湖

附　西湖　春遊湖　湖居　遊湖

唐賢

湖　　盧綸

菖蒲翻葉柳交枝,暗上蓮舟鳥不知。更到無花最深處

玉樓金殿影參差

宋賢 西湖　林和靖

混元神巧本無形匠出西湖作畫屏春水淨於僧眼碧
晚山濃似佛頭青欒櫨粉堵揺魚影蘭若煙叢閡鷺翎
往往鳴榔與横笛細風斜雨不堪聽

又　蘇東坡二首

畢竟西湖六月中風光不與四時同接天蓮葉無窮碧
映日荷花别樣紅

初晴後雨

水光瀲灧晴方好山色空濛雨亦奇欲把西湖比西子
淡粧濃抹總相宜

湖　　徐靈淵

拾得柔條弄淺波清風吹斷採蓮歌又移小艇前汀去
蓮葉稠時柳影多

春遊湖　　徐東湖

雙飛燕子幾時回夾岸桃花蘸水開春雨斷橋人不渡
小舟撐出柳陰來

湖景　　施真卿

一曲新腔紫玉簫謾晴簾幙窣蘭橈柳迷遠近花張錦
小泊危紅第六橋

又　　林龍發

煙生楊柳一痕月雨弄荷花數點秋此景此詩模不盡

畫船歸去有漁舟

又

樓臺煙雨裏寺觀水雲中柳影六橋月荷香十里風烏樓青玉障人在水晶宮欲寫西湖景應須百畫工

又　徐元杰

花開紅樹亂鶯啼草長平湖白鷺飛風物晴和人意好夕陽簫鼓幾船歸

又　戴石屏

亭亭綠荷葉密密罩清波為見湖光少却嫌荷葉多

湖居　趙崇森

得分符信尚年餘且向湖邊借屋居賣了新琴收舊帖

屏除級紙理殘書時邀道士同看鶴旋問舟人學釣魚樂莫樂兮無一事曲肱飲水飯蔬蔬

遊湖　王臞軒

波平煙霽晚風和船到湖心水没篙涼絶不知三伏暑醉酣齊唱八仙歌賞梅洞口憐和靖種柳堤邊憶老坡魚鑰他時如共直好論舊事卷新荷

溪

附　溪居　溪行　溪上二仙亭　舟夜泊溪

唐賢

溪居　劉商

共愛碧溪臨水住相思來往踐莓苔而今却欲嫌溪水雨漲春流隔往來

又　韋應物

獨憐幽草澗邊生上有黃鸝深樹鳴春潮帶雨晚來急
野渡無人舟自橫

宋賢　溪行　徐靈暉

斷橋橫落淺沙邊沙岸疎梅卧曉煙新雨漲溪三尺水
漁翁來覓渡船錢

又　王荊公

溪水清漣樹老蒼行穿溪樹踏青陽溪深樹密無人處
唯有幽花渡水香

又　蔡天啓

野水潺潺平落澗秋風瑟瑟細吹林逢人托魏知村近

閙鳥聞鍾覺寺深

溪　　　　　　　　　　戴石屏　五首

勝槩何妨近市塵紅塵跡處着三椽數重青嶂横天末
一道澄江在眼前海浪浴紅朝出日樹林堆碧晚生煙
請君分付堤邊石莫使漁翁來逹船

舟夜泊溪

艤棹西巖下舟人語夜闌風林無鳥宿石磴有龍蟠月
色連沙白灘聲入夢寒曉來新得句寄與故人看

溪上二仙亭

雨後好風日出門逢二仙行吟蒼石上醉卧白雲邊山
色堪圖畫溪聲當管絃梅花動詩興猶記杏花篇

溪行

長舟不用拖沙上，大爲篙溪路灣環。轉灘聲日夜號，居人不覺險，行客始知勞。四望無平地，山田級級高。

溪行

山腰有路穿幽竹，溪面無橋涉淺沙。夾岸人家小園圃，秋風吹老木犀花。

又　李顯卿

枯木扶疎夾道傍，野梅倒影浸寒塘。朝陽不到溪灣處，留得橫橋一板霜。

溪居　郭忠謨

鑿破青山骨，初營數畝丘。泉分幽竇乳，峽束大江流。漁

唱來花徑山光落釣舟沙鷗驚笑語片片起滄洲

泉

附井

唐賢

泉　崔塗

遠辭岩竇瀉潺潺靜拂雲根別故山可惜寒聲留不得旋添波浪向人間

井　李郢

桐陰覆井月斜明百尺寒泉古甃清越女携缾下金索曉天初放轆轤聲

宋賢

泉　徐靈暉

飛下數千尺全然無定形霓横天日射龍出石雲腥壯

勢春曾看寒聲佛共聽昔人云此水洗目最能醒

時賢 泉　　徐道暉

一泒從天下曾經李白看千年流不盡六月地長寒洒木跳微沫衝崖作怒湍人言深碧處常有老龍盤

又　　戴石屏

少泊石門觀瀑布明知是水却疑非亂拋雪玉從天下散作雲煙到地飛夜聽蕭蕭洗塵夢風吹細細濕人衣謝公蠟屐征行處闇有留題在翠微

舟

附　採蓮舟　遇風險　阻風

泛舟松江　泊舟

唐賢 舟　　張繼

月落烏啼霜滿天江楓漁火對愁眠姑蘇城外寒山寺
夜半鍾聲到客船

又　　崔顥

下渚多風浪蓮舟漸漸稀那能不相待獨自逆潮歸

又　　錢起

斗轉月未落舟行夜已深有村知不遠風送數砧聲

舟　　秦少游

（宋賢）曉浦煙籠樹春江浪拍空煩君添小艇畫我作漁翁

遇風險　　范文正公

（時賢）一棹危於葉傍觀亦損神它時在平地無忽險中人

舟　　趙信菴三首

雨過平蕪帶落暉蘆花飄泊點征衣舟人忽報東風急
萬斛龍驤噴雪飛

又

櫓聲咿軋下灘來驚起沙鷗去又回小艇暫停曲江滸
推篷和雪看寒梅

又

鼓櫂過前灣推篷破旅顏山回流水轉煙逐曉雲閑

舟　戴石屏二首

棹入黃蘆浦驚飛白鷺群霜華濃似雪風氣盛於雲市
遠炭增價天寒酒策勳同舟有佳士擁被共論文

泊舟

扁舟何處泊沙渚夕陽邊遠浦横漁網高山起曉煙

泊舟　吴公敏

潭影靜沉沉維舟傍竹林鄉心寄孤鴈寒信起疎砧犬吠人家近燈明樹影侵客愁元不寐夜雨更蛩吟

又　黄伯厚

片帆寂寞繞孤村芦花驚寒半掩門行草不成風斷鴈一江煙雨正黄昏

又　上官良史

渺渺復迢迢楓林帶野橋沙寒初上月浦暗已回潮霜葉多先折江花或後凋今宵何處鴈相伴宿蘭橈

採蓮舟　劉子翬

隱約菱歌斷斜陽水面移美人貪照影不覺盡船歌

採蓮舟　白玉蟾六首

葭蒲滿蕩起晴煙總屬霜鷗雪鷺天一片紫菱分十字中間放過採蓮船

阻風

水馬輕便勝陸行衝風遡水反多程溪流詰曲成千摺雲色陰晴没十成

又

梢子歡呼御曉風詩人亦自起推篷數來數去山都亂忘却前峯與後峯

泛舟松江

白酒黃封列以姸鱸魚味美　雙鮮舟行無浪無風夜
人在非晴非雨天醉熟不知天遠近夢回但見月嬋娟
垂虹亭下星娥織雪蒲長洲阜滿川

又

蒲船明月浸虛空綠淨無痕夜氣沖詩思浮沉檣影裏
夢魂搖拽艣聲中星辰冷落碧潭水鴻鵠悲鳴紅蓼風
一點漁燈依古岸斷橋垂露滴梧桐

又

天知一舸過扶蘇排辦千山作畫圖暮靄催詩歸彩筆
秋光入眼透冰壺鷺頭點水石破碎雲脚行天星有無
岸柳江楓共招手西風吹我出貴隅

漁舟　宋器之

莫笑扁舟數尺長，縱橫烟雨浸湘瀟。江船个个高於屋，未必荷花入夢香。

分門纂類唐宋時賢千家詩選卷之十五

藏
前八ノ終

分門纂類唐宋時賢千家詩選卷之十八

後村先生編集

音樂門

箏 附 笙 羯鼓

唐賢 箏 李端

鳴箏金粟柱，素手玉房前。欲得周郎顧，時時誤拂絃。

又 張祜

十指纖纖玉筍紅，鴈行輕遏翠絃中。分明自說長城苦，水咽雲寒一夜風。

聽鄰人吹笙　　郎士元

鳳吹聲如隔彩霞不知墻外是誰家重門深鎖無尋處
疑有碧桃千樹花

羯鼓　　崔道融

華清宮裏打撩聲供奉絲簧束手聽寂寞鑾輿斜谷裏
是誰番得雨淋鈴

笛 附聞笛

唐賢　笛

回樂峯前沙似雪受降城外月如霜不知何處吹蘆管
一夜征人盡望鄉

笛　范太史

鳳食實已美龍吟聲更奇惜無蔡邕識那得馬融吹

又　朱淑真

誰家橫笛弄輕清喚起離人枕上情自是斷腸聽不得非干吹出斷腸聲

胡笛　呂紫微

胡人吹短笛一半是離聲想得南飛鴈雲間亦厭聽

笛　劉後村二首

誰家吹笛畫樓中斷續聲隨斷續風響遏行雲橫碧落清和冷月到簾櫳興來三弄有桓子賦就一篇懷馬融曲罷不知人在否餘音嘹喨尚飄空

又

孫郎痛飲橫長笛玉雪霄標鐵石顏解噴清香飛座上
能呼涼月出雲間病瘡凍馬嘶荒塞失援窮猿叫亂山
可惜調高無聽者紫髯白盡鬢毛斑

又 李梅亭

何處桓伊酒力雄分明爵徵更含宮倚樓三弄西風急
不覺梅花太半空

聞笛 劉後村二首

少年毬馬宴秋風笛起連營響烈空今夕夢回村野館
一枝孤奏月明中

又

初年廢將哭窮邊又似孤臣訴左遷何必謝公雙淚
野人聽罷亦淒然

角 附 聞角

角　　武元衡

（唐賢）胡兒吹角漢城頭月皎霜寒大漠秋三奏未終天便曉
何人不起望鄉愁

又　　一

何處金笳月裏悲悠悠邊客夢先知單于城上關山曲
今日中原摠解吹

又　　李涉

冬夜聞角
娟娟清笳入雪雲白頭老守卧中軍自怜到老懷遺恨不向居延塞外聞　放翁
何處吹笳薄

鳥没狼烟遊人一駐頭堪白盡蘇武争楚十九年枉拔

江城吹角水茫茫曲引邊聲怨思長驚起暮天沙上鴈
海門斜去兩三行

又　李益

邊霜昨夜墮關榆吹角當城片月孤無限塞鴻飛北渡
秋風吹入小單于

角　華岳

畫角梅花吸曉寒數聲清徹碧雲端誰知有客愁無寐
一掬鄉心不柰酸

聞角　劉吉父

戍鼓停撾月五更嗚嗚巧作斷腸聲江南自是春來早
吹到梅花夢也清

鍾 附 晚鍾

晚鍾　趙福元

（時賢）花洲人別月涼船煙寺寒鯨隔岸聞帶雨一聲天外落過江潛竿破半山雲

砧

砧　趙崇森

（時賢）秋天瑟瑟月漫漫月白天清玉露寒始向松中縈素練閑來機上製齊紈

誰家夜月響秋砧，一段清愁不自禁。況是客中欹枕聽，聲聲擣碎故鄉心。

鞦韆

唐賢　鞦韆　沈存中

香入熏爐禁火天，美蓉深苑鬬鞦韆。身輕幾欲隨風去，却恨恩深不得仙。

宋賢　又　洪覺範

畫架雙裁翠絡偏，佳人春戲小樓前。飄揚血色裙拖地，斷送玉容人上天。花板潤沾紅杏雨，綵繩斜掣綠楊煙。下來閑處從容立，疑是蟾宮降謫仙。

打毬

打毬　晁景迁

閶闔千門萬户開三郎沉醉打毬回九齡已老韓休死無復明朝諫疏來

鞭　伯顏丞相

一節高兮一節低幾回敲鐙月中敧雖然三尺無鋒刄万百雄師屬指揮

分門纂類唐宋時賢千家詩選卷之十八

聞鳥声有感　陸務觀

流年冉冉去無情，日落溪頭布穀声。城郭雖存人換尽，令威可悔学長生。

梧枝寒禽　詹同文

王母宴歸西海上，空留青鳥羽差差。黄雲苦竹江南雪，独立寒條歲晚時。

春禽　宋器之

乱花枝上訴東風，一半身沾杏雨紅。春去等閑渾說破，何如留在不言中。

南海台硯　五羊所重，処有边好會　彭復雅

湖平蜆艇傍船歸，買蜆边好亦自奇。鸕鷀　齒頰有餘風味薄，一篇秋景晚唐詩。　僧一初

斷石殘苔叢半消，悲鳴如念不見遥。北風原上重回首，愧殺淮南尺布謠。

鶯梭　擲柳遷喬太有情，交交時作弄機声。洛陽三月春如錦，多少工夫織得成。　刘后村

秋鶯　雨中　两个黄鸝遶樹飛，不愁夾雨溼金衣。青山到处多啼合，底事秋深尚未歸。　曾年潭

分門纂類唐宋時賢千家詩選卷之十九

後村先生編集

禽獸門

鶯

風花猶及見春和，無限青陰取次過。隔葉未須聽百囀，世間好語諂人多。　羅永年

唐賢

鶯　韓昌黎

早晚飛來入錦城，誰人教解百般鳴。春風紅樹驚眠處，似妬歌童作艷声。

宋賢

鶯　李泰伯

綠轉歌喉碧樹枝，鶯飛還避巧丸兒。可憐蜂蝶無言語

入徧花房人未知

又　　朱淑真

野花啼鳥喜新晴湖上波光漾日明底事傷春心緒懶
不堪愁裏聽鶯聲

鶯　　楊誠齋

仰聽金衣語偶窺鶯婦巢深穿喬木裏危掛弱枝梢啄
抱双々子經營寸々茅何時雛脫殼新哢響交々

又　　劉後村

擲柳遷喬太有情交々時作弄機聲洛陽三月春如錦
多少工夫織得成

又　　危稹

天上金衣侶還能眺草萊風流晉王謝言語漢鄒枚公等又安在今從何處來山禽正嘈雜慰我入徘徊

又　白玉蟾

踏折海棠花一枝一枝花露濕金衣捎將粉蝶一齊飛去却在綠楊深處啼

燕

燕　司空圖

海燕頻來去西人獨滯留天邊又相送腸斷故園秋

又　劉禹錫

朱雀橋邊野草花烏衣巷口夕陽斜舊時王謝堂前燕

飛入尋常百姓家

宋賢 燕　李誠之

燕子知時節還尋舊宇歸新人方按曲不許傍簾飛

又　彭汝礪

一雙掠水燕來初萬點飛花社雨餘辛苦成巢君勿笑從來吾亦愛吾廬

時賢 燕　劉後村

曾容烏衣看落花春風吹影傍天涯亭臺亦有安巢地何必王家與謝家

又　白玉蟾

新巢故國兩依依似為春花秋葉期雨過池塘得泥近

日高臺謝捲簾遲鞦韆節後初相見夜禊人歸有所思
双侶多情擬憑伊小箋封就碧云詩

又　　　　　　　　　　　戴石屏

聞說烏衣國　　漲運海上村春來避霜雪秋去長兒孫華
屋語如訴故巢多不存双飛恨幽獨紅袖有啼痕

百舌

百舌　　　　　　　　　　張芸叟

宋賢　李尺百禽語終無自已声深山喬木底緘口過平生

又　　　　　　　　　　　潘紫岩

時賢　問渠得似山間日猶自鵁鶄叫不亭我亦多言私自省

南人一聽一悲凄怜尔西飲蜀路長闻説雲安啼更苦不知何知鸟為鄉三月江南花開時杖花笞

每三守口要如瓶

代百舌荅

禍福無門未可憑天教有口可無声莫嫌口鮮爲身累鴈不能鳴反自烹

子規

杜宇声〻怨不啟蚕息国破支還非啟應怨添得無窮恨不似 蘇耽丁令威 姜邦傑

声〻啼血染殘春怨殺當年古帝吴從今敬〻何処蜀山不是旧時青 錢子衛

子規 羅鄴

唐賢

蜀魄千年尚怨誰声声啼血向花枝滿山明月東風夜正是愁人不寐時

又 韓昌黎

[illegible]起窻全曙催歸日未西無心花裏鳥更与盡情啼

子規　范文正公

夜入翠煙啼昼尋芳樹飛春山無限好猶道不如歸

又　劉延世

一声迸裂青山竹半夜沾殘病客衣還道難於天上去不知何苦只思歸

又　劉蕭仲

深藏密葉人難見斷送春光夢一空啼得血流成底事只應都作映山紅

又　趙希逢

鶯声日沸笙歌奏富貴春光別一家惟有不如歸去好夜深和月在梨花

氣〻不叫銅
何月長叫出屋
花在翠陰非
是愛喧迷谷
耳自緣朝市
方知心
陳伯和
歸堂東水
竹西年〻只
与落花期
長亭〻今夜
声連曉愁
似涯年病
拾遺
傳北硐
今古相將望
帝魂見之再
拜臣

又　　陳叔易

暮春二巳晚不見子規飛莫是無歸處山禽不勸歸

子規　　白玉蟾

綠柳陰中聞子規勸人歸是勸春歸人須回首春須暮
何不成都西去飛

又　　劉後村

一声〻勸人歸去啼血江南残樹花我被微官拘束在
汝緣何事不歸家

又　　潘紫岩

一声啼破萬山雲我正思歸自喜聞莫向貴人庭樹上
王孫金彈不饒君

天上大衣聯翩斷江南三月春傳已徒燕山三月初三收间得啼鵑未一声同是天涯孤妹下主人眠熟了若思聲一花内在解嘲杜鵑神武门頭穩掛冠至今猶須二陳賢試將史傳從頭讀不說西亭有杜鵑傳北碉

鴈 附孤鴈 鴈陣

鴈　雞鄰　二首

唐賢

早背胡霜過戍樓又隨寒日下汀州江南江北多離別忍報年年兩地愁

又

暮天新鴈起汀洲紅蓼花開水國愁想得故園今夜月幾人相憶在江樓

又　周弘正

南思洞庭水北想鴈門關稻粱俱可戀飛去復飛還

孤鴈　崔塗

幾行歸塞盡念尔獨何之暮雨相呼失寒塘欲下遅渚
雲低暗度夜月照相隨未必逢矰繳孤飛自可疑

又　杜子美

孤鴈不飲啄飛鳴猶念群誰憐一片影相失萬重雲

宋賢

鴈　王逢原

朔磧雲昏失舊行心驚漢月忽騫翔江南水闊無天地
漠北沙寒有雪霜遠日送飛沉暮靄西風吹影過斜陽
行南未到歸何日迎信張羅近稻梁

又　曹緯

雲飛水宿過炎涼回想來時道路長夜月照驚唯弔影
朔風吹斷不成行人間無處逃矰繳歲晚何曾飽稻粱

儻以能鳴免烹殺繫書尤可到衡陽

又　陳師君

來往違寒暑飛鳴在稻粱未知滇海大不肯過衡陽

時賢　鴈陣　劉後村

出塞行〻如出戰銜蘆寂〻類銜枚平沙夜宿排形勢
誰爲舟師破得來

又　白玉蟾

幾見霜翎巢白草數行雲足篆青冥方將寄字來苕霅
莫便翻身過洞庭

鵲

宋賢　鵲　朱叔真

墻頭花外說新晴撥去閑愁着耳聽青鳥已承雲信息預先來報兩三声

時賢　鵲　劉後村

久不聞烏鵲朝來噪不休殊鄉無喜事應爲買帰舟

又　趙崇嶓

恨殺庭前鵲難憑卜遠期朝〻來報喜誤妾畫雙眉

又肥淵　潘紫岩二首

石坡泥淺無虫蚓小竹纔高一寸餘獨自行行無可啄低頭努嘴欲何如

又洲翎

攀尽南枝與北枝，風吹霜打葉還希。旁人憂喜非吾事，
且自梳翎向洛暉。

鴛鴦

翠翅江頭覆金衣，灘上双双去又歸。長短死生無兩処，可怜
黄鵠奏分飛。吴融

蘋洲花嶼接江潮，湖頭白成双得自如。春晚有時描一對，日
長消尽得工夫。曹組

唐賢

鴛鴦　李商隱

雌去雄飛萬里天，雲羅滿眼淚潸然。不須長結風波願，
鎖向金籠始兩全。

又　劉禹錫

洛水橋邊春日斜，碧流輕淺見瓊沙。無端陌上狂風急，
驚起鴛鴦出浪花。

鷺

漠漠江湖自在飛一身閑如白漁磯稻田水淺魚能幾莫入破泥汚雪衣 趙希崩

鷺 杜牧之

唐賢

雪衣雪髮青玉觜群捕魚兒溪影中驚飛遠映碧山去一樹梨花落晚空

又 徐靈祐

宋賢

一點白如雪頂粘絲數莖沙邊行有跡空外過無声高柳巢方穩危灘立不驚每看閑意思漁父是前生

又 李春伯

時賢

春暗汀洲杜若香風飄公子白霓裳碧天片雪忽飛去何處人家水滿塘

鶴

天上瑤池覆五雲玉麟金鳳好爲群不須更飲人間水直是流也污君九皋清鑑日漏殘時忽見松間露濕衣弱水井閑雲外路幸軒俶不似橫飛　僧北磵

時賢

鶴　潘紫岩

愛此長身客終朝對我扉雖然無祿位亦自有裳衣料少梅堪伴身臞竹可依會令生羽翼放尔入雲飛

病鶴

汝亦如吾病蹒跚不得飛最防苔蘚滑休羨稻粱肥落日沉砂頂西風剪縞衣江湖秋色早莫待夜深歸

鶴雛

裳衣多縞頂才丹玉立精神照座閒莫恨長身無伴侶墻陰稚子巳班班

又

隱得喬松臨別語許分孤鶴伴棲遲要圓衣縞裳玄夢
休賦頂丹翎白詩矜外籠寬嗟得所瓶中料足不憂飢
遥知側睨無誰色自是鳴陰必和之

百禽 附

鳳　烏　鷓鴣　翡翠
孔雀　鷗　鴻鴈　鵬　鸛

唐賢　鳳　滕潛

飲啄蓬山最上頭和煙飛下禁城秋曾將弄玉歸雲去
金翹斜開十二樓

烏　李義府

日裏颺朝彩琴中伴夜啼上林如許樹不借一枝棲

鷓鴣　劉延世

寘々花朶隔邊山脉，風煙暗百蠻曾向黄陵啼竹裏
羽毛猶帶淚痕斑

又　黄山谷

山雌之弟竹鷄兒乍入鷄籠便且驚此鳥爲公行不得
報晴報雨總同声

翡翠　劉延世

避人忽起鳴衣桁掠水飛來立釣磯靜處[illegible]曾看不足
翠光點破夕陽歸

鷗　夏英公

海鴈橋邊春水深略無塵土到花陰忘機不管人知否

自有沙鷗信此心

黄雀　　戴石屏

拔齒爭啄晚禾秋群起森然網自投一飽等閑輸性命知機萬不及沙鷗

孔雀　　劉後村

初來毛羽錦青葱今與家雞飲啄同童子有時偷剪翅主人常日少開籠嶠南歲月幽囚裏隴右山川夢寐中因笑世間真贋錯繡身翻得上屏風

鵬　　劉後村

背負青霄翅若雲圖南志氣早朝伸閑山不隔朝翔路

直向天衢

霜毛津畔不染纖埃相伴蘋花幾度閒應無累傳人有仍沙頭只見鷺鷥來

秦羣之

鶴　　劉後村

衣縞裳玄頂丹斜陽來此立相看莫誇生子高巢上必竟青山去較安

鷗　　華岳

隨潮鷗鳥往來頻百十爲群立水濵多怪朝來無一个高飛想是避漁人

馬

附老馬　馬過橋

馬　　唐太宗二首

(唐君)駿骨飲長涇奔流灑絡纓細紋連噴聚乱荇遶蹄縈

馬過橋

桃花馬　自己紅毛巧　安鞍亦引　春風背上　未莫解　雕鞍橋　下洗恐　隨惱水　浚天台　馬自脩膚

水光鞍上側，馬影溜中橫。翻似天池裏，騰波龍種生。

馬　唐德宗

驁驁鬐白齒新齊，晚日花間放碧蹄。玉勒乍回初噴沫，金鞭欲下不成嘶。

時賢

馬　劉後村

脊磨蹄蹇瘦闌干，火印年深字已漫。野澗有氷朝洗怯，破坊無壁夜嘶寒。身同退卒支殘料，眼見新駒躍雪鞍。昔走塞垣如抹電，安知末路世間難。

宋賢

猫

猫捕燕　歐陽永叔

詰猫　古人養客乃重魚，今汝何功客不如。飯有溪魚眠有毯（他敢切），忍教鼠嚙案頭書。利磨夫　見翰墨全書

華者□□不能群醜似□貪部畏人歃血未乾猶竊粟豈應忘秦了一生
秦僧橘洲

汝來鼠輩欺猫死打甕敲盆攪夜眠聞道猫奴生數子
買魚穿柳聘銜蟬

又

裹鹽迎得小貍奴盡護山旁萬卷書慙愧家貧貲俸薄
寒無氊坐食無魚

時賢　猫捕燕　　劉後村

文采如彪膽將非書空巧伺燕雛微梁空賓客來俱訝
巢破雌雄去不歸鶯嘆深籠防鷙性蝶飛高樹遠危機
主人貧在花氊上飽卧徐行自養威

雞

宋賢

朝雞　　宋景

雕籠摧羽就羈縻，心識昕朝候不迷。群鶴在軒皆有祿，夫君何事獨先啼。

時賢

雞　　劉後村

絳幘昂然韻節清，不因風雨廢長鳴。初聞煙岫猶銜月，久听山城漸殺更。驚起征夫茅店睡，喚回老將玉關情。年來無復中宵舞，自笑功名一念輕。

鬭雞　天宝三年好鬭雞，醉中宮錦幾如泥。河香亭北花含笑，不管酒隄向馬嘶。備載史

聞竹雞　山行三日雨泥行，幸自今旦是得一晴。又聽數声泥滑滑，情知涼語也必驚。楊廷秀

分門纂類唐宋時賢千家詩選卷之十九

秋蠅 秋蠅知秋託 吠詩浮之 緣眉復來 髭安打群 飞還歌吉 風光乞与 幾多時 楊廷秀

分門纂類唐宋時賢千家詩選卷之二十

後村先生編集

昆虫門

蜂

蜂　劉後村

時賢 蜜口喧春好信通，爲花評品嫁東風。香鬚粘得飛英去，疑是纏頭利市紅。

又　潘紫岩

分歲分成第幾房，剗松爲室蜜爲粮。門臨花圃身長逸架近松牕蠟漸香，長日去遲遲。翅遠有時淡染半腰黃。
西園風雨無堪採，待得天時出未央。

蝶

輕〻舞態估春寒〻蜚入花叢亞未安梔李自於春富貴年〻作夢中看
宋器之

唐賢

蝶　李商隱

長眉畫了繡簾開，此日行收白玉臺。爲問翠釵釵上鳳，不知香頸爲誰回。

宋賢

蝶　劉燾

聚作梨梢白，輕爭柳絮狂。夜來花裏宿，通躰牡丹香。

又　宋景文

撲粉曾過宋玉墻，一身生計亂流芳。不須長結東風願，

秋菊春蘭各有香

（時賢）又　楊誠齋

籬落踈踈一徑深，樹頭先緑未成陰。兒童急走追黄蝶，飛入菜花無處尋。

蝶　劉後村

東皇頒節下天階，那得香魂入夢來。十道風光都採訪，相逢只欠驛邊梅。

又野蝶　葉嗣宗

銀爲鬚翅玉爲肌，驅役春風不解肥。桃李上林無分到，可憐只傍菜花飛。

一殼空二紋
祿輕風許
部有許多
声叶來叶
吉律無音之
叶到詩人
白髮生
楊廷秀

蟬

夕陽枯木亂蟬鳴野露充腹清若近栢梁臺下宿羽虫部裡合長生 衛山主
訖露語詞有典章詠秋吟夏入宮商蟬声無一噤煩惱自是秋人枉斷腸 楊廷秀

（唐賢）蟬　　趙嘏

噪蟬声乱日初曛絃管樓中永不聞獨系愁人数莖髮故園秋隔五湖雲

（時賢）秋蟬　　范石湖

斷角斜陽觸處愁長亭搔首晚悠悠世間最是蟬堪恨送尽行人送尽秋

蟬　　葉苣潜

柳邊曉立看身蛻化作風餐露宿身林靜登長吟不絕騷一清苦似詩人

又　李梅亭

露滿枯腸蛻質輕山林那有不平鳴蕭然寂寞無人續
故揖清風作頌声

又　潘紫岩

秋事邊如許空山夜已蟬多吟清露底偏傍竹籬邊翼
似霜餘葉声如雨後泉况曹讀書罷貪聽不成眠

一　昆虫　附

蛍　螢　蜘蛛
蛙　蟻

唐賢　螢　羅鄴

水殿清秋玉宇開飛光千點去還來無風無月長門夜
頻到階前點綠苔

螢　　洪适

得夜不韜藏飛星亂草塘都緣光影誤無路出書囊

蛩　　范石湖

壁下秋虫語一蛩鳴獨雄自然遭踐捕窘束入雕籠

蜘蛛　　范石湖

静看簷蛛結網低無端妨礙小虫飛蜻蜓倒掛蜂兒窘
催喚山童為解圍

蜘蛛　　徐元杰

倦倚欄干小院東蜘蛛衮衮墮虛空細看縷縷垂枝上
旋復絲絲收腹中偶爾得生誠險道幸而不墜賴無風
如何薄相縱妄迹便欲經營網眾虫

網羅最毒是蛛絲寄被秋蚊聖得知粘着便飛來再蛛絲也有詩　楊廷秀

解

青蛙
兩蛙盛怒鬪
春池群吹同
声徹曉惟
等是一物
狼藉去更
無人与問公
私
未元梅
一騎初來隻
又双全軍
突出陳成
行策勤急

紅蛛　王臞軒

空裏游絲十丈長直垂一顆絳紗囊儂無言事何須爾
往報槐花舉子忙

蛙　吳規父

斂藏鼓吹寂無言跨跳何曾離草根舉世盡貪生處樂
坎中應自有乾坤

蟻　劉後村

穴蟻能防患常於未雨移聚如營落日散似去邠時斷
續緣高壁周遭避淺池誰為国謀者見事反傷遲

蚊　附　蠓蚊

陳

報千夫長渡水江争一葦航

（宋賢）蚊　韓子蒼

物微深可憫畏雨復兼風適見傳呼寵俄成撲地空

（時賢）蚊　趙福元

隱隱雷声語暮天欺風偷到玉堂前紗廚浸月涼如水

贏得珠鈿臂上眠

又　宋謙父

朋比趁炎態度輕禦人口給屢憎人雖然暗裏能鑽刺

貪不知幾竟殺身

麾蚊　李梅亭三首

煙驅扇擊手頻撾恣爾傳呼又蕭衙我醒不眠君不去

下帷高枕任誰譁

又

專場觜距利如錐自恃平生食肉肥褒姒長將烽燧舉
文孫文子欲安歸

烘蚊

齧牙吮血走壑㢈那得無獸襲我床碌二火攻雖下策
鞫囚有詔請君嘗

蠶

時賢 蚕　范石湖

百沸繰湯雪湧波繰湯嘈嘖雨鳴蓑桑姑盆手交相賀
綿繭無多絲繭多

蚕賦
深頤全身頤
拳切感君卵
翼見衫終
早知猶有貌
廿累悔又
只從湯沐
封

盧梅坡

春蠶運巧起經綸，底事包防反殺身。昇鼎鑊如歸緣報主，羞他肥祿避危人。

蠶婦　戴石屏

倚君問訊蠶家事，此是婦人辛苦媒。典盡衣裳酬桑價，忙無心緒向粧臺。繰声未斷機声續，私債未還官債催。織未成縑分剪尺，妾身爭得一絲來。

魚

網魚　船頭撒網小兒撐，網得魚來便煮羹。是則別無它富貴，也勝徒手問功名。　宋器之

盆魚　數頭鮮活養盆池，飄飲相忘較幾何。山水固知無甚樂，五湖烟浪曲鉤多。　僧似仁

時賢

鯫魚　葉豈潛

魚翁今度苦留宣，政是桃花水漲時。網得文鱗如墨錦

貫來楊柳是金絲

海錯

鰒　劉吉

八珍一筋千金價往三精庖賤惠文莫道形模大剛拙剖珠也解献殷勤

烏賊

削玉肌膚縮帶囊荻芽肥節落潮鄉謝家池黑流歸海染得魚腥一種腸

食蟹

稻熟水波老霜螯已上罾味尤堪薦酒香美最宜橙殼

玉川非衣時行里至光鮮被浥噢起思呈角多入菩化刺鈎船　李南金

烏賊　秦帝東巡渡浙江中流同緊墜香囊至今收得磨殘墨猶帶言東載鮑香　楊万里

薄臙脂染膏腴琥珀凝情知熓鼎何似莫横行

𧐴汀沙落擁平坡就湯累累可奈何只道大攻為下策到頭水戰亦投戈

黃叔方

分門纂類唐宋時賢千家詩選卷之二十

糟蟹

旧交鬚薄久相思公子相從壯味長醉死糟丘終不悔看來端的是無腸

陸放翁

燒蚕

蠶蛋不逃湯沐烟饒蠅於変毋鋒摧君未十倍書不一筆兼畀視離心始厌

李公甫

九日勞勞一日休飛來峰下得重游片時說盡三年話
十里難爲半夕留峭石至今蒼不改寒泉依舊冷長流
雨中未忍輕分袂更約閑來共茗甌

訪雲岩暮歸

草草共清樽心期得再論看梅忘話別歸路已昏山
遠鳥依樹月寒僧閉門平生離別恨今夕轉消魂

登寶意上方

翠嶺香臺出半天萬家煙樹滿晴川諸僧近往不相識
坐听微鐘記往年

訪僧　　董声應

引舭垂至生發回頭月掛節山高標古峪寺僻隱疎鐘老

竹騰霄鳳喬松舞蟄龍胡僧迎客笑賢豎拂悟僧宗

訪僧　方秋崖

夏氣仍清美疎林緑未交舊移花亞竹新乳鳥爭巢池地多宜蒲山寮只盖茅每思分一榻從客南書抄

友人來訪不及肅　李竹溪

君正東來我又西風忽嫌殺子規啼暮雲遮斷王郎面錯認舟山做剡溪

登仙遊山訪周真人丹炉　陳月溪

鳳簫一去幾經年古木青蘿鎖洞天照鬼不留真藕藥真人豈礙作飛仙細看丹竈凝塵地知有清朝應世賢欲下蒼崖卻回首何時着我弄雲泉

合璧影印中日分藏珍本

分門纂類唐宋時賢千家詩選

（下）

北京大学出版社
PEKING UNIVERSITY PRESS

分門纂類唐宋時賢千家詩選目録

后集

後村先生編集 常住

兩坊詩編充棟汗牛獨是編詩人莫不
稱賞今再將　先生家藏所編善本並
前集所未備門類人所歡見而不可得
者謄作後集一新刊行伏希　眼月

卷之一

仕宦門

朝見

禁直

謫潛岩岸行

休致

荅示去思堂詩　聞致仕有感

送得謝歸　引年得詩

休官作

罷任

送人罷歸　聞罷

送人言事去國

貶謫

送李少府貶峽中　送懷州吳別駕

送人流雷州　貶潮陽逢姪孫湘

○卷之八三

謁見官員

謁訪僧道

謁見不遇

懶謁朱門　　謁貴不遇題詩

謁華州李相不遇　　閽吏

乘舟訪人不遇　　游園不值

謁僧道不遇隱者附

尋僧不遇　　尋道士不遇

尋隱者不遇　　訪嚴釣隱不遇

謝人見訪

有客　　客至

枉駕見過攜酒饌　　過客相尋

秋夜訪宿　　雨中訪宿

官員相訪　　秀才相訪

漕使　留守　京守　帥閫

上武官壽

太尉　統制

上宮觀壽

朱文公　陸放翁

○卷之五

上州官壽

太守　通判　教授　倉官

上縣官壽

知縣　撫縣　縣丞

主簿　縣尉

謝人慶壽

○卷之六

官員除擢

賀黍拜金吾　賀再任

賀礼工　賀功賞

賀致政

慶賀婚娶

賀新娶　賀同年新婚

賀置寵

慶賀生子

賀生子　賀双生　賀生次子

卷之七

干求花果

覔桃栽　覔柳栽　覔梅花

覔蠟梅花　覔菊花　乞菖蒲

乞梅花　乞霜柑

覔橘栽與銀條菜

干求茶酒

和韻求酒潤筆　作小詩求酒

許惠南溪茶作詩促之　索曲送酒

寄茶報酒三斗　索酒　覔茶

干求

干丞相乞米　干錢穆父乞米

干求度牒
干太守求度牒
干求雜物
干瓷盌　求鴉青紙　求茶庫紙
問人索筆　乞蜚黄　干陳刪定告寒
干求禽獸
覓小胡孫　借猿　乞猫　乞貍奴
求騾子
〇卷之八
饋送茶酒
送茶與人　送茶與僧

寄蜀牋與弟　送蒲紙與樓叔遇

送人紙筆　送人圓硯

送人几杖

送班竹拄杖　送桄榔杖

送佛面杖　送竹几　送魚骨扇

饋送器具

寄怪石石斛　寄鍮合別鉼

送竹香爐　送馬瑙石屏

送古壺與人　送椰心簟

饋送冠帶

送玉帶　送椰子小冠

謝送茶湯

謝送酒米

謝惠詩詞

謝送圖畫

謝送梅竹圖　謝送畫竹

謝送畫鷺　謝畫喜神并貂蟬

謝送扇藥

謝惠扇并藥　謝惠草虫扇

謝惠器具

謝惠石香鼎　謝惠石銚

謝惠文石　謝惠酒器

謝惠椰心簟

謝送几杖

謝送拄杖　謝送竹杖

○卷之十

謝送芍藥　謝送江梅
謝送蘭花　謝惠五月菊
謝送竹栽
謝惠果子
謝送朱櫻　謝惠消梅
謝送霜柑　謝送柑子
謝送橄欖　謝僧送甘瓜
謝僧送橘　謝送荔支
謝送土瓜　謝送甘蔗
謝送蔬菜
謝送薤　謝惠猫兒笋　謝送蓴菜

分門纂類唐宋時賢千家詩選后集目録終

分門纂類唐宋時賢千家詩選卷之一

後村先生編集

仕官門

朝見 附

朝見　禁直　下直

從駕　赴仕　官舍

唐賢

早朝大明宮呈兩省僚　賈至

銀燭朝天紫陌長，禁城春色曉蒼蒼。千條弱柳垂青瑣，百轉流鶯滿建章。劍佩聲隨玉墀步，衣冠身惹御爐香。共沐恩波鳳池裏，朝朝染翰侍君王。

早朝和賈至舍人　杜甫

五夜漏声催曉箭九重春色醉仙桃旌旗日暖龍蛇動
宮殿風微燕雀高朝罷香煙携滿袖詩成珠玉在揮毫
欲知世掌絲綸美池上于今有鳳毛

又　　王維

絳幘鷄人送曉籌尚衣方進翠雲裘九天閶闔開宮殿
萬國衣冠拜冕旒日色纔臨仙掌動香煙欲傍袞龍浮
朝罷須裁五色詔佩声帰到鳳池頭

又　　岑參

鷄鳴紫陌曙光寒鶯囀皇州春色闌金鎖曉鐘開万户
玉階仙仗擁千官花迎劍佩星初落柳拂旌旗露未乾
獨有鳳凰池上客陽春一曲和皆難

紫宸殿退朝口號　杜甫

戶外昭容紫袖垂雙瞻御座引朝儀香飄合殿春風轉
花覆千官淑景移晝漏稀聞高閣報天顏有喜近臣知
宮中每出歸東省會送夔龍集鳳池

早朝寄白舍人　張籍

鼓聲初動未聞雞羸馬街中踏凍泥燭暗有時衝石柱
雪深無處認沙堤常參班裏人猶少待漏房前月欲西
鳳閣星郎離去遠閤門開日入還齊

早朝　歐陽公

閶闔初開瑞霧中丹霞曉日上蒼龍鳴鞭響徹廊千步
佩玉聲遙戟百重雪後朝寒猶凜冽柳梢春意已丰茸

少年自結芳菲侶老病惟添睠恩濃

早朝感事

疎星牢落曉光微殘月蒼龍闕角西玉勒爭門隨仗入
牙牌當殿報班齊羽儀雖接鴛兼鷺野性終存鹿與麋
笑殺汝陰常處士十年騎馬聽朝雞

早朝　鄭毅夫

（宋賢）花髮氍班虬駕早朝玉欄宮殿壓雲濤九州畫地中源壯
萬象橫天紫極高日月輝明留闕角龍蛇蟠結動旌旄
群仙遙望蓬萊拜五色非煙遶赭袍

後殿朝偶題　王荊公

百年文物士優游方國今方似綴旒發策由堂招儁乂

田輿比充罷倡優忽隨諸彦登龍尾尚憶當年應鵲頭
獨望清光無補報更慙虚食太官羞

紫宸朝雪霽 和呂大仲韻　　前人

虎士開閶闔雞人唱九霄雲移銀闕角日轉玉廊腰篇
動川收潦鼇鳴海水潮舞袍沾宿潤拜笏擁殘飇賜飲
人何樂歸嘶馬亦驕低回但忘食吟咏得逍遥

退朝小飲官舍示呂子華舍人　　歐陽公

玉階朝罷卷晨班官舍相留一笑閒為世漸疎嗟已老
得朋爲樂偶偷閑紅牋搦管吟紅藥綠酒盈樽舞綠鬟
自是風情年少事多慚白髮為蒼顔

朝天即事　　刘後村

午夜傳呼斈士誰鶯啼月墮万年枝那知飯顆山頭雪
李杜相逢斷晚炊

禁直

（唐賢）

寓直省中立夏曉同蘇員外　沈佺期

並命登仙閣分宵直禮闈太官供宿膳侍史護朝衣卷幔天河入當階月露微小池殘暑退高樹曉凉歸冠劍無時釋軒車待漏飛明朝題漢柱三署有光揮

奉宿左省　杜甫

花隱掖垣暮啾啾棲鳥過星臨万戶動月傍九霄多不寢聽金鑰因風想玉珂明朝有封事數問夜如何

直中書省　白樂天

絲綸閣下文書静鐘鼓樓中刻漏長獨坐黄昏誰是伴紫微花對紫微郎

（宋賢）

内直對月寄子華舍人持國廷評　歐陽公

禁直沉〻玉漏傳月華雲表溢金盤纖埃不隔光初滿萬物無声夜向闌蓮燭燒残愁夢斷蕙炉熏歇覺衣单水晶宫鎖黄金闕故比人間分外寒

内直出赴奉慈齋宫馬上口占　歐陽公

凌晨更直九門開驅馬悠〻望御街霜後樓臺明曉日天寒烟霧着宫槐山林未去猶貪寵樽酒何時共放懐已覺蕭條悲晚歲更憐衰病怯清齋

子華斈士儤直未滿遽出館伴病夫遂當輪

宿輒成拙句奉呈　　歐陽公

萬釘寳帶爛腰鐶賜宴新陪一笑歡金馬並遊年最少

玉堂初直夜猶寒自嗟零落凋顔鬢晚得飛翔接羽翰

今日遽聞催遞宿不容多病養衰殘

内直寄聖俞博士　　歐陽公

千門鑰入斷人声樓閣沉々夜氣生獨直偏知宫漏永

稍寒无奈玉堂清霜雲映月鱗々色風葉飛空撼々鳴

犬馬力疲恩未報坐驚時節已崢嶸

東閣雨中　　歐陽公

直閣時偷暇幽懷坐獨哦緑苔人迹少黄葉雨声多雲

結愁陰重風傳禁漏過瑶闕新嗣聖主寅久包戈相府
文書簡豊年氣候和還將鳳池句聊慰野人歌

初秋夜直　晏同叔

絳河星斗夜闌干禁署沉〻閉九閽上帝圖書群玉府
仙人宮闕巨鰲山涼蟾影度秋陰薄從漏声來夜唱閑
擁鼻吟多欲愁絕嚴鐘淒斷樹烏還

夜直　王介甫

金炉香燼漏声殘剪〻輕風陣〻寒春色惱人眠不得
月移花影上闌干

玉堂夜直　蘇東坡

微霰霏〻點玉堂詞頭半夜攬衣裳分光御燭星辰爛

拜賜宮壺雨露香醉眼有花書字大老人無睡漏声長
何時却遂桑榆暖社酒寒灯樂未央

玉堂入直憶荆南舊遊　元厚之

去年曾醉海棠叢聞說新枝發舊紅昨夜夢回花下飲
不知身在玉堂中

入直召對選德殿賜茶而退　周益公

綠槐夾道集昏鴉勑使傳宣坐賜茶歸到玉堂清不寐
月鉤初上紫薇花

檢院即事　任斯庵

禁路風清飛暮鴉官卑難望紫宸衙無人金字鉤簾坐
一樹冬青落細花

初宿檢院　前人

丁年射策赤墀前白首功名尚渺然半夜忽來聞禁漏
始驚身近九霄邊

六月十六日宣鎖　洪平齋

禁門深鑰寂無譁濃墨淋漓兩相麻唱徹五更天未曉
一池月浸紫薇花

下直

（唐賢）晚出左掖　杜甫

晝刻傳呼淺春旗簇仗齊退朝花底散歸院柳邊迷樓
雪融城濕宮雲去殿低避人焚諫草騎馬欲雞棲

下直呈同行三公　歐陽公

午漏声初轉歸鞍路偶同天清禹道日花闇緑槐風万國朝車會中天象魏雄戢戈清四海論道屬三公自愧陪英彥從來但樸忠時平容竊祿歲晚歎衰翁買地淮山北垂竿潁水東稻粱雖可戀吾志在冥鴻

宮柳街槐緑未齊春雲不觧宿雲低輕寒漠漠侵駝褐小雨斑斑作燕泥報國无功嗟已老歸田有約一何稽終當自駕柴車去獨結茅廬潁水西

從駕

正月十九日孟享于從駕　洪平齋一首

黃繖中間一點紅綵雲高處海棠風鈞天聲出雲霄外
馬上誰誇有老龍

新將給事換前銜班被真除法從攙道是緊頭人不信
回看猶得兩緋衫 湯景宗二十日以疾求兼權侍郎

宋賢 正月二十九從駕過景靈宮 李鷹湖三首

觚稜淡月排飛鴻城闕雞人唱未終幾度屬車陪孝享
老來時序更匆匆

陪庭劍佩響瓏璁斗柄高垂殿正中元氣酌斟能幾許
人間物物是春風

年年近遠切宸衷原廟文莊見宣宗一聽鳴鞘天仗起
衮稀曉色上蒼龍

赴江

唐賢　登溢浦真省牒勅催赴江陰　李嘉祐

西望香爐雪千峯曉霧新白頭悲作吏黃紙更催人多負登山屐深藏漉酒巾傷心公府內手版日相親

遊赴京途中遇雪　孟浩然

迢遰秦京道蒼茫歲暮天窮途連晦朔積雪滿山川落鴈迷沙渚飢烏噪野田客愁空佇立不見有人煙

官舍

唐賢　始熟官舍　許渾

草生官舍似閑居，雪照南窗滿素書。貧賤始知為吏拙，病來偏喜識人疏。青雲豈有窺梁燕，濁水應無避釣魚。不待秋風便歸去，紫陽山下是吾廬。

宋賢

官居自勉　歐陽公

引水澆花不厭勤，便須已有鎮陽春。官居處處如郵傳，誰得三年作主人。

漫成　歐陽公

官居盛有田園興，丘峯趾西疇嘆幾曾。書却折常鐘鼎了，早牽黃犢趁春耕。

豫章官舍　汪龍溪

亂亂野岸空疏亂亂，煙樹遮城深。冬雨氣寒，冷似僧家竟

日烏相伴公餘時蜂報衙客來問奇字高卧對昏鴉

滿替 （附）休致 罷任 貶謫 貶謫放還

（宋賢） 岸行 洪平齋

少年血氣暗消磨〻陽春保一和已放杏花風味短
末酸梅子典刑多〻一官滿去魚无餌万里歸來燕有窠
但願時平蠶麥好免教人問蜀如何

休致

（宋賢） 答杜相公寵示去思堂詩 歐陽公

當年丞相倦洪鈞蒲節初來潁水濱惟以琴樽樂嘉客

能將富貴比雲浮西溪水色春長綠北渚花光暖自熏
得載公詩播人口去思從此四夷聞

借觀五老詩次韻以謝　前人

脫遺軒冕就安閑笑傲丘園縱倒冠白髮憂民雖種々
丹心許國尚怕々鴻冥得路高難慕松老無風韻自寒
聞說優游多鳴和新篇何惜盡傳看

聞沂州盧侍郎致仕有感　前人

少年相從採花回一病惟愁節物催蹉跎歸計荒三逕
牢落生涯泥一盃頷上先生招不起沂州太守亦歸來
自愧國恩終莫報尚貪榮祿此徘徊

送程公闢得謝歸姑蘇　王荊公

東歸行路嘆賢哉碧落新除寵上才白傅林塘傳畫去
吳王花鳥入詩來唱酬自有微之在談笑應容逸少陪
除此兩翁聞見外不知三徑為誰開

蒙恩許遂休致陳昭遠丈以詩見賀已和
答之復賦一首　朱文公

闌干苜蓿久空盤未覺清羸帶眼寬老去無光奸黨籍
向來羞辱侍臣冠極知此道無終否且喜閑身得暫安
漢祚中天那可料明年太歲又涒灘

引年得請借錢政文丈慶問之韻以謝　前人

一氣無私物自槃放臣偏荷主恩寬方慙安穩老夫驕
詎敢重簪博士冠身退未妨閑養疾年豐何幸且偷安

新篇似許參同社頓判滄州上釣灘（注安帝以大車賜釣物去絲 漢隱東門讀作釣盤轉）

休官作　　無名氏

欲掛衣冠神武門先尋水竹渭南村却將舊斬樓蘭劒買取黃牛教子孫

罷任

（唐賢）

送東陽顧明府罷歸　　戴叔倫

祖帳臨歡宴熱人擁鷁舟坐藍高士去繼祖鄙夫留白日落寒水青楓遶曲州相看作離别一語不禁愁

送李中丞歸漢陽　　劉長卿

流落征南將曾驅十萬師罷歸無舊業老去戀明時獨

忠言歷〻未曾行尺載圖書出去今墟餘子但知才可忌
先生當以去爲榮門闌竹石關心久部曲溪山照眼明
長嘯歸歟莫惆悵浙江風定自潮平

送陳景淵罷官歸京師　汪龍溪

樽酒相逢欲判官忽驚南浦問歸船三君赫奕今誰在
百謫風流故自賢蕩漾月寒京口渡鳴珂霜落大梁天
江南庾信淒涼地憑寄新詩到日邊

送王運屬罷歸　郭演

閑身鷗浩蕩高致鶴昂藏人物餘西晉詩歌出晚唐居
官雖幕府歸屋借僧房不用濡時譽知心有彼蒼

時賢

閨罷　方秋崖

面骨巖稜不入流放歸何止四宜休束書自可供兒讀
斗酒聊須与婦謀舊槀如山應有語老夫於世本無求
一犂春雨平生事莫与諸公作話頭

送徐殿院言事去國

人言去國釣時名公去那勝愛國情驄馬固知多側目
臺烏寧免噤無聲強隨祖道攀踈處猶望中朝駐汲生
歸訪武夷春未晚卷舒坐看白雲輕

貶謫

唐賢 送李少府貶峽中王少府貶長沙 高適

嗟君此別意如何駐馬銜盃問謫居巫峽啼猿數行淚

衡陽歸鴈幾封書青楓江上秋天遠白帝城邊古木疎
聖代即今多雨露暫時分手莫躊躇

送懷州吴別駕　岑參

灞上柳枝黄壚頭酒正香春流飲去馬暮雨濕行裝驛
路通函谷州城接太行覃懷人總喜別駕得王祥

送人流雷州　楊衡

逐客指天涯人間此路賒地圖經大庾水驛過長沙臘
月雷州雨秋風桂嶺花不知荒徼外何處有人家

貶潮陽逢姪孫湘　韓退之

一封朝奏九重天夕貶潮陽路八千欲為聖朝除弊事
豈將衰朽惜殘年雲横秦嶺家何在雪擁藍關馬不前

知汝遠來應有意好收吾骨瘴江邊

重送裴郎中貶吉州　王維

猿啼客散暮江頭人自傷心水自流同作逐臣君更遠青山万里一孤舟

送唐介貶英州別駕　李師中

孤忠自許衆不與獨立敢言人所難去國一身輕似葉高名千古重如山並游英俊顔何厚未死姦諛骨已寒天爲我　皇扶社稷肯教夫子不生還（時朝中士大夫爲詩送行者頗衆獨此詩人爭傳誦）

自河北貶滁州初入汴河聞鴈　歐陽永叔

陽城淀裏新來鴈趁伴南飛逐客舟野岸柳黄霜正白

長安驚破客愁眠

送唐御　　仲訥

力犯雷霆衆共危遂投魑魅獨爲宜忠州事業真無負
嵩嶺神靈固有知自倚聖明容直道未甘憔悴死荒陲
滿朝卿相多公議莫把文章作楚辭

送胡邦衡謫新州二首　　王庭珪

一封朝上九重天是日清都虎豹閑百辟動容觀奏牘
幾人回首愧朝班名高北斗星辰上身落南州瘴癘間
不待百年公議定漢廷行召賈生還

大廈元非一木支要將獨力拄傾危癡兒不了公家事
男子要爲天下奇當日姦諛皆膽落平生忠議秖心知

端能飽喫新州飯在處江山足護持

貶謫放還

送劉鎮入京 謫居三山得西山奏劄今自便還鄉 朱湛盧

二十餘年謫官身此行便可上青雲西山一手爲推轂
南浦幾人爭送君橫浦流傳無垢集海神驚見老坡文
回頭莫有閑情緒別酒須教滿十分

送三趙 与沟与闌必済 劉後村

聞説金雞下帝旁徑從楚澤返虞庠當時只道芻言切
今日翻思橄欖味長中壘幾封知有漢奉天一詔可存唐
附冰山者不言雲開見太陽

立三邊靜輕生一劍隨江〻漢〻上吁暮欲何之

送祝糾曹罷官東歸　劉仙倫

三載都曹訟不寬官清吉道竟誰尊江頭野老盡知姓

泮水諸生半在門遺愛自今留舊尾薦書先已上天閽

春風臺閣無公事儻有書來慰斷魂

送王簡卿歸天台　劉改之　二首

杖數人才難倒指有如公者又東歸班行失士國輕重

道路不言心是非載酒青山隨處飲談詩玉麈為誰揮

歸期趂得東風早莫放梅花一片飛

千巖萬壑天台路一日分為兩日程事可語人酬酢少

面無慚色去留輕放開筆下閑風月收斂胸中舊甲兵

世事看來忙不得百年到手是功名

送吳子發寺簿　劉仙倫一首

籍甚廬陵政清彊似吏師有才多見忌了事却成癡毁
譽初無定屈伸如有時召除應不遠君相足相知

哀病登門晚趍承意向新肯先寒士聘足見郡侯仁贐
喜依劉表無緣借寇君天寒送歸棹愁絶渡頭雲

送人失官歸　周葵窻

浮世功名總是虚縱然軒冕又何如趣無白髮求侵鏡
好買青山去荷鋤賢聖一丘無用土英雄幾板可疑書
生涯粗了寒暄計獨抱遺經亦有餘

送方岳先生　高九萬

初離衡[illegible]　姚希声

[illegible]迷湘纍客心事[illegible]澗舡種藥已妝思病日

著書未就召殘年雜[illegible]人去老竹荒亭入畫傳

歸夢縈迴湖三百里白鷗[illegible]外欣然

南迁　胡邦衡

君恩寬逐客万里聽歸來未上淩煙閣聊登望海臺山

爲翠濤漫潮拓碧天開日斷飛雲處終身愧老萊

分門纂類唐宋時賢千家詩選卷之[illegible]

后集六

091
796
3

分門纂類唐宋時賢千家詩選卷之二　後集

後村先生編集

投獻門

香山常任

上官員

唐賢

上邠寧刑司徒　賈島

箭頭破帖渾無敵，杖底敺毬遠有声。馬走千蹄朝万乘，地分三郡擁双旌。春風欲尽山花發，曉角初吹客夢驚。不是邢公來鎮此，長安西北未能行。

次潼關上都統相公　韓退之

暫辭堂印執兵權，盡管諸軍破賊年。冠蓋相望催入相，待將功德格皇天。

元旦含元殿下立仗丹鳳樓上宣赦上門下相公　楊巨源　三首

天垂台耀掃欃槍，壽獻山青祝聖明。丹鳳闕前歌九奏，金雞竿上鼓千聲。衣裳南面薰香動，文字東方喜氣生。從此登封資廟略，兩河連海一時清。

臨軒啓扇似雲收，率土朝天劇水流。瑞色含春當正殿，香煙捧日在高樓。三朝起草迎恩澤，萬歲長聲繞冕旒。請問漢家功第一，麒麟閣上識酇侯。

聖恩洗雪鎮州寄獻裴相公　楊巨源

天借恩光洗綠林戰塵收盡見花陰好生本是君王德
忍死何妨壯士心曾賀生雲翻柵遠仍聞鄭凍下營深
井陘昨日双旗入蕭相無言淚濕襟

獻僕射相公　薛能

清如冰玉重如山百辟嚴趍礼絕攀強虜外聞應破膽
平人長見盡開顏朝廷有道青春好門館無私白日閑
致却垂衣更何事幾多詩句詠閑閑

上裴晋公　李郢

四朝憂國鬢成絲龍馬精神海鶴姿天上玉書傳詔夜
陣前金甲受降時曾經庾亮三秋月下盡羊曇兩路棊
惆悵舊堂扃綠野夕陽無限鳥飛遲

上陳用之　汪龍溪

宋賢　銀河光燦少微星，天下文章獨擅名。漢殿已呼新博士，閩川難駐舊先生。九重梁棟千年固，六籍源流一日清。好是玉龍銜兩去，傳岩秋月夜空明。

上宇文侍郎時帥淮西　劉仙倫二首

聖主憂南面，明公鎮北門。但令邊有備，能使國常尊。落日牛羊徑，西風黍稌村。淮民生業好，留与長兒孫。

守禦當經理，紛紛或致疑。願先天保治，綴奏采薇詩。機事須周密，民情要撫綏。謀謨侍郎事，一語綴華夷。

上岳提幹　劉仙倫

建炎推轂事邊庭，先正身爲國重輕。四海幾人思武穆

百年今喜見儀刑筆頭風雨三千字鬢頰氷霜十萬兵
天亦知人有遺恨定應分付了中興
已買江天欲奠居因君又復到東廬十年到處看詩卷
一日湖邊從使車南渡忠良知有種中原消息正關渠
從今已是門闌客時出青山探召除

贄見洪師　　黄亦顏鑄

風煙入眼少人行獨鶴來依帝子城華表柱頭霜月冷
不成清夢到鐘声

上楊誠齋二首

醉翁跨鶴忽升仙韶濩無音又百年後斈不須憂道喪
先生已自得心傳出塵風韻三春柳瀉腹文章萬斛泉

善類幾時相汲引馭風歸侍日輪邊

自遊鄉校着青衿夢想南溪直到今剖竹試君三昧手
望塵慰我十年心向來華袞褒美何日朱絃遇賞音
九轉丹砂已就不妨點鐵化真金

上應提刑二首

玉節光華紫禁風煙桂海自澄清見同秋水情難隱
判重南山斷必行吏膽長驚霜六月柝声不擊夜三更
朝廷倘欲醫頹俗盍命先生尹上京

十載功名浩莫期蒼梧叫罷望夫祠義江秋駕家千里
灘水買舟天一涯去就秋山猿擇木飛鳴夜月鵲無枝
海鯨不受人鈎直拋却長竿且賦詩

上辛稼軒　劉改之　二首

書來賜以蘭溪酒下視潘封奴僕之吾老尚能三百盞
一杯水不直吾詩

臥廬人昔如龍起鼎足魏吴如等閑若結梅花爲保社
林逋只合住孤山

書生不願黄金印十萬提兵走戰場只願稼軒一題品
看風徹骨死猶香

上周益公　劉改之　二首

遊戲三孤了歸來不用名昌黎前進士司馬老先生有
節花宜晚無風浪自平翳雲遮不得南極益精明

早被儒冠誤依稀老更侵科名數行淚岐路一生心自

哂立猿木誰恰躍冶金已無鍾鼎志何地可山

上袁蘇州　劉攽之　三首

秀骨如仙孕武夷故家手筆世宗師蘋分唐漢諸家字
句壓陳黄二子詩茂苑雨晴花發處洞庭霜重橘黄時
塵埃俗吏那能此一段奇功自可知
車馬城中早已忙子城内裏看星郎十州已茂園桑皁
一炷初凝父老香銅剖虎符新雨露玉持使節舊風霜
明年嬰第成時候不在烏臺即玉堂
行盡淮南日日東自携秀傳影入吴松人生五馬方知貴
客老諸侯歎未逢適意秋風亭爲鱠驚心半夜忽聞鐘
十年無計離場屋一説著功名氣槩胸

謁見不遇

訪李廓不遇　韋應物

唐賢

九日驅馳一日閑尋君不見又空還怪來詩思清人骨
門對寒流雪滿山

謁令狐楚爲其子綯所阻乃留詩於屏後補官　李商隱

曾共山公把酒卮霜天白菊正離披十年泉下無消息
九日樽前有所思不學漢臣栽苜蓿空教楚客詠江蘺
郎君官貴施行馬東閣無因再得窺

謁李吉甫不得見因書其父微時見宋甄所
爲詩以獻　吳武陵

十處投人九處遮家鄉万里又空歸嚴霜昨夜侵人骨
誰念高堂未授衣

懶謁朱門　李覯

十謁朱門九不開利名淵藪且徘徊自知不是公侯骨
夜々江湖入夢來

謁貴人不克題格子屏風　朱貞白

道格何曾格言糊又不糊渾身都是眼還解識人無

訪裴校書不遇　武元衡

梨花落盡柳花時庭樹流鶯日過遲幾度相思不相見
春風何處有佳期

訪沈舍人不遇　趙嘏

溪翁強訪紫微郎曉鼓声中滿鬢霜知在禁闈人不見
好風飄下九天香

訪人不遇　李商隱

卿〻不惜鎖窻春去作長楸走馬身閑倚繡簾吹柳絮
日高深院斷無人

尋李書記不遇　韋莊

白雲紅樹繞琅東夕鳥羣飛古道中仙吏不知何處隱
山南山北雨濛〻

謁華州李相不遇　唐平曾

老夫三日門前立珠箔銀屏晝不開詩卷却拋書袋裏
匹如閑看華山來

投謁新知爲典謁所阻　劉曾風

萬卷書生劉曽風烟波千里謁文翁無錢乞與韓知客名紙毛生不爲通

韓魏公知中山李清臣謁見吏報云太祝方寢而詩云　李清臣

公子乘閑卧絳厨白衣老吏慢寒儒不知夢見周公否曾説當年吐哺無

閽吏　司馬君實

弊車羸馬犯塵泥愁到朱門徧徧辭相國舍人雖驟見將軍馬監豈相知因循歲月勞何補顛倒風埃辱固宜惆悵東岡舊坡在素心空負白雲期

十一月三日與幾先白竹西來詩慶老不見
獨余君卿供奉蜡知客東閣道話久之惠州
追錄　蘇子瞻
卷々長廊走黃葉帘簾垂地香烟歇主人待來終不來
火紅銷尽灰如雪

乘舟過賈收水閣　蘇子瞻二首
愛酒陶元亮能詩張志和青山來水檻白雨滿漁簑涙
垢添丁面貧低舉按娥不知何所樂竟夕獨酣歌
嫋々風蒲乱猗々水荇長小舟浮鴨綠大杓瀉鵝黃得
意詩酒社終身魚稲鄉樂哉無一事何處不清涼
曳杖青苔岸繫船古柳根德公方上冢季路獨留言已

占蒲魚港更開松菊園從玆來往數兒女自應門

謁卓户不遇　劉仙倫

古臺依林下秋落入溪斜如何名稼隱全似野人家細竹寒猶緑芙蓉晚自花長鬚呼不應渴肺頗思茶

謁楊才夫不遇

林下癯仙去不還柴門雖設不曾關樹頭啼鳥無人管脩竹梅花相伴閑

時賢

訪徐思遠不遇　後村

思君不見意遲遲零落飛瓊點客衣獨子高風成夢想袁安門巷亦依俙客中遮眼西山在老去逢人萬事非雪霽風光應漸好儻來沙際看春歸

謁張居士不值　秋崖

與客敲門野竹邊蹇驢何許兀吟鞭蒼頭不訪孤山鶴
素手空回剡曲船書不療飢聊爾耳酒能作病豈其然
曾留一則山中話可問南湖雪後天

游園不值　葉靖逸

應嫌屐齒印蒼苔十扣柴門九不開春色滿園關不住
一枝紅杏出牆來

謁權縣不遇

春風鼓澤柳飛花何事陶潛不在衙却使東君遊賞客
寂寥如到野僧家

訪人不遇

畫戟朱樓映曉霞高梧寒柳度飛鴉門前不見歸軒迹城上愁看落日斜

戴山見訪不遇

竭來三見杏花風形影相陪一鏡中樽酒可曾無答對襟期難得與君同山深戴長單車過水暖斤香小艇通便好重來共幽野莫教一雨洗千紅

訪僧道不遇 附隱者不遇

（唐賢）尋僧不遇　姚合

入門愁自散不暇見僧翁花落煎茶水松生醒酒風拂床尋古畫支策看新叢别有遊人見多疑住此中

尋少室張山人聞與偃師周明府同入都

中峯煉金客昨日遊人間葉縣鳧共去葛陂龍暫還暮雲湊深木愁雨滿空山寂寂青溪裏空餘丹竈閑

尋道者所隱不遇　竇鞏

籬外涓涓澗水流槿花半照夕陽收欲題名字知相訪又恐芭蕉不奈秋

尋洪尊師不遇　劉長卿

古木無人地來尋羽客家道書堆玉案倦帙疊青霞鶴老難知歲松寒未作花山中不可見何處化丹砂

訪隱者不遇　高駢

落花流水認天台半醉閑吟獨自來惆悵仙翁何處去

滿庭紅杏碧桃開

訪隱者不遇　僧無本

松下問童子言師采藥去只在此山中雲深不知處

過鄭山人所居　劉長卿

寂寂孤鶯啼杏園寥寥一犬吠桃源落花芳草無尋處萬壑千峯獨閉門

（宋賢）

靈上訪道人不遇　蘇子瞻

花光紅滿欄草色緑無岸不逢青眼人長歌白石澗

訪散老不遇　蘇子瞻

君來不遇我我到不逢君古䝉依脩栢寒花對暮雲

訪諸葛鑄師不遇

青銅留着布囊中去謁人間小卧龍久欲右謀一醉
有錢却又不相逢

訪銛朴翁不遇

乱花飛絮趂長檐來訪西湖竹裏塵行盡白雲三十里
詩人又在白雲南
乗興尋僧入翠微山中無限野薔薇主人不見從誰賞
折得繁枝自揷歸

訪隱者不遇

城郭休過識者稀哀猿啼處有柴扉滄江白石漁樵路
薄暮歸來雨滿衣

尋隱者不遇　魏野

尋真誤入蓬萊島，香風不動松花老。採芝何處未歸來，白雲滿地無人掃。

晚投林洋緇徒閉户絶無人声

入境溪声外，祇園樹色中。高堂千嶂雨，深殿一幡風。象骨山何許，羊腸路未窮。陰池静蛙黽，始信法門空。

謁簡庵不遇

五里蒼松入仰山，泉声和雨扣禅關。投林獨鶴棲難隱，惆悵高人去未還。

訪東觀象環師不遇

如何金鼎正熬丹，曉岀隨緣日欲残。却把一爐文武火，等閑分付道童看。

尋周黄冠不遇

偶爾行尋周道士擬於松下共徜徉曾聞有訣能呼鶴
無柰逢人已化羊斜日驅磨三丈暑晚風閑借片時凉
倚欄眺望平疇闊村北村南看稻忙

尋道者所隱不遇

籬外涓涓澗水流種花半照夕陽收欲題名字來相訪
又恐芭蕉不柰秋

石澗清泉響佩環白雲深鎖碧桃閑老仙又赴桃源宴
日暮空山鶴自還

時賢

嚴釣隱相訪不遇二首　梁海山

愛住三元都喚不來山陰一逕長蒼苔仙風道骨清如水

不受人間半點埃

抱琴來訪鶴梧秋烟雨楼中夢正幽翛静莞然成一笑散人門戶等公侯

謝見訪

唐賢　有客　杜甫

幽棲地僻經過少老病人扶再拜難豈有文章驚海内謾勞車馬駐江干竟日淹留佳客至百年麁糲腐儒餐莫嫌野外無供給重與還來看藥欄

客至　杜甫

舍南舍北皆春水但見群鷗日日來花逕不曾緣客掃

蓬門今始爲君開盤飧市遠無兼味樽酒家貧只舊醅
肯與鄰翁相對飲隔籬呼取盡餘盃

嚴中丞枉駕見過　杜甫

元戎小隊出郊坰問柳尋花到野亭川合東西瞻使節
地分南北任流萍扁舟不獨如張翰白帽應兼似管寧
寂寞江天雲霧裏何人道有少微星

嚴公仲夏枉駕草堂携酒饌

竹裏行廚洗玉盤花邊立馬簇金鞍非關使者徵求急
自識將軍禮數寬百年地闢柴門迥五月江深草閣寒
看弄漁舟移白日老農何有罄交歡

過客相尋

窮老真無事江山已定居地幽忘盥櫛客至罷琴書挂壁移筐果呼兒問煮魚時聞繫舟楫及此問吾廬

賓至

患氣經時久臨江卜宅新喧卑方避俗疏快頗宜人有客過茅宇呼兒正葛巾自鋤稀菜甲小摘爲情親

王十五司馬弟出郭相訪兼遺營茅貲

客裏何遷次江邊正寂寥肯來尋一老愁破是今朝憂我營茅棟携錢過野橋他鄉惟表弟還往莫辭遙

鄭果州相過　王維

斜日照殘春初晴草木新床前磨鏡客樹下灌園人五馬驚窮巷双童逐老身中廚辦麄飯當恐阮郎貧

僻居無可上人相訪　賈浪仙

自從居此地少有事相關積雨荒鄰圃秋池照遠山硯中枯葉落枕上斷雲閑野客將禪子依〻遍往還

喜雍陶秋夜訪宿　姚合

曉立侍炉煙夜歸蓬草眠露華明菊上螢影滅燈前急漏和碪疊棲禽與葉連高人來此宿爲似在山巔

賈島雨中訪宿　姚合

雨裏難逢客閑吟不復眠虫声秋併起林邑夜相連愛酒此生裏趨朝未老前終須攜手去滄海棹漁船

廣宣上人頻見過　韓愈

三百六旬長擾〻不衝風雨即塵埃久慚朝士無裨補

空媿高僧數往來辛道窮年何所得吟詩竟日未能回
天寒古寺遊人少紅葉窻前有幾堆

裴司功員司士見尋　孟浩然

府寮能枉駕家醞復新開落日池上酌清風松下來厨
人具鷄黍稚子摘楊梅誰道山公醉猶能騎馬回

春中喜王九相尋　孟浩然

二月池水清家家春鳥鳴林花掃更落徑草踏還生酒
伴來相命開樽共解酲當盃已入手歌舞莫停声

宋賢

次韻春酬覔之　王荆公

久知棄傳入西州鷄黍從容本不謀户外驚塵尺書至
眼中飛浪片帆收山林病首煩三顧湖海離腸欲萬周

尚有光華資寂寞。篋中佳句得長留。

謝寇相公訪二首　魏野

晝睡方濃向竹齋。柴門日午尚慵開。驚回一覔遊仙夢。村巷傳呼宰相來。

中書兩入冠尚書。出鎮雄藩半載餘。棠樹陰中無訟聽。閑騎白馬到茅廬。

喜孫狀元見訪　魏野

道同忘貴賤。陋巷每來看。相見唯呼字。留題不着官。往吟無所忌。静話有餘懽。却恨歸公署。茅堂會宿難。

謝邵堯夫見訪　富弼

先生自衛客西畿。樂道安閑絶世機。再命初筵終不起。

獨甘窮巷寂无依貫穿百代常探古吟詠千篇亦造微
珍重相知忽相訪醉和風雨夜深歸

秀才歐世英見訪贈行　歐陽公

相逢十年舊暫喜一樽同昔日青衫今今來白髮翁佚
時君子守求士有司公況子之才美焉能久困窮

九日不出魏衍見過　陳師道

九日登臨迫閑藏老懷無限自淒凉山頭落帽風流絶
壁面称詩語笑香衝雨肯來尋此老拂床聊待熟黄粱
獨無樽酒爲君壽正使秋花未肯黄

贈吴夢牛　劉仙倫

天息吴公子殘年白髮深才名千古事湖海一生心急

霅醪溪渡酸風拂樹林夜寒來過我吳不減山陰

謝廬陵趙宰　前人

目送歸鴻入杳冥朱絃流水思泠泠堂中千古分明意還許野人來細听

謝吳子發寺簿二首　前人

今代廬陵守清明孰與同風流似康肅治效繼吳公擩袴歌謡外桑麻雨露中班行舊朝士端合侍重瞳

結屋梅花裏蕭蕭野水邊年豐食賤米盜息得安眠老我眈三逕逢人説一天只愁追詔急駟騎去翩翩

衰老仍多病柴門晝掩關黔驢伎止此飛鳥倦知還刺史招賢士幽人懶出山但令陶德化九畹且滋蘭

劉教授見訪

東壁圖書絳帳開先生抱道惠然來梅庭暫作書堂隱
槐路行看科詔催把劒千牛仍射斗論文持蟹且銜盃
章江春暖魚爭躍要看龍門奪錦回

謝人見訪投詩

支筇來訪白雲坳絕異紅塵勢利交把酒爲君澆磊隗
携詩就我定推敲不曾出市參龐老安得爲雲逐孟郊
古錦囊中多秀句家無書史莫從抄

謝戴昭祖見訪　　劉仙倫

化鶴歸來今老威眼中城郭是耶非方嗟好友多埋玉
尚喜高人肯款扉倦鳥已堪埀翅宿南鵬端合刺天飛

秋風有意頻相過酒薄愁城爲解圍

撫州謝楼宗丞見訪

客裏門庭可設羅史君千騎肯相過〻宗〻貴賤交游重論及興衰感慨多諸老逢時起岩壑三邊何日罷干戈老夫何預人間事只合滄洲理釣蓑

嚴癸庵來訪　魏慶之

別來冉〻一萬日憶昔少年今老翁〻踪蹟江湖君放浪膏肓泉石我樊籠相看面改心猶壯共説愁多事畧同回首舊遊春夢斷落花芳草雨濛〻

分門纂類唐宋時賢千家詩選卷之三　後集

分門纂類唐宋時賢千家詩選卷之四

後村先生編集　後集

慶壽門

上宰相壽　附　上執政壽　上朝士壽　上侍從壽

宋賢

壽太師　汪龍溪

宇宙將昭泰，風雲必會同。帝師黄閣老，人羨黒頭公。慶節同堯曆，新陽應嶰筒。儀韶來彩鳳，占夢得飛熊。壽考天資魯，神靈嶽降嵩。典儀尊赤舃，歌詠美彤弓。炳炳丹青手，堂堂社稷忠。規模三代遠，謀略萬夫雄。字畫諸王品文章兩漢風早登青瑣闥頻入紫微宫天上經綸合人間制作工聖時方密勿賢業助昭融螭紐乾符正龍文帝鼎崇伊湯咸有德穹柱不言功禮秩群臣異恩波此日豐御奩金寶帶御厩玉花驄冰質期姑射丹砂笑葛洪舊傳調鼎客今識釣璜翁世〻聯台衮年〻拱帝聰欲知耆筭永元氣等無窮

壽太師 正月廿九

節近中和傳兩辰相門今復慶生申致君事業光前烈舉世安危係此身明主一心資仲父凌煙千古見勳臣南園自有神仙窟剩種蟠桃莫記春

壽少保 十月十九 翁西岩

戲答王子予送凌風菊　黄山谷

病來孤負鸕鷀杓禪板蒲團入眼中浪説閑居愛重九
黄花應笑白頭翁

謝人惠牡丹

君將洛下妖嬈艷寄與山中寂寞人珍重仙翁有深意
不教輕負一年春

謝人贈瑞香花　劉後村

一樹婆娑數復斜使君擬贈到田家自慚甕牖繩樞地
不稱香囊錦傘花小借暖風爲破萼旋澆新水待抽芽
叮嚀童子勤封植留與甘棠一樣誇

謝王立之送花　陳后山

過雨生泥風作塵馬蹄聲裏度芳辰城南居士風流在
時送名花與報春

謝趙生惠芍藥　陳后山 三首

郁郁芬芳十里熏紅紅白白數枝春要將結翠惱鶖子
送與毗耶彼上人

從微至老走風塵貴見鄉園第四春獨舞東風醉西子
政緣無語却宜人

九十風光次第分天憐獨得殿殘春一枝臙欲簪雙鬢
未有人間第一人

謝人寄花

紅塵日日事如麻節破清明未見花多謝故人能記憶

一枝和雨到山家

次韻謝陳侍郎送牡丹　方秋崖

手斸蒼苔玉一欄山家初見眼猶寒移根莫厭凡紅紫只做春風一樣看

謝人送花二首　方秋崖

一年春是牡丹時不負花時只有詩老去自知才思盡枉分風月到山離

紅酣紫膩不勝春肯上先生墊角巾芳草醉眠今老矣惜花心在怕花嗔

謝惠紅梅　錢積善

一夜東風折絳囊膩留顏色妬春陽不因半點微酸在

幾與夭桃雜道旁

謝惠蘭花　黎師侯

曉起微涼病骨甦國香和露到貧居我今不向當門種
免被時人取次鋤

謝惠五月菊　黎師侯

道人移菊到山家細裊薰風帶露華便有淵明籬下趣
誰能着眼看荷花

謝人送竹

宋賢　謝蕭彥毓惠竹　劉招山

乞得龍孫手自栽揮鋤和月斸蒼苔窗前便有蕭騷意

疑帶梅坡風雪來

從鄰友覓竹栽得二十八根遣詩當謝簡

蕭小山

一日非君不可無當鄰乞得種魚都珠連星舍排成次王立雲臺畫出圖淇奥每思文事業渭川肯作富規模自鋤月地分行列準擬清風十萬夫

謝人送果

（宋賢）荅魏衍惠朱櫻　陳后山

開門先得故人書稍喜提携起覆盂得句有誰知我在嘗新此日在吾徒傾籃的皪霑朝露出袖熒煌得寶珠

會爲瑛盤薦一坐覓腸藜口未良圖

戲答晁道道乞消梅　　黃山谷

北客未嘗眉自顰南人誇說齒生津磨錢和蜜誰能許去蔕供鹽亦可人

酬才上人送霜柑二首　　僧正平

霜柑寄我莫言少但得向人懷抱佳渺渺新愁入思夢晚雲連鴈雲連沙

日向南雲望幾回無因懷抱得重開憑君莫惜錦囊句盡作銀鈎蠆尾來

謝檀敔信送柑子　　黃山谷

色深林表風霜下香著樽前指爪間書後合題三百顆

頻煩驛使不應慳

謝王主[illegible]送橄欖

方懷味諫軒中果忽見金盤橄欖來想共餘甘有瓜葛苦中真味晚方回戎州蔡次律家軒外有餘甘余名之曰味諫

謝僧送甘瓜

邵陵化去已千年遺種師從何處傳不是禪心怯老病分甘多合在人先

謝僧送橘

茂陵多病卧閑窗詩思無聊渴思長賴有廬山坐禪客穿雲分送洞庭香

謝送荔枝　戴石屏

荔子固多種色香俱不同新來嘗小綠又勝擘輕紅

嚼思千樹分甘僅一籠嘗觀蔡公譜夢想到甫中

謝送土瓜　方秋崖

蹲鴟不柴伏苓黃初斸春煙帶土香久覺相如詩肺渴

入山餐玉不傳方

謝送甘蔗　方秋崖

老境於吾漸不佳一生拗性舊秋崖笑人煮簀何時熟

生啗青青竹一排

謝送蔬菜

唐賢

謝阮隱居致薤　杜甫

隱者柴門内畦蔬遶舍秋盈筐承露薤不待致書求束
比青芻色圓齊玉筯頭衰年關膈冷味暖併無憂

宋賢 謝惠猫兒頭笋　蘇東坡

長沙一日煨邊笋鸚鵡洲前人未知走送煩公助湯餅
猫兒突兀鼠穿籬

謝鄭褒送蓴菜　張安國

我憂扁舟震澤風蓴羹落筯晚盤空那知蒻表炎蒸地
也有青絲滿碧籠

謝楊復道銀茄　黃山谷

君家水茄白銀色殊勝埧音霸裏紫彭亨蜀人生疏不
下箸吾與此人俱眼明

謝趙尉送菜三首　方秋崖

虚老空山學圃翁，荷鋤頭白雪鬖鬖。芥臺如臂何曾愛，菜腦生筋謾自供。不料官園蒼玉束，絶勝禁脔紫駝峰。更煩詩手剪春雨，剩與一番風露胷。

豈向嘗貧料此翁，齏盂頓有玉瓏鬆。帶山藥草能同飯，夜雨茅堂未缺供。杞菊共傳寒緑賦，斗桑不隔紫霄峯。水蒓嚼出宮商羽，一洗人間芥帶胷。

山雲一鳴竹山翁，菘韭成畦帶雪鬆。飛食肉奚関我事，乳燕䴏亦為誰供。衡茅高枕人間世，簑笠歸鋤雨外峯。曾讀坡公菜羹賦，齒無塵土到言胷。

謝惠竹萌　錢積善

新挑筍芽喜登盤減却南階竹幾竿已爲枯禪參玉版
暫停排日報平安

謝人送飲食

（唐賢）和人與人分惠賜冰　楊巨源

天水藏來玉墮空先頒密署幾人同映盤皎潔非關露
當扇清涼不在風瑩質方從綸閣內凝輝更借錦帷中
麗詞珍貺難雙有迢遞金鑾殿角東

謝人送粽

來時三月春猶在到日端陽節又臨珍重主人意勤厚
滿盤角黍細包金

謝人送鯽魚鱠

君家一筯萬錢拚，分我銀絲侑客歡。芳餌得來珍丙穴，金刀落處照辛盤。腹空盡迫詩肓瘦，鱗活能生酒面寒。玉手行厨如許巧，說教魚婢李應難。

謝人送殺饌

宋賢　呉熟中有兩鵝為余烹之戲贈

李書池上一雙鵝，宛頸相追筆意多。為浩翁赴湯鼎，主人言汝不能歌。世以婢子為鴨，謂吳貴鴨而賤鵝也。

謝趙倅送雙雉膳鼠蹄二首　王臞軒

文雉雙雙綵翼開，籠照水不驚猜。想君當日中牟化

帶得貢綦田馴底來

平生禁臠不垂涎多謝珍羞到食前燕頷虎頭在何許

却教長喙上凌煙

謝送鵝鮓　　方秋崖

裹箬紅泥麴米春篆灘風月入厨珍誰令渠識黄庭字

且醉胷中經字人

謝送鱘鮓　　方秋崖

肉未爲奇骨是奇透明瑪瑙碎琉璃老饕不柰殘牙齒

却愛桃花軟玉脂

謝送鄉味

晉人雅重肉糟淹坡老嘗思筍蕨甜千畝胷中仍大嚼

魚熊誰道古難兼

謝人送米

宋賢

謝趙都事惠米　陳后山

平生忍欲今忍貧閉口逢人不少陳俸薄身輕趙都事也能作意向詩人

謝送海錯

唐賢

酬襲美見寄海蟹　陸龜蒙

藥杯應阻蟹螯香却乞江邊採捕郎自是揚雄知郭索且非何胤敢餦餭骨清猶似含春靄沫白還疑帶海霜

強作南鄉風雅客，夜來偷醉早梅芳。

謝送海錯　張安國

皇城烏丰見未曾，青蛇赤蟻當時珍。忽驚海物來登座，能致南烹有故人。萬里漂流憐遂食，百年麁糲愧嘗新。新芻恰趁來時熟，網賞梅花雪片春。

謝丁公默送蝤蛑　蘇東坡

溪邊石蟹小如錢，喜見輪囷赤玉盤。半殼含黃宜點酒，兩螯斫雪勸加餐。蠻珍海錯聞名久，怪雨腥風入座寒。堪笑吳興饞太守，一詩換得兩尖團。

謝趙簿約食河豚　張安國

解事吾家老步兵，却因鱸鱠便知名。憑君只問河豚信

已報春荻蔞筍生

謝何十三送蟹　　黄山谷

形模雖入婦女笑風味可解壯士顔寒蒲束縛十六輩已覺酒興生江山

朱新仲自韶州送酒蟹并詩次韻爲謝　　汪龍溪

海底横戈豈易逢尊前雋永是家風烹鮮難免膏橙厄致遠須憑麴糵功應爲從來誤勤爭死故投釜鼎掐浮中江南九日渾爛熟一笑何時馬首東

謝府八公徽猷餉酒蝦　　方秋崖

鬚翁卧甕頭春醉不勝扶絕可人琥珀色濃紅透肉

珊瑚鈎簾冷生涯，貧酬野句不當價，粘出侯家總是珍。
此法縱傳無此料，石橋雪水玉粼粼。

謝人送魚

宋賢

次韻閔令送魚　　蘇東坡

舉網驚呼得巨魚，饞涎不易忍流酥。更煩赤腳長鬚老，
來趁西風十幅蒲。

走筆謝呂行甫惠子魚　　蘇東坡

臥沙細肋吾方厭，通印長魚誰肯分。好事東平貴公子，
貴人不與與蘇君。

謝杜介送魚　　蘇東坡

新年已送黄封酒舊老仍分赬尾魚陋巷關門負朝日
小園除雪得春蔬病妻起斫銀絲鱠稚子讙尋尺素書
醉眼朦朧覓歸路松江煙雨晚疎疎

謝榮緒惠鮮鯽　黄山谷

偶思煗老庖玄鯽公遣雙鱗貫柳來䪥臼方看金作屑
鱠盤已見雪成堆

嘲史石君送蟹不送酒　戴石屏

坐對秋山酒興濃送來霜蟹滿筠籠元端却被盧君笑
左手持螯右手空

謝人送禽獸

唐賢　謝人惠鶴

瑞羽奇姿踉蹌形稱為仙馭過青冥何年厚祿曾居衛
幾世前身本姓丁幸有遠雲兼遠水莫臨華表與華亭
勞君贈我清歌侶將去田園夜坐聽

宋賢　戲答張秘監饋羊　黄山谷

細肋柔毛飽臥沙煩公遣騎送寒家忽令無罪充庖宰
留與兒童駕小車

謝割麞膏見貽二首　黄山谷

何處驚麞觸禍機煩公遣騎割鮮肥秋來多病新開肉
糲飯寒葅得解圍

二十餘年枯淡過病來筋下割甘肥果然腹口為災怪

夢去呼鷹雪打圍

謝人寄小胡孫　黃山谷

真宜少陵覓未解柳州憎婢喜常儲果奴嗔屢掣繩

謝周之送猫兒　黃山谷

養得猫奴立戰功將軍細柳着家風一簞未厭魚餐薄
四壁當令鼠穴空

贈猫　陸放翁

裹鹽迎得小貍奴盡護山房萬卷書慚愧家貧策勳薄
寒無氈坐食無魚

謝張安道惠馬　蘇潁濱

從事年來鬢似蓬破車倦僕衆人中作詩僅比窮張籍

夜上南樓望玉京將星光底詩皇明不須便即騎仙鶴
且爲皇家致太平

上宮觀壽

（宋賢）壽朱文公九月初六　辛稼軒 二首

西風捲盡護霜雲碧玉壺天月色新鳳曆半千開誕日
龍山重九過佳辰無心坐使鬼神服一笑能回宇宙春
歷數唐虞千載下如公僅有二三人

又

玉漏聲沉曉色回五雲絪縕映庭槐持巾珠履攙稱賀
飛斝沼瑶玉賜來黃菊尚遲三日約碧桃已作十分開

洞天春色棄人世不記河清第幾回

壽陸放翁　　蘇召叟　二首

邊松坐石日從容故國靈光只我公豈有文章高海內

獨將身世老山中丹頭躍蜀分明異梅蕚含椒即漸紅

千歲斯人要宗主不妨留眼送歸鴻

又

花間乳鹿笑相迎拄杖穿花導鹿行六子子孫俱宦達

三山山水亦聰明論詩何止高南渡草檄猶堪及北征

帶得門人也仙骨年年來此賀長生

分門纂類唐宋時賢千家詩選卷之四

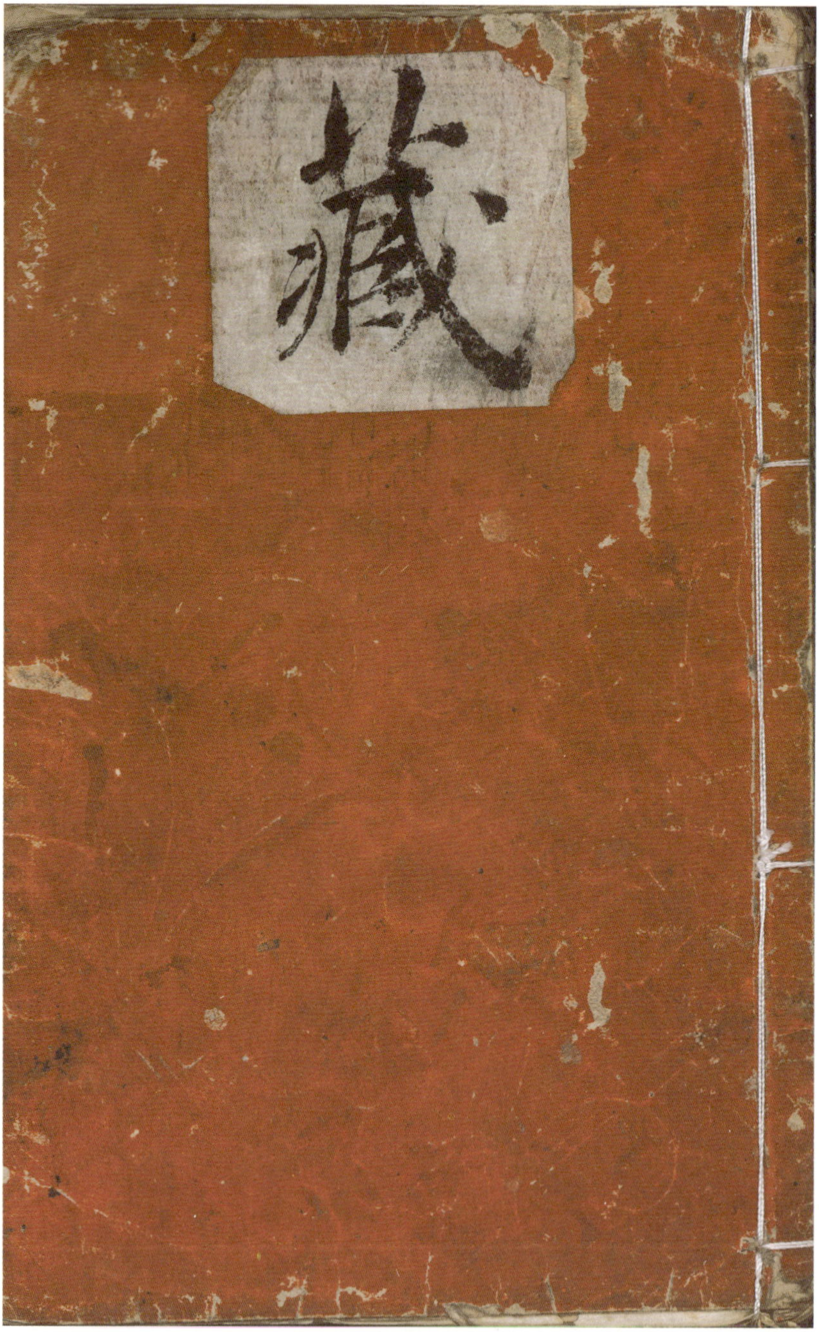
藏

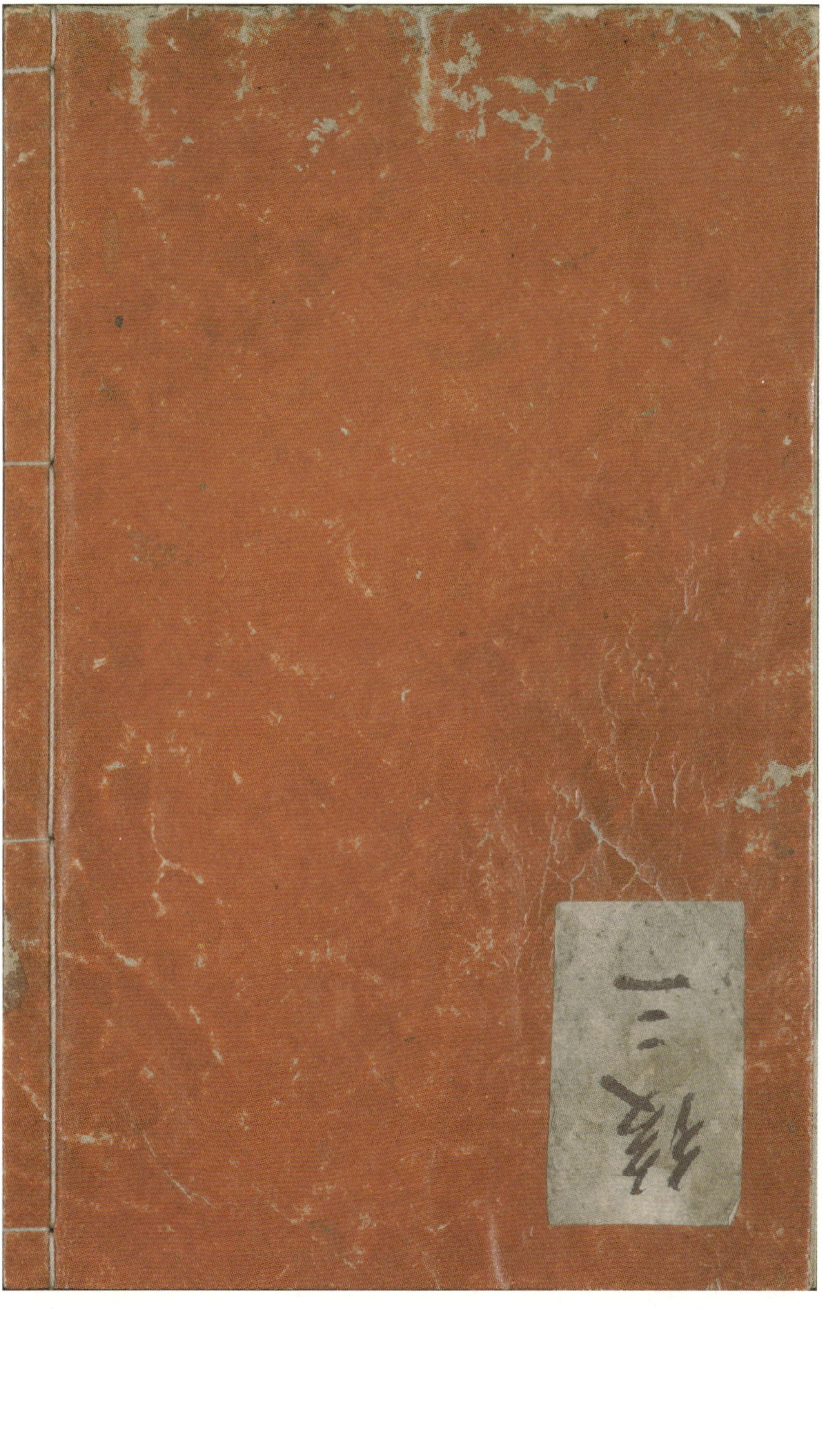

分門纂類唐宋時賢千家詩選卷之五

後村先生編集

慶壽門

上守倅壽

（宋賢）壽太守　劉後村

珥貂不受且凭熊似甚閩山入眼濃薰寢香清公事省圍腰金里宦情慵頗閒明主詢黃髮未許先生體赤松十萬人家同祝丹從茲袞袞入登庸

壽太守二月初三　王臞軒

生申維嶽詠崧高孕秀儲精歲月多盛旦上元開甲子
前朝令節紀中和銅符暫剖雄藩印寶鴨行鳴禁路歌
天祐名臣錫難老好將銅狄屢摩挲

壽太守三月十七　李梅亭

蓂飛兩葉正深春是日人間嶽降神自昔詞章推大手
即今風采見埋輪書傳黃石由來遠名壓青錢孰與倫
壽祿祈公如萬福未應江海羨鱸蓴

壽太守六月初四　劉招山

夏季蓂開四莢新嵩高今日復生申上林詩號無雙手
朱邸賢推第一人竹使暫煩來作牧芝封已自趣歸輪
來年今為壽須天闕宣勸金壺竹葉春

壽建寧葉守　劉後村千首印

不比群花取次開，晩香高節匹寒梅。分明帶得清癯相，故傍層冰積雪來。

新貴紛紛競着鞭，明公於此獨恬然。未曾挑動中書考，先判天官二十年。

鬢猶點漆面桃紅，乾道淳熙輩行空。不是修身存養力，自緣方寸與天通。

久立紅雲一朶邊，合於仙裏珥貂蟬。翶然夢到人間世，猶擁旌旗管洞天。

曾遊蔡澤詠江籬，亦向閩山口荔支。猶幸早春茶未試，故應先取建州麾。

處處雞豚競賽冬皆言太守致年豐老農記得莊生說
姑射先人恐是公
貴人列屋貯傾城公獨齋居徹骨清七褰高年高一品
夜窗相伴一韓檠
袖手凝香未必非建人惟恐我公歸安知世有孤寒士
側聽黃麻侍衮衣
紫袋深藏綠匣跦縣庭渾未識追胥可怜謬令猶凝絕
日望寬租緩賦書
平生人笑作吟癡頗辱諸公說項斯今日將何為丑壽
一無版帳二無詩

壽建寧太守　劉後村

官府升平戟衛嚴退衙惟與客清談寛和却笑潮溪急
苦硬翻嫌建茗甘南國只今歌召伯漢廷早晚相曹參
情知金鼎催調燮驛路梅開雪意酣

壽傅守七月十四　黄華

來日中元毓冠公萬年事業一朝同入陪清切星辰稷
出奏循良昇翰功棣萼一時騰最治棠陰兩紀繼遺風
陰功數卷書金簡退筭應須等岱嵩

壽趙守　劉招山二首

緑文赤字長生籙火棗交梨不老方更採金丹染秋色
一天風露爲誰香

簇簇青瑶小洞天水晶宫裏玉林仙紫皇已有催還詔

居住人間五百年

壽趙守 正月初一　劉子寰

參横斗轉五更寒春入黄堂酒琖寛慣客更賡千歲頌

家人争薦五辛盤

壽趙守 八月初五　辛稼軒

天孫錦字織雲煙來向紅塵了世縁前去中秋猶十日

後來甲子更千年墻南竹韻調琴譜堂北萱香載酒船

且與前筭償舊約不妨却伴橘中仙

壽趙守 九月初四　劉仙倫

天將顥氣滴銀潢派發仙源秀郎祥式際半千生碩輔

攙先五日是重陽班高列戟星辰煥治最南州雨[illegible][illegible]

共與邦民頌難老神螺遥指西峯君

壽葉倅武子　劉後村二首

雨後溪山絕點塵萬家燈火祝司辰昆哉爍石流金際
見此光風霽月人當日忠言裨府主三家隂德在州民
議郎博士猶多闕只恐催歸詔墨新

過江人物卒樵川往往龍翔與鳳蹌在昔大庭推賈誼
至今太學説何蕃但看半刺來侯國絕勝三書守相門
尚有平生經濟藴不應袖手便忘言

壽張倅九月初八　許梅屋

明日方重九先期菊已花固知天有意欲祝壽無涯玉
笋浮金蘂冰姿映臉霞長生此真術不用紫沙車

壽龍泉倅五月廿六　劉隨如

星火方中月下弦更遲三月誕眞賢生扶休運一千載
出應昌期五百年半剌暫時淹澤國全才不日步花甎
應知廬阜初呈瑞壽考同公永不騫

上郡官壽

壽提管　李梅亭

宋賢

滿廊香霧弄霏霏欲去還留燕子飛酒盞自便秋思早
花枝未怯鬢毛非脫巾爲濯從狂醉剪燭留髯好緩歸
我欲寄君無別語文期火東薦青璣

壽教授　李梅亭

襟懷錦綉富多文人物冰壺絶點塵太華昨宵方誕呂
姑蘇今日恰生申堂萱呈瑞年年緑壇杏逢春日日新
更爲南豐添一瓣即看趣詔侍嚴宸

又　方秋崖　二首

昨夜長庚爛瑞光間生賢哲應明昌風雲際會當千載
天地交通復一陽曾播聲名題鴈塔暫時文柄坐鱣堂
慶闈雅燕笙歌徹紫詔催歸侍玉皇

精神天上石麒麟器業無雙間世人欲展經綸趍北闕
暫將模範董南閩綵衣戲處歡聲溢絳帳開時瑞氣新
虔祝我公難老壽八千爲歲比莊椿

壽張教　陳克

玉府多應惜謫仙紫皇留戀到殘年畫官京兆風流在
張敞借著先生節槩全 張良 祿比責爵增百萬壽如門
弟及三千五鄉不解華封祝只誦天長地久篇

壽張倉 正月初一

喬木端由有世臣傳家事業飽經綸鵷行稍厭承明直
熊軾來須建水春暖入東君新聽朔祥開南極慶生申
沙堤消息人來說紫詔催班入秉鈞

壽袁倉 七月廿三

人物中興第一流山庭標秀自鼇丘孤光未滿三宵月
爽氣先澄萬里秋夢寐昔聞占燕姓名行看覆金甌
願傾滄海祝公壽寶帶千春侍冕旒

壽祭推十二月十九　東軒

南極星輝翼與箕，熙朝命左六弧垂。從知蔦岳儲神日，正在文殊出世時。泛綠依紅姑小試，登金步玉已先期。我今準擬詩千首，留取年年上壽卮。

上縣官壽

（宋賢）壽詩稱宰　洪平齋二首

作縣如弄潮，莫吸平呷水。紅旗上岸來，喝采沙河市。拈取第一籌，詩細柳大風裏。

愛民如緣竿，百尺頭進步。未到百尺頭，努力莫回顧。當場萬人看，直上碧霄住。

回翁十日前先脱老鶴胎拍手浮丘頂君騎鳳凰來相逢說長生一笑榴花開

壽劉宰　　李梅亭

製錦新城衣錦歸種桃遺愛滿桃蹊恩波淮水流不盡福力螺山高與齊天上已催班玉筍日邊行見月璇題歡聲都是長生曲薰作香雲襲寶猊

壽林宰正月廿三　　羅子衎

過了元宵八日前琴堂歌舞獻慈顏七閩山水鬚眉秀三楚雲煙杖屨閒癡絕不妨公事了歡濃莫放酒盃慳明年今日迎新霈錦軸榮封鬢未斑

壽梁宰九月十六　　鈴岡

令尹簾垂白晝長東風隨意上琴堂蟾宮昨夜桂初滿
鶯喚曉春花更香天上有親持紫橐壺中不老泛金觴
濟川已屬蒼生望蚤向江頭作巨航

壽許宰七月十六　王臞軒

南極秋來光燭天琴堂此日壽詩仙龐公戊子孰小大
寇相中元相後先製錦從容才有力嚼丹賦詠筆如椽
交梨火棗君家物從此蓬萊不記年

壽陳權宰四月十五　劉招山

夏氣清和玉燭調薰絃風奏入虞韶十分卿月公清夜
百里郎星降紫霄馴雉暫勞師帥職飛符行覲聖明朝
持盃何以為公壽千歲靈龜七葉貂

壽翁權縣　李梅亭

昴宿騰輝落建溪鴛鴻兄弟步雲梯暫收鸞翼來棲棘
聊鼓牛刀爲割雞三月鳴琴初布政萬家磨石擬鐫題
情知百里難淹驥行看天書下紫泥

上柯丞二首

褎然祖烈啓雲來袞袞還生命世才東井日回餘四度
南宮星燦映三台藍田且對松兼竹丹闕行參棘與槐
留得蟠桃千萬顆一年一顆薦金杯

文章政事有誰侔煙閣雲臺向上求仰德陶山深慕藺
備員杉水遂依劉南墻住致知誰及北部威名秪自羞
他日功收霖雨後更祈同伴赤松遊

壽彭簿正月初九　　王臞軒

武夷深處有台仙嶽降元宵六日前早挾雄文儹漢史
晚將奇策對堯天一宮參竃真遊戲萬里搏風更勉旃
早晚笛川再推上好將名姓厭英躔

壽縣尉

華陽傳與純陽訣竹隱中間悟養生止善心情澄不撓
浮雲富貴澹無營龍鉛虎汞交離坎鶴算龜齡幾甲庚
喚起吟壇稱壽句夜來一點壽星明

慶師友壽詩

宋賢

壽先生生日修佛事　李梅亭二首

明善堂前香藹藹諸生再拜祝莊椿[illegible]
楓老梅疎健小春有道可爲明主佐無氈休嘆廣文貧
烹羔獻酒稱千壽會看仙桃着子新
今年生日勝常年一佛中間萬佛緣善念纔興方寸地
恩光便下九重天花香作供圜方丈粟粒成功福大千
長壽如來更多寶飽參住世小乘禪

壽先生十二月十九

松柏蒼蒼傲雪天當年嵩岳降生賢豈無人作南飛曲
來獻東坡老壽仙

壽士人三月廿四　潘紫岩

花朝清曉雨初收瑞氣祥風滿玉樓逢矣重逢三八日

椿齡再祝一千秋飛黃去逐冲霄鳳詔紫來從入谷鶯
富貴光榮皆分事早看名姓動金甌

壽友人 六月廿六　　潘紫岩

當年岳慶生賢恰在新秋四日前萬縷水沉燃寶鴨
千鍾醽醁酌金船冰桃雪藕將陪宴雨栢霜松莫計年
金鼎若容烹新水亦令雞犬得神仙

壽友人　　李梅亭

探勝東風一夜先燕堂絲管沸華筵魚軒並壽歡何極
鳳穴添雛慶愈綿獨樂園中閑日月香山圖裏派神仙
磻溪自有安車到屈指佳期秖六年

壽友人　　蕭小山

休運珍符應半千嵩高維嶽再生賢子孫已見鍾三秀
富貴端應擅兩全日月休驚雙轉轂甲庚從喜一周天
不須更把莊椿祝鎮作蓬壺不老仙

壽友人林仲喬 以牡丹爲壽 李梅亭

十分國艷貪春燦一簇芳心襯曉霞送與生朝添壽斝
洛陽年少洛陽花

慶親眷壽

宋賢 子壽父 洪平齋

迎侍京華又見春大時人事一番新丙申兒遇丙申歲
巳卯爺逢巳卯辰本分法門行得熟長生樣子學來真

斑衣奉酒多爲壽滿眼光風正可人

子壽母　　朱晦庵 二首

昨夜秋風涼氣歸今朝喜色動簾幃細斟瀲灧新春酒
戲舞斕斑舊綵衣願上龜蓮千歲壽永令鳧藻一家肥
也知厚德天應報更說陰功世所希

暑退秋容欲凜然北堂佳氣倍澄鮮舊痾已向新涼失
壽骨應隨爽籟堅塵外光陰那有盡尊前風月浩無邊
癡兒六六今如許慚愧西河不老仙

壽許院族兄　　劉後村

晏溫全不似霜天開遍芙蓉蜀錦鮮昔我父兄陞上壽
今君翁媼各希年清狂尚欲簪花舞老合[illegible]無端襆褐眠

聞道日邊消息好除書斷在一陽前

兄壽弟　高菊磵

再歲佳辰捧壽卮今年清夢淅江湄鶺鴒地冷真堪笑
鴻鴈雲飛會有時菊蕊泛盃猶共醉梅花照座可重期
直須千歲丹成日銅狄摩挲出自知

姪壽叔祖　洪平齋

鵲噪梅梢喜報晴催開九葉砌邊蓂和薰愛日如春日
光動文星映壽星賓客稱觴應滿座兒孫戲綵自盈庭
萱堂幸繼芝蘭末仰祝百千龜鶴齡

叔壽姪　十二月廿四　王臞軒

纔經六日便須春還是長庚初度辰蘭砌聲名千載舊

竹林風月幾時新，詩書本是吾家事。燈火須勤汝輩親，
未把金盃爲壽祝，且期及第爲親榮。

甥壽妗婆

當年飛下蘂宮仙，良月平分兩日前。萱草忘憂方半百，
蟠桃未熟待三千。兩同華屋珠郎秀，品列朱門玉壻賢。
我忝甥孫特來賀，一盃壽酒一詩篇。

壽余君錫母

曾向瑤池穩泛槎，眼看西母佩飛霞。定分天地冲和氣，
來亞公侯富貴家。能膳課兒心若淡，魚軒錫命世榮華。
樽前何物堪爲瑞，笑指蟠桃幾度花。

壽黄丞母

千梃琅玕遶屋墻安輿奉母李潘郎星纏絢綵明南極
萱占先春秀北堂雲披綬拖蒼玉帶藍袍穩捧紫霞觴
阿戎從此登臺省上國榮封姓字香

壽和尚

與師同月不同年歸墨歸儒各自緣想得山中無壽酒
但携茶到菊花前

壽南樓居士

淨土如何樂土真金蓮開處善根成西來孰謂南無佛
今見南樓一佛生

自壽書懷

光景不相待流年劇箭過酸辛前討左科甲後生多命

蹇窮爲祟愁多睡作魔蓋棺方事定有酒且高歌

謝人慶壽　　朱宏孫

九曲溪頭小駐兒西風驚我老頭顱劬勞正切酹三釜
飄泊那能記六弧恍覩新詞艷春藻頻回生意着秋蒲
我於青玉案何有可解報君明月珠

分門纂類唐宋時賢千家詩選卷之五

分門纂類唐宋時賢千家詩選卷之六

後村先生編集

○慶賀門

賀除擢

賀田僕射子弟榮拜金吾　楊巨源

（唐賢）五侯恩澤不同年，叔姪朱門禳稍連。鳳詔九重和喜氣，鴈行一半入祥煙。街衢燭影侵寒月，文武珂聲疊曉天。爲問麒麟高閣上，誰家父子勒燕然。

戲代內子賀兄嫂　白樂天

劉剛與婦共昇仙，弄玉隨夫亦上天。何似沙哥領崔嫂，碧油幢引向東川。

又

金花銀椀饒君用，罨畫羅裙任嫂裁。嫁得黔婁爲妹婿，可能空寄蜀茶來。（開成中楊汝士以户部檢校尚書鎮東川，白樂天即其妹婿。時樂天以太子少傅分洛，作此。）

宋賢 賀陳雩亭　陳后山

合譜兒童歲，爲僚一身秋。初聞消息報，已作別離憂。急雩將無路，寒江欲斷流。相逢寧易得，端爲小遲留。

賀冉任

賀許宰再考

（宋賢）宰官才具万人豪，雖小如何下得刀。奏課丹經書上上，理繁祇見辦多多。錦囊有卷牛腰重，裝橐無金馬骨高。欲賀政成憐我懶，爲詩付与邑人歌。

賀功賞

賀田侍中東平功成　王建

（唐賢）使回高品滿城傳，親見沂公在陣前。百里旗旛衝不斷，兩重衣甲射皆穿。府中獨拜將軍貴，門下兼分宰相權。唐史上頭功第一，春風雙節好朝天。

桃林夜賀晉公　韓愈

西東騎火照山紅夜宿桃林臘月中手把命珪兼相印
一時重疊貴元功

宋賢　次韻元厚之平戎慶捷　王荊公

朝廷今日四夷功先以招懷後殪戎胡地馬牛歸隴底
漢人燈火起湟中投戈更講諸儒藝免冑爭趍上將風
文武佐時慚吉甫宣王征伐自膚公

賀致政

宋賢　賀致政　邵堯夫

人情大率喜爲官達士何嘗有所牽解印本非嫌祿薄
掛冠殊不爲高年因通物性興衰理遂悟天心用舍權

直放襟懷在清景吾鄉幸有好林泉

賀新娶 附 置籠

宋賢

賀新娶

王臞軒

春歸有約在江梅曾跨征鞍問訊回人自廣寒宮裏降花從長至節前開鴛鴦幃窣地迎仙侶鶴髮垂髫擧壽盃好是同心雙綰結玉簫吹徹鳳凰臺

賀同年新婚

王臞軒 二首

金華門外厭京塵烏石山前結帨巾翁婿相看冰映玉庭門一笑頰生春昔言爾爾嫌隨俗今喚卿卿喜有人來歲夢蘭叶佳兆穉錢玉果出娛賓

月移槐影轉廻廊風裊花枝出洞房巫峽行雲下神女
武陵流水駐仙郎已誇瓊玉相輝映更慶松蘿共久長
自是玉門光景别笙簫聲處擁鸞凰

賀人及第置寵回

得意春風信馬蹄長安陌上看花時千紅萬紫知多少
揀得叢中第一枝

得得風流年少時天恩新染綠羅衣輸君已把高枝折
更領蟾宮仙子歸

賀生子

附 生女 生孫 生甥
生姪 螟子

宋賢 賀生雙子 蘇東坡

鬱葱佳氣夜充閭，始見徐卿第二雛。甚欲去爲湯餅客，
惟愁錯寫弄麞書。參軍新婦賢相敵，阿大中郎喜有餘。
我亦從來識英物，試教啼看定何如。

賀生子　黄穀城

天上斗建巳，人間月建寅。得來真虎子，攀取必龍鱗。喜
識春風面，欣逢秋水神。異時光祖考，一氣轉洪鈞。

賀八十歲生子　李梅亭

蘭玉森森天下奇，靈椿猶自長孫枝。從來老蚌珠生晚，
豈是長庚夢到遲。標格銀蟾光皎潔，精神秋水碧漣漪。
玉皇案吏家聲近，行看追蹤入鳳池。

賀舍弟生子　前人

早來乾鵲噪簷楹報我庭階玉樹生告曰祖宗知積慶喧傳奴婢總歡聲遂增阿大中郎喜足想殊常散騎情點校六經留汝讀吾家元不蓄金籯（王獻之帖云汝新婦得雄散奇殊常喜也）

賀生子

小童門外走雙壺知是君家毓掌珠前語果然符老蚌這番不可學乾烏且將詩句爲君賦還有姿杯惠我無莫怪明朝東閣地要教泥醉索人扶

賀雙生　劉澗谷

白石山川貴可知公侯袞袞應斯時藍田美玉雙呈瑞滄海明珠兩孕奇從此一門成[illegible][illegible]如今二子應[illegible]麒

東君更有靈椿壽，兩看他年折桂枝。

賀雙生　　王大烈

天上碧桃雙結子，月中丹桂兩生枝。便煩着眼從頭看，的似徐卿二子奇。

昔也誰珍一角麟，如今雙璧更驚人。今朝蘇十晉朝陸，許事從初又一新。

賀得第二子　　王臞軒

每愛君家玉滿階，仙官今又見瑶臺。父兮定得鈴旗夢，母也須懷磬石胎。羯末封胡知有種，復臨泰壯看朋來。林家酪秀如聞此，好好來求依様杯。

賀生第五子　　鈐岡

春風有客到門墻院落猶聞天上香門外尚遲三日宴
燕山要足五枝芳遇逢賀厦隨飛燕不誤題書作弄璋
從此葛山壇下路却成父子錦衣鄉

賀生孫　鄭相公　卓田

滎公幾載渴含飴今歲郎君盼夢羆湾瓌薦休蕃相業
山川孕秀毓孫枝龍頭家又傳龍種鳳沼雛仍産鳳兒
行慶堂前重慶侍滿斟壽酒介厖眉

賀生甥　吳直卿

飛舄華宗一散仙女家男室已雙全昔年只說門楣貴
今日新添宅相賢西崦客隨來燕賀東床人誦弄麞篇
犀錢玉果多く辦側聽蘭階喜又傳

賀螟子　卓田

喜聞佳會自天開一脉詩書要早培豈必麒麟親抱送
但教蜾蠃祝將來香傳桂是燕山種秀拔蘭移謝砌栽
速肖自知君有術行看瑞世作良材

賀生女　王大烈

祥光子夜都明徹娉婷仙子來仙闕精神玉雪比不如
猶帶蓬萊秋夜月郎罷今晨莫那知便不顯門庭
我來只誦香山句不重生男重生女　閩人呼父爲郎罷

賀榮居

（宋賢）賀方寺入新第　劉後村

一生不蓄買山錢華屋何心亦偶然客至多逢僧在坐
釣歸惟許鶴隨船按行花木皆寮友主掌山河即事權
京洛貴人金谷裏安知世上有林泉

宅成天下借圖看始信書生眼力慳地占百弓多是水
楼無一面不當山荷深似入苕溪路石怪疑行鴈蕩間
只恐中原方鼎沸天心未遣主人閑

賀遷居

癯儒翁卜築向東臯小憩江湖半世勞遶屋樹陰供杖屨
登樓山色發詩騷客來賀厦杯行閙市篤拋梁紙價高
金馬玉堂何處在不如茅屋却堅牢

賀孫祺卿新居　許梅屋

幾年銖累束脩錢，才向湖邊置一廛。種竹庭深難得月，養魚池小易爲泉。山呈好景常書案，柳拂輕絲罩釣船。酒力半酣詩思倦，矮床相對白鷗眠。

賀丞相入新第　劉改之

潭潭新府列名卿，玉帶金魚喜氣横。能廣萬間庇寒士，定容駟馬向高閎。千檣莊上江山秀，獨樂園中花木榮。才作美哉輪奐頌，清臺又奏相星明。

賀人遷居　楊炎正

江北江南天宇寬，卜居那得近家山。四時風月團欒裏，兩地軒窻咫尺間。今古詩書藏汗漫，聖賢簾陛可躋攀。重門不掩春長在，細草幽花滿目班。

又　　瓜圃

庭前誰手植三槐門揖青山敞面開有少園池僅蔬竹
無多屋宇欠樓臺倘因可語爲前席客喜相逢爲啜盃
夜半蛩驚猿鶴語恐應天上有書來

又　　前人

溜雨參天知幾秋萬牛挽取到菟裘莫言只有一區宅
應是曾修五鳳樓揷架牙籤渾敵富汪槽玉液可忘憂
閑中日月身長健此樂人間眞素侯

賀山澤先生新居　　許梅屋

先生雅志在山澤厦屋非心列卜居地窄不妨容旋馬
水多無柰好觀魚宦情老去還疏待看家具移來半是書

不管小儒時間字只愁路遠出公卿

賀帥幹新居　鄭宅心

卷却西州破賊旗歸來結屋枕漣漪平章風月詩千首
收拾功名釣一絲花檻春濃蜂入酒竹窗夜靜鶴聽棊
可能許我東州隱珍重鄰翁為卜基

賀徐道人改卜　葉靖逸

先生新卜宅只許白雲知野蜜和蜂割巖花帶蝶移坐
諸苔石穩醉倚木橋危屋後寒梅放因風寄一枝

仕宦雜賀

唐賢

賀張秘書得裴司空馬　白樂天

司空遠寄養初成毛色桃花眼鏡明落日已曾交轡語
春風遠擬並鞍行長令奴僕知飢渴須着賢良待性情
囬夕公歸伸拜謝免勞騎去逐雙旌

賀邊軍支春衣　柳公權

去歲須無戰今年未得歸皇恩何以報春日得春衣

宋賢

依韻和杜相公喜雨之什　六一

歲時豐儉若循環天幸非由拙政然一雨雖知爲美澤
三登猶未補凶年桑陰蔽日交垂路麥穗含風秀滿田
千里郊原想如畫正宜携酒望晴川

分門纂類唐宋名賢千家詩選卷之七

後集　後村先生編集

○干求門

求竹木

唐賢　從韋二明府續處覓綿竹　杜甫

華軒藹藹他年到，綿竹亭亭出縣高。江上舍前無此物，幸分蒼翠拂波濤。

問人求紫竹栽

出自巴山價比金，詩家種植已成林。齊抽紫玉垂垂瘦

細剪青羅葉葉深根勁不因風土變節高寧爲歲寒侵
幸分一寸琅玕種添得貧居數畝陰

憑韋少府班覓松樹子栽　杜甫

落落出群非欅柳青青不朽豈楊梅欲存老蓋千年意
爲覓霜根數寸栽

憑何十一少府邕覓榿木

草堂塹西無樹林非子誰復見幽心飽聞榿木三年大
與致溪邊十畝陰

静隱覓杉株　張安國

舊聞隱静庭前栢虎嘯龍吟二十秋我亦經營一丘壑
無根樹子亦須求

求花果

（唐賢）乞桃栽　　杜甫

奉乞桃栽一百根春前爲送浣花村河陽縣裏雖無數濯錦江邊未滿園

和練師索秀才楊柳　　楊巨源

水邊楊柳緑煙絲立馬煩君折一枝唯有春風最相惜殷勤更向手中吹

（宋賢）乞桃花二首　　黄山谷

正是風光嬾困時桃花開晚落應遲欲雕好句乞春色日暮如山不到詩

青春日月鳥飛冲汗簡文書山疊重乞取好花天上看
宮衣黃帶御爐風

次張仲謀乞蠟梅　黃山谷

聞君寺後野梅發香蜜染成官樣黃不擬折來遮老眼
欲知春色到池塘

短韻奉乞蠟梅　黃山谷

臥雲莊上殘花笑香似早梅開較遲淺色春衫弄風日
還來當爲作新詩

就陳仲邦乞菊　謝無逸

芙蓉狼籍把霜殘只有黃花巧耐寒盈把已供陶令醉
落英分與屈原餐

乞菖蒲　僧正平

飽聞雲根九節不改四時欝然顔見明窓棐几淺叢瘦碧相鮮

乞梅　僧正平

朔風吹盡西山雪合有早梅凌雪開不應占著野塘上分我一枝春色來

乞霜柑　僧正平

殊非海外羅浮樣亦勝洞庭霜後黃此實君家能獨有何時分餉齒牙香

次韻吳民載出剛不兑酒從民載覓銀條菜與

橘栽　陳後山

君詩起予者百遍爲君開世俗唯何甚予心不可諧獨
思南去楚衆與比之淮何處可休影期君歸去來

乞梅　方秋崖

晚雲撩亂商量雪家傍梅花合有詩不寄一枝春苦客
相思五夜夢先知乘雲而下惟姑射得聖之清者伯夷
已戒管城三盥沐詎令空手對冰姿

求茶酒

宋賢

趙德麟以詩求東齋牓名昨日聞都下亭酒
求戲和其韻求分一壺爲潤筆　東坡

王孫天麒麟眸子奧而徹褒衣亦靈愈富屋陋人更傑我

老書不放落筆坐爭掣欲求東齋銘要飲西湖雪長瓶

分未到小硯乾欲裂不似淳于髡一石要燭滅

成伯家宴造坐無由輒欲効顰而酒已盡入

人不欲煩擾戲作小詩求數酌而已　東坡

道士令嚴難繼和僧伽帽小却空回隔籬不喚鄰翁飲

抱甕須防吏部來

質夫手書送酒六壺問之使者云初不聞命

豈其偶忘之耶戲作小詩督之　東坡

白衣送酒舞淵明急掃風軒洗破觥豈意青州六從事

化為烏有一先生空煩左手持新蟹謾遶東籬嗅落英

南海使君今北海定分百榼餉春耕

香林許惠南溪茶作詩促之　僧正平

午牕湯餅還煩渴安得雲腴作矩兵仙鼎望夫人能遺贈
只今兀坐聽歌聲

新茶獻提刑及一壽堂太夫人亦可一助齊
眉之餉也　張安國

龍焙新春出尚方細官佳句總堪嘗遥知舉案齊眉處
再拜萱堂壽未央

索曲送酒

簾外春風正落梅須求狂藥解愁回煩君玉指輕攏撚
慢撥鵾絃送一杯

次韻智伯寄茶報酒二平　謝幼槃

歡伯風流可解憂疑君此外更何求揀芽投我真拋却
不是詩人薛許州

從陳妙音覓酒　謝幼槃 二首

雪窗癡坐撥寒灰萬斛新愁掃不開排遣此懷將底物
憑君催送麴生來

長恐閒人抱頸羞何當更脫鷫鸘裘試煩郎子傾家釀
不用平原老督郵

代東仲尋索酒

月色皎如許其如無酒何從君覓一斗午夜泛金波

問人覓茶

鳳凰山下白芽珍歲歲先期獻紫宸林下一鎗將試焙

嶺頭百卉未知春

才微豈解添詩思身老常思試睡神犧杓有餘須早寄

玉川心渴欲生塵

千米

唐賢　千丞相乞米

甑裏揚塵旦不春孩兒啼哭飯籮空老妻耳畔低低語

爺有新詩上相公

宋賢　春日千戶書錢穆父　秦少游

三年京國鬢如絲又見新花發故枝日典春衣非爲酒

家貧食粥已多時

劉監倉家煎米粉作餅子坡云爲甚酥潘邠
老家造逡巡酒莫作醋錯著水來否後數日
坡携家飲郊外因作小詩以戲劉公求之二
首　東坡

數片深紅入座飛一杯連坐兩髯棊十分瀲灧君休訴
且看桃花好面皮○唐詩云未有桃花面皮先作杏子眼孔

又

野飲花間萬物無杖頭惟挂一葫蘆已揚潘子錯著水
更覓君家爲甚酥

就張氏求米帖　張安國

人物當年海嶽翁筆精墨妙與天通似聞有帖藏宗姓

怪底湘江月貫虹

千丹陽宰乞米　史千

知君愛物與人民敢造琴堂訴在陳斗水果能相活否

今年猶甚去年貧

謁曾文卿千糴　告諸秦我

字歎難將覔書多不療貧子窮厄於蔡晉

恥書頭帖君能指魯囷人飢猶已視岩拜賑荒云

千人蓋四

宋賢

問人求墨竹

風竹平生性獨便未逢好手謾長嘆而今拂拭鵞江絹

憑仗蕭郎掃數竿

簡王尉借書畫　方秋崖

雪屋燈寒費廿年春膏悔不早治田書無靈聖今猶爾
句有神奇亦偶然如此溪山那得酒筆而風月不論錢
三生習氣除難盡忽憶千家書畫船

困訟干官貧

宋賢　一犯銅錢出城上太守　國斈生

腰纏十萬上楊州八百青銅何足搜天下山河皆屬宋
豈容此地割鴻溝

酒妓爭上太守　鈐岡

扁舟一葉下姑蘇正值春風賣酒爐試買一盃澆眊矂不堪群小恣揶揄青衫有分終須着紅粉無錢不受呼幸遇使君明似鑑不知能照此情無

訟事上王矅軒　八首

男子當爲天下奇笑他立馬竟何爲鶴山往矣西山逝此一瓣香公得之

一封飛奏九重天言到朝紳所不言天子不怡丞相怒急流中退臥矅軒

儻來軒冕待如何一曲歸歟浩浩歌前此清名誰得似

王晉卿畫二　東坡

十載山居不出山身閑正似白雲閑只因不受高官職

博得狂名滿世間

朝家有詔一番更　議論須公共主盟　暫屈平章發下手　趲前一步即公卿

書院弘開枕鷺洲　皁比設講得名流　欲知大學精微處　只在先生片舌頭

諸君子已聚朝堂　氣象雖新未振揚　大欠正人扶正論　寧容汲黯久淮陽

自嘆書生未遇時　聚鄉惡少底相欺　使無今日昌黎在　誰爲呼來五伯皆

因追祖上知縣　吳曾仲　四首

優釋賢閑下日邊　鳳池澄碧待雛鵷　節全先烈扶家國

鼎感英猷付子孫岩邑暫時勞製錦玉堂不日待綸言
紫泥欵曲催環召赤子纔沾父母恩
鳧舄高飛駐幔亭武夷和氣藹然生壓迷棘蔭人誰到
春遍花村吏不行松竹林間書史暇弦歌聲裏政刑清
聖賢道化無今古薰染崇安作武城
鴝鵒窮薄一書生貧到無錐藉未更烏笑賦蚍成婁死
翻思夢鹿起紛爭亡弓不失真堪笑隨甑回看却近情
霽月光風澄水鑑頻言矜能不平鳴
淚閣東風似泣岐一身兩處有常維棠陰留穗敫祖訟
泮洋催條稱桑儀兩造口應歸犴使片言便可决狐疑
桂薪尹　吾儒事業遺□冊解□□遲

獄中上知縣二首

英才間出冠群倫暫撫河陽政化新清白結成濁積堂
中和散作武夷春農桑復遂三登樂道路咸歌數也仁
大手濟人寧久袖即看趣召侍楓宸

半生奇蹇困汙泥豈謂功名總負初有志未酬慙素行
此身終媿麗丹書圜扉自訟祈寬貸憲網難逃幸闊踈
可是有生均被澤餘波應及轍中魚

千知縣免稅二首

求嘉人物最風流醞藉誰人似我侯自是廟堂調鼎手
牛刀少屈試西甌

陋巷生涯只一簞不堪憂處甚於顏顧回一點春風筆

特免貧儒罰百錢

告宰牛上知縣　　卓田

壟上耕犁力最勞，看見何事太粗豪。不爲籬戲觧觸角，
欲效庖丁要奏刀。取百丁盆從掛壁，幸公寬厚不吹毛。
從今且作三緘口，大嚼屠門享太牢。

取屋上儲知縣

得失分明與要同，收藏遺契竟成空。食牛無意干秦穆，
失馬憑誰問塞翁。趙客有辭終返璧，楚人何事嘆亡弓。
甑生底裏無難見，尽在先生一顧中。

干求學職　（附）　干求度牒

（宋賢）干教授求學職

鏖戰古戰場命薄竟不偶微才亦可用但可耕谷口奈何窮到骨且莫供父母竭來奔治封纍然如喪狗今復拜韓公仰實如北斗啼飢與號寒此情憐我否

干太守求度牒

鼠為拖腸離洞府魚因點額退江湖侍郎本是神仙客還有靈丹救也無

干求雜物

（唐賢）於韋處乞大邑瓷盌　杜甫

大邑燒瓷輕且堅扣如哀玉錦城傳君家白盌勝霜雪

急送芳齋也可憐

宋賢 求范子默染鴉青紙二首　山谷

學似貧家兒破除古今迷忘失三餘極知鵠白非新得
謾染鴉青襲舊書

深如女髮蘭膏罷明似山光夜月餘爲染藤溪三百箇
待渠湔祓一牀書

從寇生求茶庫紙　陳后山

南朝官紙女兒膚玉版雲英比不如乞與此翁元不稱
他年留待大蘇書

問人索筆

狂吟不覺兒毫秃偶探囊中笑子虛欲問管城何處見

中書君自有中書

從張唐卿乞兆黄　　張安國

雪壓鮏䟽童手皸　使郎多日欠常珍　懸知旅食初無恙　窖裏黄茅借得春

干陳删定告寒

自笑謀生計已踈　猥將筆硯代耕鋤　頻年耗米如倉鼠　盡日鑽書似蠹魚　涼月夜樽聊自適　寒霜短褐更無餘　投公不願封千户　願乞春風到里閭

千求禽獸

唐賢

從人覓小胡孫許寄　　杜甫

人說南州路山猿樹樹懸文家聞若效爲寄小如拳頭
哂愁胡面初調見馬鞭許求聰慧者童稚捧應顛

和常秀才寄簡歸州鄭使君借猿　許渾

謝守攜猿東路長哀藤牙竹沁瀟湘碧山初暝嘯秋月
紅樹正寒啼曉霜陌上楚人皆駐馬里中巴客半還鄉
心知欲借南遊侶未恐三声恐斷腸

宋賢

乞猫　黃山谷

秋來鼠輩欺猫死窺甕翻盆攪夜眠聞道貍奴將數子
買魚穿柳聘銜蟬

乞貍奴　僧正平

元家豈獨人能爾想見貍奴亦復然顧我目前增鼠子

從君乞取五更眠

問人求騾子　劉後村

聞在江寧得小驢，價高人說是名駒。行時亦肯過橋否，飢後還能飲澗無。不稱金鞍馱侍女，只宜席帽載貧儒。灞橋風雪詩家事，乞與他年做畫圖。

分門纂類唐宋時賢千家詩選卷之七

後集

091
196
3

藏
後四終

分門纂類唐宋時賢千家詩選卷之八

後村先生編集

餽送門

送茶

送茶　蘇東坡

雷雨初驚蟄園林競揀芽得於諸葉焙寄與阿連家果角箋花密封題篆字斜到時如鬬試好為汲金沙

送茶與僧

何物堪師贈閩山第一茶種同羅漢果香勝鉢雲花知

味惟心解逢人莫浪誇底山泉可試普與供河沙

送酒

送道州酒與伯承　張安國

陽城祖臨州酒味猶清醇我病不能飲負此盎盎春髯異燒芋筍喚客車連軫名酒隨惡詩供髯一笑囅

中山松醪寄王雄州　蘇東坡

鬱〻蒼髯千歲姿肯來杯酒作兒嬉流芳不待龜巢葉掃白聊煩鶴踏枝醉裏便成歌雪曲醒時與作嘯風詞馬軍走送非無意玉帳人閑合有詩

錢道士應與越州穆父飲酒送二壺　前人

龍根爲脯玉爲漿下界寒酷亦漫嘗一紙鵝經逸少醉
他年鵬賦謫仙狂金丹自是留衰鬢苦淚何須點别腸
吳越舊邦遺澤在定應符竹付諸郎

送花

以海棠梨花寄李員外　陸龜蒙

唐賢

二月春風澹蕩時旅人虛對海棠梨不如寄與星郎去
想得朝回正畫眉

寄早梅　陸開

折梅逢驛使寄與隴頭人江南無所有聊贈一枝春

宋賢

送木犀　張安國

想見秋花插滿頭遥怜不負北山游一枝併與詩筒饋
氣壓西湖萬斛秋

以水仙花供都運　張安國

瘴土風煙那有此只疑姑射是前身仙風道骨誰消得
付與霜臺衣綉人

以梅送王尉　方秋崖

雪澗偶逢山澤癯相携茅屋對團蒲古心不爲世情改
老氣了非流俗徒三讀離騷多楚怨一生知己只林逋
詩壓不直渠爲伴持醉主人雙玉壺

以狀元紅白疊羅各一朶送趙虛庵　石屏

狀元紅最得春多雲母新開疊疊羅文字人無天女至

送將濃艷惱維摩

送香

（宋賢）送和香與彥通　謝幼槃

筷莎新補對宗傳藿爍詹粘短可憎試炷博山元不俗小奩分供在家僧

送藥

（唐賢）寄韋有夏郎中　杜甫

省郎憂病士書信有柴胡飲子頻通汗懷君想報珠親知天畔少藥餌峽中無萬里皐華使爲僚記腐儒

宋賢 以牛膽漬槐子送云南 二首 謝幼槃

雪霜無賴點君鬢，五十龍鍾成老翁。急分槐實要腦滿，佇見鬢青雙頰紅。

解牛得膽大如斗，投以元槐加更加。來歲青袍映綠髮，不妨看盡九衢花。

送畫

宋賢 送墨梅與王性之 二首 僧巽中

道人筆下有春色，寫出江南雪壓枝。千里持來煩驛使，暗香不減隴頭時。

又

眼底春光發隴首雪中踈影落平湖政須送與王摩詰
臥看輞川煙雨圖

送畫梅

幻出冰姿得一清免教煙雨怨飄零故人情在應如許
莫向高樓留曩聽

送紙筆

寄蜀牋與弟泊　韓浦

唐賢

十樣蠻牋出益州寄來新自浣溪頭老兄得此全無用
助爾添修五鳳樓

宋賢

送簡牋與書樓叔遇　王臞軒

檢點文房有宿儲楮先生輩亦中書小王辭寡兀無用
大阮才高正要渠揮洒雅宜供五鳳緘題更可寄雙魚
春來物物皆詩料從此賡酬莫見疎

送人紙筆

阿連詩語已通神玉板霜毫不厭珍老我簿書安用此
自應回施與青春

送硯

宋賢

圓硯寄阿虎　東坡

皎皎穿雲月團團弄水荷文章傾黯黮忠義老研磨偉
節何須慈寬饒貴必和吉喪無所用寄與小東坡

送扇

送魚骨扇

陸放翁

宋賢

雉扇雖亡解辟塵，爭如此扇自清明。蒲葵昔日徒增價，聖母當年浪得名。莫詣鵝毛千里獻，要知魚骨十分輕。只今便使炎威却，會有仁風掌上生。

送竹杖 附竹几

贈梁蒲秀才斑竹拄杖

賈島

唐賢

揀得林中最細枝，結根石上長身遲。莫嫌滴瀝紅斑少，恰是湘妃淚盡枝。

送佛面杖與羅浮長老　東坡

宋賢

十方三世世尊面都在東坡掌握中送與羅浮德長老

携歸萬竅總號風

以拄杖供仁山主　二首　張安國

錯節孤根勁有餘坐床須按起須扶一生用底今相贈

更問林間有此無

洗足投節只坐禪厭尋岐路費行纏老來不復人間事

不用山公更削圓

以桄榔杖寄文潛　時初聞魯直遷黔南　東坡

睡起清風猶在亡身邊殘夢雨茫茫江邊曳杖桄榔瘦

林下尋苗畢撥香獨步儻逢岣嶁今遠來莫恨曲江張

遥知魯國真男子獨有平生盛孝章

送竹几與謝秀才　蘇子瞻

平生長物擾天真老去歸田只此身留我同行木上座贈君無語竹夫人但隨秋扇年年在莫鬬瓊林夜夜新堪笑荒唐玉川子暮年家口若爲親

送器具

宋賢

寄怪石石斛與魯元翰　蘇東坡

山骨裁方斛江珍拾淺灘清池上几案碎月落杯盤老去懷三友平生困一簞堅姿聊自儆秀色亦堪餐好去髯卿舍憑將道眼看東坡最後供霜雪照人寒

寄鎦合刷餅與子由　蘇東坡

老人心事日摧頹，宿火通紅手自培。小甑短餅良具足，穉兒嬌女共燔煨。寄君東閣閑烝栗，知我空堂坐畫灰。約束家童好收拾，故山梨棗待翁來。

送竹香爐　朱湛盧

枯槁形骸惟見耳，凋殘鬢髮只留鬚。平生大節堪爲底，今日灰心始見渠。

送碼碯石屏

削出雲容一片奇，天然玉瑩澤如脂。秪堪棐几旁邊看，頗與文房輩行宜。香篆自縈黄妳卷，飛花不點墨卿池。粗官馬上今無用，付與劉郎爲近詩。

送古壺與人　楊誠齋

小壺純素無文采驗是殷商物至今損夙怕教凡手觸
鑄時應有古星臨久藏厚土金聲盡微貯清泉翠色深
持贈高人安几席為君古意入新吟

送人椰心簟　戴石屏

適有椰心席殷勤持贈君來從二嶼國織作五花紋涼
煖宜冬夏清光隔垢氛桃笙與蘄竹優劣迥然分

送衣服

宋賢　以玉帶施元長老元以衲裙相報次韻　東坡二首

病骨難堪玉帶圍鈍根仍落箭鋒機欲教乞食歌姬院

故與雲山舊衲衣
此帶閱人如傳舍流傳到我亦悠哉錦袍錯落真相稱
乞與徉狂老萬回

以椰子小冠送子予　黃山谷

漿成乳酒醺人醉肉截鵝肪上客盤有核如匏可彫琢
道裝宜作主人冠

送果子

唐賢

摘櫻桃贈元居士　柳宗元

海上朱櫻贈所思樓居况是望仙時蓬萊羽客如相訪
不是偷桃一小兒　時在望仙亭南摘與朱道士同啖

湖南絶少含桃偶人以新摘見惠感事傷懷

有作　韓淲

時節雖同氣候殊未知堪薦寢園無合充鳳食留三島
誰許鶯偷過五湖苦笋恐難同象匕酪漿無復瑩蠙珠
金鑾歲歲長宣賜忍淚看天憶帝都秦中謂三月爲櫻笋時○湖南無牛之味○每歲初進之後先宣賜學士

送黃柑與彥孚　謝幼槃二首

殘臘纔經一夜霜青春三寸作金黃故園兄弟懷思我
特地分甘到草堂
手折奇苞遺細君更思特送玉堂人甘堂定可錦綉口
看吐新詩泣鬼神

以梅餽晁深道　黄山谷 二首

帶葉連枝摘未殘依稀茶塢竹籬間相如病渴應須此
莫與文山蹙遠山

渴夢吞江起解顔詩成有味齒牙間前身鄴下劉公幹
今日江南庾子山

附舶船送荔子戲呈明州知府尚書　汪龍溪

千里雲飄破浪開使君知道荔枝來未嘗玉井醍醐味
先看金盤火齊堆肯作浪題霜後橘聊同馳寄隴頭梅
到頭應遣纖纖手笑擘輕紅喚酒盃

送荔子方伴蒙　方秋崖 二首

風枝露葉走筠籠玉潤冰寒擘綵紅自往胷中評史記

久聞格謂閣同
曾識拔仙海上山清冰霜露洗嫣祥老人不許詩爲地
却久閣中住一番

送地栗與襄山老子　　王臞軒

淤泥生蓮花不如生地栗蓮花只好看地栗却好喫看
底只是虚喫底却是實虚實總不如般若波羅蜜

送荔枝　　戴石屏

荔子固多種色香俱不同新來嘗小緑又勝擘輕紅大
嚼思千樹分甘僅一籠嘗觀蔡公譜夢想到莆中

送荔枝與黄叔粲

莫嫌荔子寄來慳定送筠籠道路艱紅緑堆盤供大嚼

年年六月憶三山

送青柑與婁秋房

百果之中無此香青青不待滿林霜明年歸侍傳柑宴
認取仙鄉御愛黄

送蔬菜

（宋賢）

野菜贈包先生　　蘇東坡

野菜初出珍又珍送與安靜病酒人便須起來和熱喫
不消洗面裹頭巾

棕筍餉殊長老　　蘇東坡

贈君木魚三百尾中有鵷黄子魚子夜乂剖瓔欲分甘

籜龍藏頭敢言美頗憤蔬果得自用勿使山林空老死
問君何事食木魚耳尖不能鳴固其理

奉和孫奉議送白菜　黃山谷

春蔬照映庚郎賓遣騎持籠佐茹葷却得齋廚厭滋味
白鵝存掌鼈留裙

陳說道約日送菜把　黃山谷

南山疇昔從諸父雨甲煙苗手自鉏三逕就荒歸計拙
溷煩僚友送園蔬

送酥魚頭菜與何之忱　謝幼槃二首

和蜜煎嘗學稚酥兒誇甘味比醍醐老夫舌本不知味
強解嘲為羊酪奴

甕底寒蔬各作菹春來把酒必時須庾郎鮭菜二十七
還得王郎下箸無

送筍與晦翁　刘仲行

珍重林中玉版師深藏高節未參差先生樂道雖忘味
敢薦歲時冰雪姿

送笋與屛山

籜龍戢戢破苔斑風味從來柰歲寒知有高人清愛白
定應燒煑薦珠盤

送笋乾與人

龍龍就脯誰能忽落湯猶驚風雨聲寄語詩人歌送似
平生不作五侯鯖

平生不作五侯鯖

送山藥署與友人　卓稼翁

陽公得種自藍田種在深山不計年雅愛茯神爲伴侶
更邀枸杞作比鄰俗名護自呼山芋佳品由來號玉延
毀盡羊羹殊可厭藉渠風味滌腥羶

送白蘿蔔與囊山老子　王臞軒

東坡以春筍名爲玉版師我獨謂玉版正可名白蘿蔔
筍令人瘦蔔蘿充人飢慧眼曰不然不如飲水肥

送筍孫　王臞軒

玉版半標清更癯紫姑道味頗甘腴遣渠問訊紫薇老
後省廚供有此無

一　送珍羞

送牛尾貍與徐使君 時大雪中　蘇東坡

宋賢 風捲飛花自入帷　遙想破愁眉泥深厭聽雞頭鶻
酒淺欣嘗牛尾貍通印子魚猶帶骨披綿黃雀謾多脂
殷勤送去煩纖手爲我磨刀削玉肌 蜀人謂泥滑爲雞頭鶻

送玉面貍

北距飛狐信未通夜來縛到槀街東千年妖幻誰家婦
一國豪章亡是公丘首可憐迷故土帝羓空肘起腥風
長纓孚馘埋輪使未問豺狼問此翁

送蟛蜞　王臞軒

昔人膾蝤蛑監州今獻霜螯助伯浮料得監州應笑領
無腸公子也風流

送飲食

宋賢

送麥門冬飲與元章 元章自燕到東園 蘇東坡

一枕清風直萬錢無人肯買北牕眠開心暖胃門冬飲
知是東坡手自煎

豆粥送李任道 黃山谷

豆粥能驅晚瘴寒與公同味更同餐安知天上養賢鼎
且作人間煮菜看

分門纂類唐宋時賢千家詩選卷之八

後集

謝惠茶
白髮前朝舊史官風爐煮茗暮江寒蒼龍不復從天下拭淚看君小鳳團
韓子蒼

分門纂類唐宋名賢千家詩選卷之九

後村先生編集　後集

○謝惠門

謝送茶　附湯

唐賢

酬友人春暮寄枳花茶　李郢

昨日東風吹枳花酒醒春晚一甌茶如雲正護幽人塹似雪纔分野老家金餅拍成和雨露玉塵煎出照煙霞相如病渴今全校不羨生臺白頸鴉 相如故事

宋賢

和劉樞密送茶新詩韻　張安國 二首

伐山萬鼓震春雷，春鄉家山挽得回。定自君王思苦口，便同金鼎薦鹽梅。

先生筆勢挾風雷，春色先從筆底回。却笑毚官成謾與，望林止渴竟無梅。茶為郵卒所竊，但詩筒至耳。

謝公擇舅分賜茶二首　　黃山谷

外家新賜蒼龍璧，北焙風煙天上來。明日逢山破寒月，先甘和夢聽春雷。

文書滿案惟生睡，夢裏鳴鳩喚雨來。乞與降魔大圓鏡，真成破柱作驚雷。

謝人送茶

詩筒千里走閩山，惠我焦溪小月團。髣髴醉吟腸正渴，

睡魔退聽冒先寒未堪分餅供龍焙且遣一旗登虎壇
聊向梅邊開曉試揮毫字字錦披肝

謝人惠詩并茶

官縛何能過九江鹿奔霧走小男邦不禁冒暑蒸南陸
時倚微涼卧北牕茗椀喜生風腋兩椿闈好奉雪頭雙
茶餘更把君詩讀愁祟知之自乞降

謝趙龍學寄陽羨茶　方秋崖

三印誰分陽羨茶自煎蜀井瀹瓊花數間明月玉川屋
兩腋清風銀漢槎團鳳喜來奴僕等老龍畢竟當行家
相思幾夢山陰雪搜攪平生書五車

謝君韻寄茶次韻　方秋崖

青金已生云已貴，夢思竹爐烹雪夜。何時北山怕有移文在，謹勿便令猿鶴知。

謝林簿遺廬岩茶　潘紫岩

誰採匡廬紫玉芽，二千里路致吾家。磚爐石銚自煎喫，清落詩脾作雪花。

向來皇祐最升平，民識犂鋤不識兵。茶向此時還有録，令人長羨蔡端明。

謝餉江茶　方秋崖

琵琶亭下春寒夜，濕盡春衫竟爲誰。江草江花恨何極，雪甌如此却無詩。

醉眠彭澤幾何日，只與公台身辦　田舍蓬蒿獨醒山雨外

可曾持到澠池前

謝送湯

宋賢

謝寄餘甘湯　張安國二首

甘言悞我三折臂，良藥爲洗五斗腸。欲知苦過味方求，請試君家肘後方。

此老才堪上諫坡，南州留滯意如何。還將苦口劘英主，醫國方知藥籠多。

謝送酒

溫如春色爽如秋，一榼移來自獻酬。百万愁魔降未得，故應用尔作戈矛。

林和靖

唐賢

酬馬侍郎綏寄酒　韓愈

一壺情所寄四句意能多秋到無詩酒其如月色何

酬醉中寄酒　陸龜蒙

酒痕衣上雜莓苔猶憶紅螺一兩杯正被遶籬荒菊笑
日斜還有白衣來

謝嚴中丞送青城山道士酒　杜甫

山瓶乳酒下青雲氣味濃香幸見分鳴鞭走送憐漁父
洗盞開嘗對馬軍（騎士送酒故云）

宋賢

次韻樂著作送酒　蘇東坡

少年多病怯杯觴老去方知此味長萬斛羈愁都似雪
一壺春酒若為湯

謝寄酒　陳后山

舊香餘味寄黄封厭見紅泥滿眼紅千乘莫從公子後
百壺能爲故人東
謝人送酒　陳后山
扶衰却老世無方唯有君家酒未嘗秋後園林花老眼
名搜文字響枯腸醉頭夜雨排簷滴盃面春風逆鼻香
不待滄清遣分送定知佳客對壺觴
謝人送酒
愁城詩府兩乾坤苦被愁城欲并吞賴得青州來策應
愁城拱手樹降旛
謝憲使惠酒
寂寥門巷雨生苔多謝天瓢出使臺欲把黄花秋尚遠

苦無奇字客稀來獨醒空抱靈均恨一斗應憐太白才
懷古感今吟不盡且呼鄰叟共餘杯

謝雪中送酒

細擣瓊花釀作漿報言昨夜注糟床雪中走送情偏厚
爐畔開嘗味更香顧我欲酬無好句羨君傳得是真方
渴腸未足罍先恥空引饞涎一倍長

謝豐提率端午日送酒　戴石屏

海榴花上雨瀟瀟自切菖蒲泛濁醪今日獨醒無用處
爲公痛飲讀離騷

謝胡倅送羊酒兼以會客太守助妓佐樽

烹羶會賓客花酒一時來愁逐歌聲散心隨笑口開飲

疑金盞漏醉倒玉山頹借問歡娛地相逢能幾回　石屏

謝董端明遣騎送酒　汪龍溪

十樣華樽照蓽門兒童歌舞徹比鄰他鄉忽作青州夢
新歲初嘗白酒春敢謂五將來騶先饋且欣一盞便醺人
扶衰却老良公惠肯學劉伶祀鬼神

謝送米

宋賢

謝桂子白大監饟酒米炭　方秋崖

尺雪專為我輩寒故人亦肯記袁安麒麟紅作千金直
鸊鵜綠隨雙玉乾貸米不須臨古帖敲門未敢兀吟鞍
明朝第一番花信也辦瓊絲翠縷盤

謝人詩詞

宋賢 謝題武夷精舍詩　朱晦菴

望斷釣天白玉都石田茅屋詎應無况蒙一字榮褒衮
便覺千峯勝畫圖舊鄧詩情高緑野狂奴心事只風雩
蒲輪幾日符嘉夢惟有流霞酒一壺

右舊鄧公所居坊名取吾語語也熹近嘗夢公趣召赴臨上欲留宿翌日陛辭手取几間活人書一帙以行意者公當用施醫國之手以活斯人乎李義山武夷詩有流霞酒一盃之句

謝閬風劉允叔惠詩 再用其韻　劉招山 二首

三逕荒涼久索居高人乃肯顧吾廬從今有暇重來否
看水看山共菜蔬

曾共清樽接座隅君詩有味勝園蔬嘆余補綴无倫次
顛倒天吳圻海圖

謝人以詩見示 三首

老眼昏花廢課程小牕久矣斷書聲夜來忽得君詩卷
自起挑燈讀到明

詩句成於七步才焚香一讀一顏開君知君是風騷客
恨不詩筒早往來

謝人携詩卷見訪

石屏新卷裏曾得見君詩大冊煩來教平生慰夢思高
標去塵遠古調少人知汝與吾宗好風騷更屬誰

謝僧惠詩

高僧道價號彌天投我驪珠清更圓鳳頂更添新詰霸
龍山還憶舊黃緣三生不斷真如性一語相投文字禪
何日蒲團前問訊本無同意屬先傳

謝永福陳夢得見訪投詩　王臞軒

杖節來訪白雲坳絕異紅塵勢利交把酒為君澆磊隗
携詩就我定推敲不曾出市曾龐老安得為雲逐孟郊
古錦囊中多秀句家無書史莫徒抄

謝人書簡

乞越州書謝人公卷　蘇東坡　二首

乞郡三章字半斜廟堂傳笑眼生花上人問我遲留意

待賜頭綱八餅茶
東南此去幾時歸倦鳥孤飛豈有期斷送一生消底物
三年光景六篇詩

過蘄口六日奉寺丞丈親帖之賜所以招延
之意甚厚感媿作此以謝　張安國
故人經歲別連日幾封書不識江南路仍迂長者車追
衮空幕府牽挽到賓廚太息交情薄多公不我疎

謝人惠書籍　高九萬
曾向韋編策重勳群書分送張吾軍標題濟楚令心賞
字畫分明慰眼昏插架有時防鼠嚙藏家無力買香熏
不妨隨處堆床几檢閱時時似對君

謝送筆墨

宋賢

謝人惠筆　邵堯夫 二首

愛重寄文房殷勤謝遠將兔毫剛且健竹管直而長靜
錄新詩稾閑抄舊藥方自餘無所用只以養鋒芒

書窻一見眼能明毛穎諸孫尚典刑入市千金無買處
直須留寫換鵝經

又　楊誠齋

鐵硯心猶壯毛錐用不通無才當給札有恨獨書空但
喜鄉閑信寧知翰墨工如君稱此物視草玉堂中

謝人惠宣州筆墨

忽驚走吏叩柴荆厚祿移書訪死生今日猶遅傳巖雨
前身端是謝宣城解包兎頴霜盈把試墨山泉月一泓
老棗苦吟翻作拙撚鬚拄斷兩三莖

謝宋漢傑惠李承晏墨　蘇東坡

老松燒盡結輕花妙法從來北李家翠色冷光何所似
墻東鬢髮墮寒鴉

謝人送墨

黑月鑿雲脫太清海風吹上筆頭輕瑣窓冷透芙蓉碧
定有新銘到九成

謝送硯

宋賢 謝送端硯 陳后山

王家舊物群偷後石出甖溪百丈深揮翰玉堂手斷金君有古人心

謝范監州惠小紫石硯 張安國

曾侍虚皇玉案前夜書繭紙筆如椽莫嫌此石規模小一寸玄雲萬斛泉

謝送端硯

一片紫琳腴新巗少得如試教呵手出恐是補天餘穿冢宜隨我連城莫賣渠草玄臨帖外莫寫子公書

謝送簡紙

（唐賢）酬崔駙馬惠牋紙百張兼貽四韻　楊巨源

百張雲樣亂花開七字文頭艷錦回浮碧定從天上得殷紅應自日邊來捧持價重凌雲葉封裹香深笑海苔滿篋清光應照眼欲題凡韻輙徘徊

（宋賢）次韻宋肇惠澄心紙　蘇東坡

詩老囊空一不留百番曾作百金收知君也厭雕肝腎分我江南數斛愁

又

君家家學陋相如宜與諸儒論石渠古紙無多更分我自應給札奏新書

酬顏生惠茶庫紙　陳后山

破卵剥膜肌理滑削玉作版光氣薰老子尚堪哦七字
阿買頗能書八分

謝人惠牋紙筆

公子平生無長物几案生涯敵玉冰二妙端能并送似
便呼毛頴試溪藤

又

百楮先生十兎尖心知竒絶敢言貪詩無好語書仍俗
喜氣多多祇得慙

謝送圖畫

謝送梅竹圖

有梅無竹梅偏淡有竹無梅竹轉孤客裏偶然相邂逅
窗前樹有兩清臞着儂便是三益友此外那堪五大夫
我輩從來期晚節荷君贈我歲寒圖

謝人送畫竹

得君雙畫竹使我意蕭然密密疎疎葉濃濃淡淡煙影
清宜待月幹直欲參天看得停三兩於中枕石眠

謝紫微以畫鷺二軸見寄　梅聖俞

白鷺誰雙素粉毫幽趣多翹沙依折葦刷羽對長荷浦
思懸秋碧江清憶釣蓑因君遠相寄時泳到滄波

謝畫貂蟬喜神見惠　樓攻媿

重煩妙手貴丹鉛貌出衰容信宛然君看頭顱巳如許

豈堪頭上著貂蟬

謝送扇

謝人惠扇并藥

（宋賢）絳帳深開辛卜鄰青黏白羽拜嘉頻已知妙手能醫國
更覺清風猶故人陸抗不疑羊子酖茂洪徒障使郎塵
奉揚自愧無瓊報殿上呼臚賴有神

謝惠草虫扇　楊誠齋

生怕炎天老又逢草虫扇子獻奇功還將多稼亭前月
捲盡前湖柳上風蚱蜢翅輕涂翡翠蜻蜓腰細滴猩紅
舊時綠鬢常州守今作銀髯一禿翁

謝送器具

謝王炳之惠石香鼎　黄山谷

薰爐宜小寢鼎製琢晴嵐香潤雲生礎煙明虹貫巖法
從空處起人向鼻端參一炷聽秋雨何時許對譚

次韻周穜惠石銚　黄山谷

銅腥鐵澁不宜泉愛此蒼然深且寛蟹眼翻波湯已作
龍頭拒火柄猶寒薑多鹽少茶初熟水漬雲深蘚未乾
自古函牛多折足要知無脚是輕安

戲答王居士送文石　黄山谷

南極一星天九秋自埋光景落江流是公至樂山中物

乞與衰翁似暗投

謝楊景仁惠酒器　　黄山谷

楊君喜我梨花盞却念初無注酒魁䍶矮金壺肯持送挼抄殘菊更傳盃

謝惠椰心簟

惠我椰心簟波紋細欲流來從南海遠好伴浙西遊睡覺知温清行時便卷收君逢風雨夜也憶故人不

謝人送杖

宋賢

老筆謝王朴居士拄杖　　黄山谷

投我木瓜霜雪枝六年流落放歸時千巖萬壑須重到

脚底危時幸見持

謝惠竹杖

曾伴仙翁出武夷　艱難險阻荷扶持　我今去作蟾宮客
送汝為龍化葛陂

謝惠毛竹杖

不惜仙山碧玉枝　封題遠寄病支離　且疑化作蒼龍去
未忍輕投去葛陂

謝送衣服

宋賢　謝陳季常惠一揞巾　蘇東坡

夫子胸中萬斛寬　此巾何事小團團　半升近漉陶明酒

二寸纔容十夏冠好帶黄金雙得勝可憐白紵一生困臂弓腰箭何時去直上陰山取可汗

謝人惠方烏雲巾　　蘇東坡二首

燕尾稱呼理未便剪裁雲葉却天然無心只是青山物覆頂宜歸紫府仙轉覺周家新様俗未容陶令舊名傳鹿門佳士勤相贈黑霧玄霜合比肩頻印起後周○皮襲美贈天隨子紗巾詩云掩斂乍疑裁黑霧輕明渾似戴玄霜

又

胡靴短靿格麄踈古雅無如此様殊妙手不勞盤作鳳輕身只欲化爲鳧魏風褊儉堪羞葛楚客豪華可笑珠擬學梁家名解脫便於鐙坐作跏趺○晉五行志初有鳳頭鞾武帝作解脫屐

謝王佺寄丹　程伊川

至神通聖藥通靈，遠寄衰翁濟病身。我亦有丹君信否？用時還解濟斯民。

謝何學士惠附朴元及方　王臞軒

少君一歲苦衰早，島瘦郊寒見者嘲。涵養工夫分厚薄，栽培地力別肥磽。石能生我心相愛，方不傳人手自抄。更有相門醫國訣，未知還肯授衡茅。

謝人饋藥　宋清隱

投老如僧不出家，羸軀無柰病相加。頭旋似倚當風柳，目眩如看隔霧花。高束詩書參素問，盡抛琴劒多丹砂。舊時載酒今懷藥，解識揚雄獨有邑。

謝送旅費

謝王史君送旅費　　戴石屏

宋賢 颭撼梅花雨霧籠楊柳煙如何殘臘月已似半春天歲

裏無多日閩中過一年黃堂解留客時送買詩錢

分門纂類唐宋名賢千家詩選卷之九　後集

分門纂類唐宋時賢千家詩選卷之十

後集　後村先生編集

謝饋送門

謝人送花

君全送春花　黄山谷

宋賢　化工能斡大鈞回不得東君花不開誰道纖纖緑䆫手磨刀剪綵喚春來

史應之送春花　黄山谷

千林摇落照秋空忽散穠花在眼中蝶繞蜂隨俱入座

君家女手化春風

吴君送水仙花并二大字　黄山谷

折送南園栗玉花并移香本到寒家何時持上玉宸殿
乞與宫梅定等差

劉邦直送早梅水仙花三首　黄山谷

簸船繙纜北風嗔霜落千林憔悴人欲問江南近消息
喜君貽我一枝春

探請東皇第一機水邊風日笑横枝鴛鴦浮弄嬋娟影
白鷺窺魚疑不知

得水能仙天與奇寒香寂寞動冰肌仙風道骨今誰有
淡掃蛾眉簪一枝

袖中勳業拂雲煙筆底文章響瀉泉已是貴爲天下宰
不妨長作地行仙蟻浮玉斝秋初熟鵲報銀河月正圓
滿引壽觴今夜看相星重入太微躔

壽周丞相 必大　　劉招山

中元連日生上相共以萊公比益公景德功名征戰後
淳熙勳業笑談中防微政自懷長策銷變何勞更卽戎
幾許活人陰德在平生君莊不言功
倣了三公尚黑頭掛冠神武便歸休一觴一詠留賓從
其水其山尋釣游樂歲已成霑厚澤巨川既濟只虛舟
壽鄉只在平園裏賸着荷花管領秋

又　　黃竹坡

天祐熙朝世產賢承平事業並今傳兼公先遜中元日
潞國生同丙午年翰墨獨存千古秘聲名思在二公先
功成野服平園去要伴靈龜巢碧蓮

壽鄭丞相 請之 號青山　　王臞軒

蒼龍拂曉掛高寒飛鞚翩然出帝關九醞黃封中聖酒
一盃紅入上台顏閣雛生怕韓公召宮妾尤驚富相還
獨有帝心懷舊弼不應霖雨閣青山

又　　尹直卿

優游竹園與蓮亭自有黃庭一卷經天上歸來太平相
人間活底老人星雨雷又合閑爲陸風月新分到鯉庭
二冊閣中雙鬢綠東山相對鎮長青

壽史丞相 正月初十　陳藏一

岳裔當日慶生申，先占韶光恰一旬。勲業已追伊尹佐，文章獨造孟軻醇。千齡社稷資磐石，萬國黎元入化鈞。餘事更將商麴蘖，一時散作鳳城春。

壽史丞相　劉篁嵥 二首

何許生賢踵世官，十洲風物四明山。股肱光輔唐虞際，袞繡親傳父子間。

秉軸持衡歲五周，從今千載國同休。汾陽謾說校中書考，安得如公尚黑頭。

壽丞相 二月廿五　王邁

翼戴三朝冕有蟬，歸來今作地行仙。且看宮闕蕭何第，

未泛江湖范蠡船老境已隮周尚父慶門方似漢韋賢
一盃仰祝椿松壽歲歲稱觴八日前

壽丞相七月十四　劉克遜

嶽瀆精英氣來鍾積慶門何時生上相明日是中元仙
藥寧無種靈椿别有根佇期三入後一品見元孫

上執政壽詩

宋賢

壽張樂全先生 次鐵杖被名　蘇東坡

先生眞是地行仙住此因循五百年每向銅人話疇昔
故教鐵杖鬬淸堅入懷冰雪生秋思倚壁蛟龍護晝眠
遙想人天會方丈衆中驚倒野狐禪

二年相伴影隨身踏遍江湖草木春擿石舊痕猶作眼

閉門高節欲生鱗畏塗自衛眞[illegible]敵捷徑爭先却累人

遠寄知公不嫌重筆端猶自斡千鈞

壽趙平原　劉招山

昕朝宣押入天閽幾許幾微賴討論雙手舊曾扶日月

片言端可定乾坤生平心志惟憂國天下忠良半在門

福善定知仁者壽貂蟬袞袞見兒孫

壽執政　李梅亭二首

海山俯視百川東中有明堂一柱隆兩社直從平地到

寸心元與老天通管曾功烈非輕志堯舜君民在尹躬

壽國端須壽君子願將箕翼等延洪

東府西樞紀誕辰，非煙郁郁更紛紛。共知嵩岳生申伯，競把犧罇壽卯君。燮理了成六月雨，經綸更作八荒雲。齊安即是安天下，敢爲先生誦所聞。東坡壽詩持是壽卯君子由乃己卯生

壽樞使 二月十七　　姚雲逢

嵩岳重生甫及申，箕餘兩日正青春。熊羆五十年前夢，龜鶴三千歲後身。胡地寂無南牧馬，桂枝新有北歸人。黃封賜酒堪爲壽，願頌莊周上古椿。

壽樞使 二月廿八

喧喧文價握靈蛇，凜凜詞鋒挺鏌鎁。出遇萬年天子聖，生從七葉侍中家。君臣相悅同魚水，兄弟連榮比棣華。歲歲重三前六日，壽觴何惜泛流霞。

壽徐參政 意一　方烏山

紅雲朵裏紫霞杯，敕使今朝[illegible]來。意一堂中開九袞，大微星裏現三台。呂氏早曾期正獻，范家晚竟相忠宣。不成二十年聲望，久坐難兄一舊氊。衆芳搖落此何時，爭看江梅折一枝。相去小春纔四日，調羹消息不應遲。黄花晚節香愈勁，老圃秋容景更奇。欲侑瓣香無好語，且偷忠獻一聯詩。

上侍從壽

宋賢

壽侍從　游志甫

預喜新元八袠逢渭川曾説兆非熊清癯骨相今汗叟
純雅文章昔醉翁喬木舊推清望重槐新長綠陰豊
都將祝頌無窮意寫入金盃壽酒中

又　王奇

寛碧高樓上倚天等閑蟻垤視凌煙歸來華表三千歲
砥柱中流五百年擺脱浮雲間世界逍遥長日散神仙
天入公已定乘除計八十春秋到八千

又　王臞軒

笑把荷囊下紫宵人歸千載鶴飛遼精忠一片馳寅陛
樂事無窮継午橋垂釣滄浪聽欸乃揮毫雲嶠付逍遥

今年恰紀逢壽宴南極横陳埒斗杓

壽尚書　李梅亭

寶唐佳氣夜充閭八十尚書古所無勘破趙州行脚案
展開老子出関圖五房孫各了官事千户侯封食税租
若問磻溪釣漁叟先生應道没工夫

壽黄御史　六月二十　宋清隱

更逢十日早秋來此際天生閒世才風動列城持虎節
霜凝白簡坐烏臺人欽壽相瞻南極昨已祥光見上台
且飲黄封賜君酒即調金鼎作鹽梅

壽朱侍郎　正月初一　楊廷秀

綵勝相隨栢葉銘初頒鳳曆玉墀春首稱嶽降生賢佐

指數虹流遇聖人已覺蕭光依日月行看鄭褒上星辰
紫陽素有經綸譜膏澤須公始下民

壽侍郎 十一月初二

陽萌兩日壽星光天佑蒼生賢侍王皇上世勳庸滿鍾鼎
後昆風骨總侯王朝回絳闕清都曉梅發斷橋流水香
政自調羹相門事佇看衮繡作衣裳

上朝士壽

壽關彥長 陳師道

吉夢熊羆後名家韋杜旁風霜氣節河漢文章漢
相功名晚蜀南德化長欲伸千歲祝願奉故人觴

壽趙立叔正月十三　劉仙崘

後日元宵節又臨今朝天冑見人[illegible]川傳家祖烈推南渡蓋世才名顯漢廷且與八荒開壽域還瞻南斗避文星從今整頓尚書履穩步黃扉鬢尚青

壽丁大監　牟國史

兩朝表異詔言溫忠厚根基百世培嶽麓湖湘多秀氣玉杯繁露是奇才詞章接迹秦而上學術羞肴漢以來事業元從儒者出經綸之地自恢恢

壽吳寺簿二首　劉敬齋西山門人

紫陽與學得心傳打透從來夢覺關蚤歲擿髭收上第十年平步躡穹班道參太極動靜際仁在西銘體用間

自任覺民伊尹志臯比那久侍居間

又

去年曾與梅花約今歲梅花又吐春盱水下民思召
鄞江上相祝生申萊庭奉笋龜齡永嘗砌承顏鶴髮新
見說日邊消息好囙伊霖雨濟斯民

壽察院十一月初九　劉招山

霜飆協律慶佳辰蓂莢堯階九葉新瑞應人間真鸑鷟
祥開天上玉麒麟才高合是鈞衡客德盛終為社稷臣
富貴功名須自致祝公遐壽等[illegible]椿

壽徐直院正月十八　王臞軒

新春三六慶生申曾立螭頭諍逆臣論諫獨先關樂[illegible]

代言何止見絲綸，漢星今日仍如舊，蹇叔當時最壽考。
萬古波濤看砥柱，祝君不必假[illegible]椿。

壽劉直閣　　劉招山

風暄日麗百花時，還是長庚初度辰。養浩堂中增氣象，
盤湖門内長精神。已知福壽綿千載，要見勳名壓萬人。
來歲恰當年五十，此身富貴又重新。

上監司壽詩

壽漕使四月八日　　劉後村

元氣鍾爲一代英，佛生時日是公生。未容文焉霑霖雨，
且向金閨現福星。判筆有花皆可録，諫書無草肯求名。

人間何物堪爲壽遥指天台萬仞青

壽漕使　李梅亭

金床玉兔歲重逢初度台星尚劍東鐵馬未容耕渭上
木牛且合漕關中雲屯鬱壘稚蘇飽雨足郊原菽粟豐
更與坤垠開壽域皇華一笑與民同

壽漕叔　芹庵六首

炎蒸忽逐火雲斂爽氣俄隨玉露瀼不是真賢生間世
爭教頃刻變清凉

總計寧專借遂方高勳盟府要深藏明年今日歸清禁
天語傳宣勸壽觴

發粟精持漕家厚德竟蘇枯槁野荷深恩當知仁者從來壽

鶴筭龜齡不足論
厖眉相對誦英猷盡說當年氣食牛六十重新開甲子
八千從此信春秋
鵬程九萬翼方展桃實三千花正開再拜願伸難老頌
仙風定合繼蓬萊
父老偏怜最小官晚來爭借壽詩看般門盡說難揮斧
句法丁寧子細安

壽翁漕正月十二　　淄紫岩

攙先三日上元前天產皇家間世才臺閣久傾紅藥賦
山川聊爲錦衣回地分八郡尊威節天遣千花獻壽盃
只恐金甌名不掩使星歸處是三台

壽丘漕三月十七　王臞軒

三分辰月一分過天産人仙積慶多西國玉枝家世襲霸陵銅狄手長摩功名本自歸談笑壽考何勞著詠歌行直紫宸清夜宿共驚蓮炬認鳴珂

壽王漕六月十一　東軒

秀氣辛臨川何時生大賢日炎三伏際月滿四宵前名覆金甌重榮持玉節專從來仁者壽不必問椿年

壽帥閫　李梅亭

盛德元勳絕等倫麟符虎節冠宗臣大椿上古身千歲一柱明堂力萬鈞坐鎮熊羆膽變燕居松鶴伴綸巾兵塵便是神仙事萬丈蓬萊却未真

壽熊帥　九月初八　劉招山

南極星明夜未央將軍初度近重陽平生忠義心如鐵
今日棲遲鬢點霜沙漠草彫胡正健玉關秋老角弓強
朝廷緩急須公出更看黃花晚節香

壽留守　六月初十　戴石屏

恰則炎威到一旬當年神嶽降生申文章韓柳堪爲輩
政事龔黃可比倫暫屈北門司鎖鑰即歸西掖掌絲綸
長生自有神仙訣何必區區頌大椿

壽留守　十月初七　鄭安晚

皇朝誕節號乾明此日賀賢閒世生勳貴從來如白屋
愛閑真定壓專城但知篤學終身樂不慕紆朱萬事輕

黃閣功名知未晚飛鴻心事亦冥冥

壽京尹　方烏山

仙聖身中大古心浙江是處有棠陰年年歲歲香花社
結得杭人頌較深

記從辛丑創荒後百萬人家一手醫四海勲名無地着
六年勤瘁只天知

要知易致三公位却是難求一日閑不是別無官可做
別求人做此官難

夫子寶維生我者瓣香勤祝若爲辭願言長在喬松側
萬古千秋作兎絲

壽臬使正月廿七　劉克遜

新春三五空弧垂惟有東皇造化知不爲等閑花柳計
獨憐長養棟梁姿蘗天一柱寧論價伴月孤根求不移
自昔中書貴多老願公難老過期頤

壽泉使　正月二十八

新春只欠雨限全天降蓬萊第一仙玉節暫離江海上
只裹長在冕旒前萬爐鼓鑄聊方略十道提封半幅圓
只恐今年看今夜使星飛入紫微躔

壽劉總卿　正月初一　　陳濬二首

東風未放百花開和氣先鍾命世才君遣星郎作星使
天教元日作元台客隨流菜杯中醉人向桃花洞裏來
道骨仙風自難老行看瑞氣近蓬萊

又

恰是三陽交泰時，博爐香雜瑞煙飛。人間首占元正節，天上分明婺女輝。壽酒每隨椒酒獻，綉衣行換衮衣歸。傳聞已有璽書奏，早使南來近紫微。

上武官壽

壽太尉　劉過

獨秉戎符扈帝庭，玉關柝靜晝長扃。名馳西域無雙將，位應東藩第四星。軍幄深沉藏豹略，酒樽閑暇照蛇形。金蓮認得乘龜客，歲歲飄香祝壽齡。

壽趙統制　劉改之

得馬還從老晉公夜起趍朝非所事曉騎行樂定誰同
慣乘欵段遊田里快聽駸駸兩耳風 張水部集有贈晉公惠馬詩

時賢 謝送鸚䳇 方秋崖

山中寂寞無與語隴客適從何許來每憾俗人言少味
寧知凡物足多才關山坐隔月千里湖海相忘酒一盃
畢竟與渠毛羽別纔參群雀謾驚猜

謝惠白鷺

紅船鸂鶒已驚飛何幸今朝得雪衣煙雨風標元自貴
雲霄氣格那須肥閑花數畝聊供步淨水三泓足可依
莫憶鳳凰池上路个中步步是危機

分門纂類唐宋時賢千家詩選卷之十

後集

《千家詩選》與《新選集》

——以國清寺舊藏本爲中心

住吉朋彦 撰
陳小遠 譯

一、《千家詩選》與其版本

宋末詩人劉克莊（後村）編纂、命名的《分門纂類唐宋時賢千家詩選》（以下簡稱《千家詩選》），早在南北朝時代①即傳到日本，爲五山②僧所參考。貞和二年（1346）去世的虎關師鍊《濟北集》卷十一《詩話》云③：

世所傳《唐宋千家詩選》，後村先生編集者，恐非也。予見《後村集》六十卷，絶無其事。只跋宋氏絶句詩云④：「余選唐人及本朝七言絶句，各得百篇，五言絶句亦如之。」又云：「元白絶句最多，白止取三百，元止取

① 日本歷史時期，1336年至1392年。——譯注
② 日本中世禪宗最高規格的五座寺廟。——譯注
③ 堀川貴司，《詩的形與神——中世日本漢文學研究》（詩のかたち・詩のこころ）引，東京：若草書房，2006。
④ 現存《後村先生大全集》卷十一《宋氏絶句》跋中有「兩年前余選唐人及本朝七言絶句，各得百篇，五言絶句亦如之。今鋟行於泉於建陽於臨安。元白絶句最多，白止取三二首，元止取五言一首。唯竇氏兄弟曰群、曰牟、曰鞏，所作極少，然皆可存。夫合兩朝六七百年間，冥搜精擇，僅四百首。信矣，絶句之難工也」（下略）之語。

五言一首。」又云：「夫合兩朝六七百年間，冥搜精擇，僅四百首。信矣，絶句之難工也。」以是而言，劉氏之詩選，其法尤嚴。今之《千家詩》，其撰體繁冗舛錯，豈出於後村手者耶？疑俚儒託名于劉氏手。其間詩多錯作者名，或四韻詩截四句，收爲絶句。凡絶句四韻，體裁格別。若分四韻作絶句，不協詩法。後生見其不協者，只信後村撰，以爲法格，敗詩道者不鮮矣。又朱淑真詩，其格律軟陋而多收，何哉？雪詩押兼字者，不成文理。我反覆詳之，劉氏欲撰詩，先博采諸家，未遑精擇而没，後人以其創之，漫加名氏耶？

虎關已見到劉氏別集，參考劉氏別集中關於自選絶句的話，批評《千家詩選》的「繁冗舛錯」，懷疑此書並非劉克莊編集，而是得到劉氏遺稿的淺陋之輩的假託之作。確實，現存《千家詩選》中，唐宋五七言絶句、律詩混雜，總數達千餘首，與文獻中描述的劉氏編集的詩選在結構上有差異。此外，現在通行的《後村先生大全集》卷九十四、卷九十七中，收録了《唐五七言絶句》、《本朝五七言絶句》、《中興五七言絶句》等幾種陸續編選的詩選的序言，根據序言可知，這幾種詩選的編集和篇數都與《千家詩選》有所不同。繆荃孫爲《後村先生大全集》所作題跋也表示了慎重的態度，認爲「不必强爲附會」現存《千家詩選》與劉克莊的關係①。

《千家詩選》真正的編者暫且存疑。它按時令、節候及禽獸、昆蟲、人品等十四門編排，各門之下，有「春」、「夏」之類細目，是可依主題縱覽的唐宋詩選。這樣的形態，可以看作是學習類書的書肆出版物者流吧。此外本書收入了宋末戴復古等江湖派詩人，還有比劉克莊稍晚的方岳的作品；校以他書，可知有些詩篇題目與門類合併，省略了題目，作者和詩句也有訛誤，看來終究是一個較粗糙的選本。

然而，本書保存了一些小詩人的作品，是不見於他書的，由此也可以窺見宋末元初文學普及的一個側面。

① 參後文周防國清寺舊藏的解題。

所以，不斷接受中國文化濃縮片段的日本漢學，自南北朝以降，對此書是有一定重視的。

那麽接着來説説《千家詩選》的版本，已知有下面六種：

一、《分門纂類唐宋時賢千家詩選》二十二卷刻本

1. 宋末元初刻本，成簣堂文庫藏（丹波法常寺舊藏）

2. 清刻本《楝亭十二種》本

3. 天保九年（1838）刊（官板）影《楝亭十二種》本

二、二十二卷鈔本

4. 室町末寫本，龍谷大學圖書館藏（西本願寺舊藏）

三、二十五卷本

5. 明鈔本，中國國家圖書館藏

四、《分門纂類唐宋時賢千家詩選》二十卷、《後集》十卷

6. 宋末元初刻本，北京大學圖書館、慶應義塾大學斯道文庫藏（周防國清寺舊藏）

上面是參考近年陸續發表的中國學者的研究①整理而成的版本關係，據此可知，1—5同屬二十二卷本系統，其中4是有日語假名注釋的寫本；5是一個殘本，二十二卷之外，又補入了三十卷本的詩篇。二十二卷本和三十卷本唯一的區别是，三十卷本缺《人品門》，而替换成了《後集》十卷。二十二卷本是此書較早的形態，三十卷本的《後集》十卷是後人增補的。在三十卷本目録之首，除了稱頌後村先生編集之功，還在牌記中寫明收入了

① 李更、陳新，《分門纂類唐宋時賢千家詩選校證》，北京：人民文學出版社，2002；金程宇，《〈分門纂類唐宋時賢千家詩選〉新探——以兩種稀見日藏爲中心》，《中國典籍與文化》第73期，2010。

「先生家藏所編善本並前集所未備門類」的詩篇，顯然是書肆做了補充修訂。

二、國清寺舊藏宋末元初刻本

目前已知的唯一一個二十卷本，分藏於北京大學圖書館和慶應義塾大學附屬研究所斯道文庫。它的情況如下：

《分門纂類唐宋時賢千家詩選》二十卷（缺卷十六、卷十七）、**《後集》十卷**，宋劉克莊（後村）編，十一册，宋末元初刻，室町時期批點，國清寺舊藏。

1. 北京大學圖書館（4044）八册，存卷一至四、八至十五、十八至二十，《後集》卷二至四、八至十，清光緒二十九年繆荃孫跋，徐乃昌、李盛鐸舊藏。

2. 慶應義塾大学斯道文庫（091．ト96.3）三册，存卷五至七，《後集》卷一、五至七。

後世補修紅色「卍」字唐草文印花亞光書衣（21.2×13.3 釐米），書衣表面中央貼布質鎞甲形藏書票，「藏」字墨書。左肩貼布題簽，或直接在書衣上墨筆書寫卷次（「前/後幾」）。襯紙改裝。首册在前述裝幀之外，又墨書「蝶翅輕便細雨中春詩朱淑真」。

目録十三張，前十二張爲鈔補①，至卷二十《昆蟲門・食蟹》。版心題「寺目」，尾題「分門纂類唐宋時賢千家詩選目録終」。

① 編者按：核北大藏本，目録前爲十四張配補之白頁。

卷首題「分門纂類唐宋時賢千家詩選卷之一/(低八格)後村先生編集/(花口魚尾)時令門(大字跨行)/(低小三格)春(同)附(墨圍陰刻,跨行)探春(中略)/春愁(中略)/唐賢(墨圍陰刻)春(隔十格)李商隱」,此後,每篇起承轉句後並結句後改行,合處附圈點。

第1册	卷之一(16張)	時令門
第2册	卷之二(8張)	同
	卷之三(10張)	節候門
	卷之四(10張)	同
第3册	卷之五(5張)	氣候門
	卷之六(6張)	晝夜門
	卷之七(13張)	百花門
第4册	卷之八(7張)	同
	卷之九(10張)	同
	卷之十(11張)	同
第5册	卷之十一(9張)	竹木門
	卷之十二(10張)	天文門
	卷之十三(10張)	同
第6册	卷之十四(7張)	地理門
	卷之十五(11張)	同

第7冊　卷之十八(5張)　音樂門
卷之十九(11張)　禽獸門
卷之二十(6張)　昆蟲門

後集目録(13張)，首題「分門纂類唐宋時賢千家詩選目録(大字跨行)後集(墨圍陰刻，跨行)/(低大五格)後村先生編集(跨行)」，接行低三格爲牌記，單邊亞形卷雲紋陰刻邊欄，中間單邊無界，上書「兩坊詩編充棟汗牛獨是編詩人莫不/称賞今再將　先生家藏所編善本並/前集所未備門類人所願見而不可得/者謄作後集一部刊行伏希　　眼月」。至卷十「謝惠禽獸」。尾題「分門纂類唐宋時賢千家詩選後集目録終」。

卷首題「分門纂類唐宋時賢千家詩選卷之一/(低八格)後村先生編集/(花口白魚尾圈發下)仕宦門(大字跨行)/(低小一格)朝見(同)附(墨圍陰刻，跨行){朝見(中略)/從駕(中略)}/唐賢(墨圍陰刻)　早朝大明宫呈兩省寮(隔一格)賈至」。版心題「後　幾ㄱ」。尾題「分門纂類唐宋時賢千家詩選卷之一　　後集(墨圍陰刻)」。

(第8冊)後集卷之一(14張)　仕宦門
第9冊　卷之二(存第1至4張)　投獻門
卷之三(存第5至17張)
卷之四(12張)　慶壽門
第10冊　卷之五(12張)　同
卷之六(8張)　慶賀門
卷之七(12張)　干求門
第11冊　卷之八(11張)　餽送門

卷之九(13張)　謝惠門

卷之十(12張)　謝饋送門

左右雙邊(17.6×11.2釐米)有界，每半張11行，每行21字，柳体。版心小黑口，雙黑魚尾(不對向)，上尾下題「寺幾フ」，下尾下張数。尾題同首。

卷五第三張，後集卷二第五張以下，及卷三首四張欠。同第五張在同卷二尾。同卷四第二至十一張在同卷十第一、十二張間，同卷十第二至十一張在同卷四第一、十二張間。同卷七第八張鈔補。室町期朱竪傍句点、傍圈、欄上朱墨增補批點。有淡青色浮簽。每册首存單邊龜甲形陽刻「香山常住(楷書)」墨印記(國清寺所用)。北大藏每册首存單邊方形陽刻「積學齋(楷書)」、「徐乃昌/馬韻芬/夫婦印(同)」朱印記，同「木犀軒/臧書」朱印記(李盛鐸所用)。目録第五張後「劉後村千家詩選跋/分門類纂唐宋時賢千家詩選宋刻本半葉十一行行二十/一字積餘得自日本檢曹楝亭刻本校之行數字數均合尚/存一二三四八九十十一十二十三十四十五十八十九/二十爲前集又卷三投獻門四慶壽門八餽送門九謝惠門/十謝饋送爲後集前集欠五六七十六十七五卷後集欠一/二五六七五卷十卷以後不知有無缺逸曹刻廿二卷廿卷/爲前集與此均合後集止存二卷均人品門爲此本所無但/不知當在何卷耳又前集後留一葉均係訪僧道詩今亦無/此門後村大全集所載唐賢詩選唐賢詩續選宋賢詩選近/賢詩後選均與此不合不必强爲附會前集皆物類後集皆//人事類曹刻不知是刻是鈔大約亦不全爲書估强合挖去/前後集字以充全帙亦其長枝曹本卷十一潘紫岩松詩末/句此物當爲伯仲行曹本此物下欽五字趙逍道苔錢詩不/比榆花鋪砌白曹本不比下欽五字卷十四劉後村登山詩/捫蘿莫怪徐徐下曹本徐徐上缺四字卷十八劉後邨聞笛/詩何必謝公雙淚落曹本脱淚落二字武元衡角詩胡兒吹/角漢城頭曹本脱胡字均遜於此本又此書止有曹刻各書/目均未見阮文達外集亦未能悉其始末賴此本尚存天壤/俾見是書真面目雖零珠碎璧亦可寶也光緒癸卯夏六月/江陰繆荃孫」墨識。癸卯即光緒二十九年(1903)。

這個版本在中國被定爲元刻本。考慮到此書爲後人僞託劉克莊所作,劉氏的卒年是一個大致的基準點,也就是宋末度宗五年(1269),臨安陷落之前七年。由於有修訂再版,元初以後的可能性比較大。從版式字體方面來看也是如此。只是,初刻後隨即再版的情況也是有的,本文姑且將此本定爲宋末元初刻本。從柳體字、小版式、標目格式等方面來看,再考慮到劉克莊是閩人,此本當爲建本,但缺少書鋪名、刻工名等其他證據。

此外,從書中批注、裝幀、鈐印等方面來看,可以看出這個本子是古代傳入日本的。批注的文字是室町時代後期禪僧特有的字體;此外北大、斯道文庫藏本中都有「香山常住」印,「香山」是周防國清寺的山號,可知此本爲國清寺舊藏。

國清寺是守護大名大内盛見於應永二年(1404)在今山口市水之上町創建的禪寺,開山祖師是臨濟宗佛鑒派的透關慶穎,後來國清寺成爲大内氏的菩提寺①。天文二年(1551),大内義隆敗死後,此寺繼續存在,並升格爲次於五山的「十刹」之一。慶長五年(1600)毛利家遷入後此寺遂廢,原址上建立起從安藝國吉田莊遷來的臨濟宗聖一派的常榮寺。近世,此寺被稱爲香山常榮寺。文久三年(1863),常榮寺遷往山口市宫野下,其後洞春寺遷來此地,自明治四年(1871)至今,被稱爲正宗山洞春寺。洞春寺也是毛利家的菩提寺,是自安藝國吉田莊經廣島、萩而遷至山口的。

由此可見,「香山常住」是國清寺—常榮寺時期,即應永四年至文久三年之間(1406—1863)的稱號,有此鈐印的鈔本、刻本,只能是中世以前的古鈔本、古刻本,亦即國清寺時代收集的文獻。所以本文把北京大學、斯道

---

① 一個家族代代皈依的寺廟,家族基地在此寺中,葬禮、法式由此寺承擔。——譯注

文庫分藏的這個《千家詩選》版本稱爲「國清寺舊藏本」、「國清寺本」。

國清寺本北京大學所藏的部分有光緒二十九年繆荃孫親筆跋，可知是明治時期傳回中國的。傅增湘《藏園群書題記》著録有本書的影宋鈔本，傳抄自光緒十年楊守敬自日本帶回的版本，可能就是這個國清寺本。其後，徐乃昌、李盛鐸先後收藏此本，最後入藏北京大學圖書館。合併中日所藏零卷，仍缺第十六、十七卷，希望缺卷他日能重現於天壤之間。

國清寺本中有大量的批注，被認爲是室町時期禪僧的手筆（參第六六〇頁以下録文）。其中有一些是校語，暫且不作討論，這裏要關注的是補入的263首唐宋至元末明初的七言絶句。它們有一定的研究價值。

三、《新選集》與國清寺本《千家詩選》的批注

國清寺本《千家詩選》的批注幾乎全部謄抄室町時期禪僧江西龍派編纂的總集《新選分類集諸家詩卷》（以下簡稱《新選集》）。後文録出的詩中，除了57、143、151、193、199、200、240七首以外，都見於《新選集》。下面，以《新選集·節序門》的開頭部分爲例來討論。本文依據的底本是建仁寺兩足院藏室町時期寫本（參《斯道文庫論集》第45輯第53頁堀川貴司的録文和本書第六四九頁注③提到的論著）。

47　消夜香盤不住烟　女郎呼伴坐燈前　数残二十五声點　昨日回頭是去年　元旦　黄子魯

○　一元坱圠先天易　萬物胚腪太極圖　自嚼梅花氷片～　無人先后飲屠蘇　元日　方巨山

○　新年試筆無題詩　老去才衰得句遲　春事未容桃李覺　梅花開到北邊枝　新歳　戴復古

48　宴罷辛盤轉暁風　乾坤生意浩無窮　宿雲新捲山前雨　元氣淋漓萬木中　立春　周衡之

49 聞説黄昏始得春　朝来霧氣已氤氳　牕前蜂子堦前蟻　早倚暄風不怕人　又　何子蓄

51 半夜新春入管城　平明銅雀緑苔生　浮澌把断春風路　訴与青州借援兵　又　蕭十岩

50 東君珂珮響珊〻　青馭多時下九関　方信玉霄千萬里　春風猶未到人間　立春后作　王初

○ 燕子今年指社来　翠瓶猶有去年梅　丁寧莫管杏花俗　付与春風一道開　社日　方巨山

○ 無花無酒過清明　興味蕭然似野僧　昨夜鄰家乞新火　暁窓分与讀書燈　清明　王元之

○ 踏歌槌鼓近清明　小雨霏〻無弄晴　喚起十年心上事　春風楼下賣花聲　又　何應龍

55 客中今日最傷情　憶着家山松樹林　白石岡頭聞杜宇　見他人墓亦霑襟　客中清明　戴復古

56 呉松江上看春雨　客路扁舟三月行　兩岸人家揷楊柳　不知今日是清明　呉松江上清明　僧季潭

52 二月江南花滿枝　他鄉寒食遠堪悲　貧居往〻無煙火　不獨明朝為子推　寒食　孟雲卿

53 荒塚無人捧土修　夕陽芳草替生愁　路傍知是誰家子　猶把花枝揷滿頭　又　僧聖徒

54 拜掃無過骨肉親　一年唯此兩三辰　塚頭莫種有花樹　春色不関泉下人　寒食野望　熊孺登

1 輕雲閣雨曲江頭　柳痩梅清恰似秋　最恨水仙花不語　更無可伴説春愁　早春　僧圓具

○ 九十春光鬪日光　山城斜路杏花香　幾時心緒渾無事　得及遊絲百尺長　春日作　李商隠

2 小院無人雨長苔　滿庭脩竹間疎槐　春愁兀〻成幽夢　又被流鶯喚醒来　又　杜牧之

3 白晝偶成芳草夢　起來幽興有新詩　風簾不動黄鸝語　坐見庭花日影移　又　寇平仲

4 紅紫紛〻花上塵　可憐遊子不知春　杜鵑叫落千山月　自不能帰却勧人　又　呂仲見

5 御街官柳蘸金黄　想見遊蜂戯蝶忙　堪咲軟紅塵裡客　賣花擔上看春光　又　呉毅夫

6 風光如此莫傷春　雲樹烟花一色新　杜宇不啼真解事　帝鄉誰是肯歸人　又　李德真

上文中有阿拉伯數字編號的詩，也見於國清寺本《千家詩選》的批注。其中47—56、1—6，不僅文字與《新選集》一致，連兩組内部的順序也大致保持一致。需要注意的是，《千家詩選》所引《新選集》詩有順序顛倒的地方，也有些詩《新選集》有而《千家詩選》未引。首先關於前者，47—56在前而1—6在後是因爲，《千家詩選》中與《新選集·節序門》對應的是卷一、二《時令門》及卷三、四《節候門》兩部分。《新選集》中排在前面的詩被抄在《千家詩選》卷三，即47—56，排在後面的詩則被抄在《千家詩選》卷一，即1—6。47—56之中也有順序顛倒之處，則是因爲《千家詩選》中寒食、清明的詩是混在一起的。而《千家詩選》批注中没有引用的詩，亦即編號爲「〇」的，則已見於《千家詩選》正文，所以實際上《新選集》全部都可在《千家詩選》中找到相應内容。也就是説，《千家詩選》的批注抄《新選集》，並非偶爾省略了部分内容，而是避免了重複。《千家詩選》的批注是按照本書的結構，將《新選集》的内容不重複地補充進來。

需要注意的是，這些批注並非把《新選集》全部收録進來，而只選取了特定的門類。殘缺的卷十六、十七的情況不得而知，此外卷五《氣候門》、卷六《晝夜門》，卷十四、十五《地理門》和《後集》完全没有批注。而這些章節，可以在《新選集》中找到相應内容，可見是批注者按照自己的興趣做了取捨。反過來也可以看到，批注者對季節比如春秋，景物比如梅、杜鵑，作了特别詳盡的批注。

本書第六四九頁注③堀川氏的論著就《新選集》及其續編、慕喆龍攀的《新編集》的特點，作了詳細的論述。而本文所關心的，則是其編選的資料來源。

《新選集》的資料來源還尚未完全明確，已知它受到了之前的中國總集《千家詩選》、《聯珠詩格》的影響，日本義堂周信選編的收録宋元禪僧偈頌的《貞和集》也是其來源之一。方才提到的《新選集·節序門》與《千家詩選》頗有重複，可見《千家詩選》對《新選集》的分類也有影響。

《新選集》與《新編集》是後來天隱龍澤《錦繡段》的藍本，這是廣爲人知的事。但也因爲《錦繡段》的流行，《新選集》、《新編集》反倒逐漸堙没無聞，少有人轉抄。因此國清寺本《千家詩選》批注中所見的《新選集》，是研究《新選集》流傳與影響的珍貴材料。

四、國清寺本《千家詩選》批注中所見《新選集》的文本

這些批注所涉《新選集》詩歌達263首之多，把它視爲《新選集》的一個寫本也有一定的意義。下面想討論批注與《新選集》文本異同的問題，先介紹一下前揭堀川氏論文中提到的、室町至近代《新選集》的六種寫本。

建仁寺兩足院藏室町寫本			1184首
龍谷大學圖書館藏	天文九年(1540)寫本		1141首
内閣文庫藏	江户前期寫本		1137首
尊經閣文庫藏	大正七年(1918)寫本		轉抄自前本
成簣堂文庫藏	室町末寫本	改編本	843首
蓬左文庫藏	室町末寫本	分韻改編本	2393首

後二者是合併了《新編集》内容的改編本，除去大正七年的新寫本，只有前三者是考察對象。三者不止是篇數不同，内容也有出入，三者合而計之，去其重複，共有大約1200首詩。兩足院本所收篇目最多，龍谷大學本與它接近，内閣文庫本則可能源於另一個版本系統。

筆者以國清寺本《千家詩選》批注爲底本，校以兩足院本、内閣文庫本(以下簡稱「兩本」、「内本」)，詩的出處

也參考了《聯珠詩格》①。校記附於批注録文之後。

校記的編號之下，爲《新選集》中的門類。若爲「*」號，表示參校本脱文。其中30、85、95等，内本無此詩而兩本與批注有；75等則反之，兩本無此詩而内本與批注有。粗略地説，批注中所收的詩，兩本獨有而内本誤脱的情況比較多，但反過來的情況也存在，它本皆無而批注所據底本獨有的情況也是有的。

具體到文本而言，批注本訛脱較多，比如6的首句，兩、内二本作「風光如此莫傷春」，批注最後二字則作「陽春」，不通。這樣的例子還不少。但8的首句，批注本、兩本作「古鼎燒殘心字香」，《聯珠詩格》同，蔡正孫注亦云「閩商貨香以心字爲號」，内本則作「石鼎」、「心事香」。此外82第二句批注作「玉顔紅頰會稽仙」，兩本作「紅頷」，而内本作「紅領」，是。85首句批注作「聞説梅花拆曉風」，比兩本「折曉風」於義爲長。總之，批注的文本可有助於《新選集》的校訂。

最後，關於僅見於批注，而不見於兩本、内本的詩，前文已指出有57、143等七首。其中193、199可見於慕喆龍攀《新編集》。這大概是批注者參考了《新編集》，或是其依據的《新選集》底本據《新編集》有所增補；57是不同的筆跡所書，大概與摘抄自《新選集》的批注無關；143明言出於《玉屑》，即《詩人玉屑》，240出於《翰墨全書》，這些都是在《新選集》之外補充的詩。但是筆跡與《新選集》諸詩相同，又不見於《新選集》兩個寫本，也未標出處的，還有兩首。有必要細查龍谷大學本等其他諸本，同時《新選集》在流傳過程中屢有變動，這兩首詩他本失收而批注本獨存，也是有可能的。總而言之，《千家詩選》批注中收入的《新選集》是不完整的，儘管如此，還是對《新選集》傳本的研究和校訂有着獨特的意義。

① 《聯珠詩格》的文本，除了南北朝刊本外，還參考了朝鮮本、卞東波《唐宋千家聯珠詩格校正》（鳳凰出版社2007年版）的校記。

此外，從國清寺本中的《新選集》批注的樣式，可見室町時期禪僧學問之一端。以稀見版本爲基礎，廣校諸本，是當時盛行的風氣。由此也可想見收藏了各種版本、寫本的「香山常住」的整體形象。本文也試圖揭示此學風之一斑。

下面録出國清寺本《千家詩選》批注所收《新選集》的全文。異體字以UTF8中相近字體代替，難以判斷的地方一以正體字爲準。録文中「□」表示破損，「*」號表示脱文。録文中云「原作某改作某」者，皆批注者自改。句子之間的空白爲筆者所斷。無詩題的地方，在括號内標出所對應的《千家詩選》中的詩題。

國清寺舊藏本《千家詩選》批注所見《新選集》

卷之一

1 早春　輕雲閣雨曲江頭　柳瘦梅清恰似秋　最恨水仙花不語　更無可伴説春愁　僧圓具

2（春）　小院無人雨長苔　滿庭脩竹間疎槐　春愁兀〻成幽夢　又被流鶯喚醒來　杜牧之

3　白晝偶成芳艸夢　起来幽興有新詩　風簾不動黄鸝語　坐見庭花日影移　*平仲

4　紅紫紛〻花上塵　可怜遊子不知春　杜鵑吽落千山月　自不能皈却勧人　呂仲見

5　御街官柳蘸金黄　想見遊蜂戯蝶忙　堪笑軟紅塵裡客　賣花擔上看春光　呉毅夫

6　風光如此莫陽春　雲樹烟花一色新　杜宇不啼真解事　帝郷誰是肯皈人　李德真

7　紅芳滿眼闘風流　誰信春来有客愁　惆悵不干桃李事　故山烟雨憶松楸　盧梅坡

8　古鼎焼残心字香　困来携枕臥藤床　一声啼破鳥幽夢　花影滿簾春晝長　趙彦筑

9　曲屏紙帳誰春寒　午夢山禽悪喚還　滿地苺苔萱艸短　一檐風雨杏花寒　鄧景憲

10　無名野草依人緑　有種山花称意紅　春到人間無弃物　人心安得似東風　開仲見

11 花信風高分外寒　老夫無緒倚欄干　藜床一枕昏〻睡　夢折梨花帶雨看　宋明甫

12 桑麻得雨更看蔥　芍藥留春結晚紅　怪得鳥声如許好　此身還在乱山中　欧陽伯威

13 隄雲漠〻雨漫〻　楊柳如絲不厭看　見説前村風更悪　杏花無地避春寒　僧法振

14 壓将春鬢濕塵沙　閑戸看山自一家　睡起不知寒食近　澹陰樓閣帶楊花　僧義銘

15 春晚

蕭〻三月閉柴荊　緑葉陰〻忽満城　自是老来遊興少　春風何処不堪行　王安石

16 一年春事又成空　擁鼻微吟半醉中　夾路梅花新過雨　馬蹄無○避ㇾ処残紅　張公庠

17 三月残花落更開　小簷日〻燕飛来　子規夜半猶啼血　不信東風喚不回(原作「來」,改作「回」)

王逢原

18 平生得志在烟霞　失却黄塵負歳華　過了海棠渾不省　夢中猶自詠梅花　嚴粲

19 鳩雨收声晚色濃　遊絲飛過女墻東　倚欄識得春皈路　半在濛〻芳艸中　鄭德源

20 院竹無人夢自回　落紅点〻着蒼苔　春愁本自糢糊在　歷〻子規啼出来　艾苗舩

21 緑樹陰〻覆短墻　煑茶烟裡落花忙　此心無事天寛大　幽夢一肱(原作「肰」,改作「肱」)春昼長

陳胡子

22 兩三点雨淡烟裡　四五声鴬濃緑中　吹尽残紅無可落　晚来閑却一簾風　陳元信

23 紅紫吹成陌上塵　欲留春事已無因　一般情緒兩般患　半送行人半送春　凾西士

24 春寒惻〻掩重門　金鴨香残火尚温　燕子不来花又落　一庭風雨自黄昏　趙子昂

25 恋樹残紅湿不飛　楊花雪落水生衣　年来百念成灰冷　無語送春〻自歸　欧陽伯威

26 為怜紅杏亞枝斜　看到斜陽送乱鴉　又是一春窮不死　天教留眼看鴬花　同

27　江花淡〻水光明　岸柳風輕雨乍晴　故旧不来春已老　空看燕子逐流鶯　僧牧隠

28　炉烟爇尽冷衣篝　長楽鐘声半入樓　燕子不皈春夢断　刺桐花月上簾鈎　柴仲山

29　坐到心清有妙香　蒲團紙帳任更長　閉門不愛庭前月　分付梅花自主張　陳葳一

30 春暁　黄鸝啼断雨濛〻　生意晴光暖靄中　一艸不花春有恨　暁来籬落尽東風　刘声伯

31 春寒〈后（原作「第」，改作「后」）集第五在之除之〉

春艸平蕪烟雨迷　秋千寂寞旧園池　江南也是東風悪　花骨輕寒痩不支　趙信菴

卷之二

32（夏）　赤日焼雲汗滿衫　一年還却十年閑　男児不是憂家国　氷簟紗厨昼掩関　須平甫

33　春尽餘寒□却回　江天五月未聞雷　南風衹在浮雲外　弾折朱絃喚不来　黄晋卿

34　岸柳風摧更緑饒　檻花當暑自紅嬌　流行一氣元無息　松柏何妨独后凋　刘平国

35 暑夜　此夜炎蒸不可當　開門高樹月蒼〻　天河只在南樓上　不借人間一滴凉　僧季潭

36　暑氣蒸人坐夜分　斎居無地避如焚　幾時何処秋菰冷　作意将身入鴈群　同

37 午熱　矮屋炎天不可□　高亭爽氣亦全無　微風不被蝉飡却　留*些凉到老夫　楊万里

38 取凉　六月冷官還解熱　解衣盤礴坐蒼苔　微風只在松梢上　着意招乎（原作「呼来」，改作「招乎」）不下来　洪舜愈

39 秋夜　秋氣滿堂孤烛冷　清宵無寐憶山皈　窓前月過三更后　細竹吟風似雨微　刘得仁

40　蛩声咽絶雁声乾　愁滿西風暁夢寒　霜月不知人独夜　窺簾照枕故團〻　呉仲權

41　雁落西風字〻沈　嬾凉偸入藕花心　眼前多少関心事　付与寒蛩徹夜吟　孫存吾

42 秋声　大塊純音不可窮　誤傳紅葉響西風　不知天籟自疎越　長寄虛無縹緲中　黄叔方

43 晚秋　籬菊有英工冷淡　老梅無葉試欹斜　化工不隔銅瓶水　一夜芙蓉三四花　李南金

44　夢醒客枕漏初残　斜倚高樓月滿欄　○水乙潮東回寄音信　芙蓉花老鴈声寒　*

45 冬夜　活火煎茶興未闌　簷花細雨夜生寒　看梅却恨窓無月　疎影何妨把烛看　○陳正夫

46　虛堂人靜不聞更　独坐書灰對夜灯　門外不知春雪霽　半峰残月*溪氷　周伯弼

卷之三

47（元日）　消夜香盤不住烟　女郎呼伴坐灯前　数残二十五声点　昨日回頭是去年　黄子魯

48（立春）　宴罷辛盤轉暁風　乾坤生意浩無窮　宿雲新捲山前雨　元氣淋漓万木中　周衡之

49　聞説黄昏始得春　朝来霧氣已氤氳　囱前蜂子堦前蟻　早得暄風不怕人　何子蕃

50 立春后作　東君珂珮響珊〻　青馭多時下九関　方信玉霄千万里　春凬猶未到人間　王初

51　半夜新春入官城　平明銅雀緑苔生　浮澌把断春風路　訴与青州借援兵　蕭十岩

52（寒食）　二月江南花滿枝　他郷寒食遠甚悲　貧居往〻無烟花　不独明朝為子推　孟雲卿

53　荒塚無*捧土修　夕陽芳艸替生愁　路傍□是誰家子　猶把花枝挿滿頭　僧聖徒

54　拜掃無辺骨肉親　一年唯此兩三辰　冢頭莫種有花樹　春色不関泉下人　*

55 客中清明

客中今日最傷心　憶着室山松樹林　白石岡頭聞□雨杜宇　見他人墓亦霑襟　戴復古

56 呉松江上看春雨　客路扁舟三月行　兩岸人□揷楊柳　不知今日是清明　僧季潭

57 上巳祓禊

暗風麗日滿芳洲　雲幕春筵祓錦流　皆言曲侍璜溪宴　暫侶乘槎天漢遊　徐彦伯

58 立秋前一日留杭

三茅観裡五更鐘　聽与寒山半夜同　明日秋風入城郭　客樓無処避梧桐　翁時可

卷之四

59 立秋

懶任山中歲月流　不知曆日到床頭　風吹一葉辞庭樹　始記今朝是立秋　曺擇可

60（七夕）

鸞扇斜開分八幄開　星橋横道鵲飛回　争将世上無期別　摸得年〻一度来　李商隱

61 一道鵲橋横渺〻　千尋玉珮過玲〻　別離還有經年客　悵望不如（原作「知」，改作「如」）河皷星　徐凝

62 雲幙無波斗柄移　鵲慵烏慢得橋遲　若教精衛填河漢　一水還應有尽時　晏叔原

63 金針揷並玉搔頭　月落河傾尚倚樓　細認双星還自感　別離到底一般愁　武朝宗

64（中秋）

万里秋空掛玉盤　瓊樓杳〻想高寒　四時此月曽無別　人自今宵別眼看　張景安作

65 無雲世界秋三五　共看蟾盤上海涯　直到天頭天尽〻　不曽私照一人家　曺松

66　夜〻池辺待月生　却愁此夜易天明　憑誰引取天秋江水　添入銅壷報暁更　刘無競

67　王母粧成鏡未收　倚欄人在水精樓　笙歌莫占清光尽　留与溪翁一約舟　成文幹

68　千里星河一鏡圓　杜陵児女隔秋烟　遥怜此夕柴門裡　相對清樽説去年　鄧德良

69　去年今夜在南州　還為清光上驛樓　宛是依〻旧顔色　自怜人換幾般愁　裴夷直

70 中秋無月
春花秋月兩尤物　不雨即風天靳之　人世悲歡類如此　驪山宮殿艸離〻　張明遠

71（重陽）
人生悲歡自不同　莫将一様看西風　今朝憶着茱萸賜　幾个夔州白髪翁　周小溪

72 九日遇雨
万里驚飈朔氣深　江城蕭索昼陰〻　誰怜不得登山去　可惜寒芳色似金　薛能

73 除夜　一盃歳酒莫留残　坐看新年上鬢端　只恐梅花明日老　夜瓶相對不知寒　陳去非

卷之六

74（晚）　白霧蒼烟惨淡間　鶏声和月在前湾　楓林渡口捻如失　只有元暉数筆山　黄希宗

75　池荷衰颯匊芬芳　策杖吟詩上草堂　滿目暮雲風巻尽　群樓寒角数声長　僧子蘭

卷之七

76 野花　入眼亭花易動人　暁纔把玩晚泥塵　何如淡〻籬根下　随分榮華過一春　王子春

77 接花果
范叔受刑変張禄　公輸投(改「投」)斧習宣尼　人言妙手移天巧　不見流通一氣時　危逢吉

78（梅）　實成慎勿望調羹　只有商宗能用卿　鼎味從来甘受和　恐君酸不入候鯖　李商□

79　紛〻蜂蝶莫教知　竹外疎花一兩枝　待得枝頭春爛熳　便知詩到晚唐時　鄭頊

80　玉簫吹徹北樓寒　野月崢嶸動万山　一夜霜清不成夢　起来春信滿人間　穀城黄銖

81　霜冷雲寒特地開　高標元是衆芳魁　灵均不敢輕題品　誰道離騷忘却梅　趙君實

82　鉄面蒼髯洛陽客　玉顔紅頰會稽仙　街頭相見如相識　恨滿東風意不傳　陳去非

83　精神明潔思無邪　妙処何須藉月華　万紫千紅誇富貴　幾生修得到梅花　鄭大東子

84　竹外横斜三兩枝　暗香那得好風吹　見梅不可無詩耳　未必梅花要此詩　郭廉翁

85　聞説梅花拆暁風　雪堆遍滿四山中　何方可化身千億　一樹梅花一放翁　陸務観

86　梅花樹下黄茆丘　古人尚能愛花不　月淡烟深横牧笛　死生常事不須愁　同

87　一花兩花春信回　南枝北枝凬日催　爛熳却愁零落近　丁寧且莫十分開　同

88　万瓦清霜夜漏残　小亭斜月過欄干　老来一事偏堪恨(原作「惆悵」,改作「堪恨」)　好看梅時却怕寒　同

89　幽谷何堪更北枝　年〻自分着花遲　高標逸韵君知否　正在層氷積雪時　同

90　孤山処士風流遠　招得梅花枝上魂　疎影横斜猶昨日　不知人世幾黄昏　徐抱独

91　玉神何事帶紅綃　未讓胭脂与杏花　天下更無清可比　湘纍不敢入離騷　僧雪岑

92　看花独立澗之濱　欲折芳枝恐損神　南国幾年無驛使　憑誰寄与隴頭人　僧季潭

93　紅梅　苧蘿山下越溪女　戲作長安時世粧　白〻朱〻雖小異　断知不是百花香　陸務観

94　施朱太赤非関染　映日多情不為酣　錯認杏花休挙似　北人強半在江南　僧道原

95　姑射真人笑瞼開　肯将顔色涴香腮　仙遊曾打桃源過　引得春風上面来　僧無文

96　南枝向暖北枝寒　一種春風有兩般　憑仗高樓莫吹笛　大家留取倚欄干　刘元載妻

97 雪梅　東郭先生破履痕　瘦筇歷〻自尋春　千林一様糢糊白　人不見花〻見人　胡徳昭

98 月梅　倚樹徘徊有所思　小窗西畔影参差　孤山旧有横斜句　底用沉吟更作詩　同

99 山梅　無人知我歳寒心　乱樹繁藤蓊翠中　竹外一枝人便覚　入林正恨不能深　同

100 江梅　玉立湘妃蘭若洲　凄涼心事水東流　满汀沙月痕〻白　知有何人會此愁　同

101 籬梅　甘処荒寒寂寞濱　此兄元自不嫌貧　竹籬茆舍詩人屋　正与玉堂同此春　同

102 竹間梅
古梅半樹竹相侵　密翠周遭不可尋　斜放一枝穿出去　此君應有不平心　同

103 瓶梅　香骨和氷帶○痕乙剪　膽瓶斜揷水晶寒　一枝摘索春無尽　底用楊州繞樹看　同

104 烛下看梅
銀花斜照数枝横　夜半寒生玉骨清　竹外黄昏晴雪后　不如窗下見分明　王渕伯

105 探楳　后五百年無放翁　狂歌醉舞与惟同　漁人入得桃花洞　猶有梅花路不通　刘須溪

106 憶梅　孤山惜別已多時　風月無媒雁信稀　夢裡相逢心未穏　尚疑太白夜郎皈　刘叔安

107 種梅　鄙事関人智浅深　漆堪成器楮堪衾　自憐到老猶迂闊　純種梅花作墓林　刘潜夫

108 同　典衣了却僦園銭　甘為清香忍一寒　記得幾年風雪裡　傍人籬落借花看　袁幻立

109 商洛見梅
紡車山下雪成堆　黄澗溪辺始見梅　山吏不知春色早　却言花是去年開　章子厚

110 雪裡看梅

　　辜負溪辺雪与梅　怕寒不肯出門来　欲邀鄭老同清賞　争得梅花六月開　戴石屏

卷之八

111（梨花）

　　玉□精神雪作膚　雨中嬌韻越清癯　若人會得嫣然態　寫作楊妃出浴圖　趙福元

112 九月梨花

　　粉膩迷春月滿枝　誤随秋日弄芳菲　料應潛作春宵夢　剛被西風不放皈　韓準

113（垂絲海棠）

　　杜甫従前着句難　紫錦嬌色靠欄干　春風不是開元樣　莫作真妃睡起看　王橘林

114 万里橋西老拾遺　兵戈流涕念時危　海棠雖好無心看　正自悲吟病栢詩　江子我

115 移根千里入名園　酒暈紅嬌氣欲昏　待得太真春醉醒　風光已不似開元　陳叔茂

116 昭陽殿裡醉含情　三十六宮顔色輕　幾向春風怜薄命　少陵詩史不書名　僧肇聖徒

117 十月海棠

　　小春破白惟梅耳　点検南枝花尚遅　似是天工薄寒素　東風先到海棠枝　鎮景安

118 雪裡海棠

　　蜀妃夜謁紫虚皇　玉鳳参差趣暁装　宴罷瑶池方熟醉　胭脂瞼上白雲香　王子信

卷之九

119 牡丹　万葉紅綃剪尽春　丹青次第任寫不如真　風光九十無多日　難惜樽前折贈人　盧子衡

120 荷花　南浦清秋露冷時　凋紅片〻已堪悲　若教具眼高人看　風折霜枯似更奇　*

121　風露青冥水面涼　旋移野艇受翠香　猶嫌翠蓋紅粧句　□□人言□六郎　陸放翁

122 折荷花
月到軒窓午夜涼　荷□数朶伴□觴　剪時□剪亭〻翠　減却鴛鴦夢裡香　陳藍山

123 敗荷　江錦機空水国秋窮　頭轉千盖偃秋風　鴛鴦一段榮枯事　都在沙鴎冷眼中　黄濟可

124 病中知皇子陂荷花盛發寄王績
十里蓮塘路不賒　病来簾外是天涯　煩君四句遥相寄　應得詩中便看花　裴夷直

125 盆荷　□□古瓦□涵天　数□田〻貼□銭　才大□来無用□　不須十□藕如船　□居簡

126（荔枝）
遐方不許貢珎奇　蜜詔唯教進荔支　漢武碧桃争比得　枉令方朔号偸兒　韓偓

127　封開玉篭鶏冠涘　葉襯金盤鶴頂鮮　想得佳人微露齒　翠釵先取一枝懸　同

128（芙蓉）
白髪飄蕭一病翁　暮年身世藥瓢中　芙蓉墻外垂〻發　九月憑欄未怯風　陳去非

129 木芙蓉
少皥鳴鞘迅去程　群仙宴餞向津亭　却嫌祖帳金風冷　緑她紅嬌作軟屏　諶子仁

130 山礬　折来随意揷銅壷　能白能香雪不如　匹似梅兄輸一着　枝肥葉蜜欠清癯　雛子順

131 牽牛花
銀漢初移漏欲残　步虚人倚玉欄干　依衣染得天辺碧　乞与人間向晩看　秦少遊

132 同　曉思歡欣晚思愁　繞籬栄架太嬌柔　木犀未發芙蓉落　買断西風恣意秋　楊廷秀

133 紅槿花
花是深紅葉麴塵　不将桃李共争春　今日驚秋自怜落客　折来持贈少年人　戎昱

134 槿花　風露凄〻秋景繁　可怜栄落在朝昏　未央宮裡三千女　但保紅顏莫保恩　李義山

卷之十

135 木犀花
金粟如来古佛装　愛烧沉水供諸方　西風散作曼陀雨　遍満三千世界香　李商卿

136（菊花）
秋荒遶舍似陶家　遍遶籬辺日漸斜　不是花中偏愛菊　此花□尽更無花　元稹

137
寒花豈与凡花比　占断秋光品格高　□敢對渠敧酔帽　銅炉一穗讀離騷①　鎮景安

138
□移黄菊不嫌遲　晴日霜庭晚更宜　閑倚石欄衫袖薄　偶然秋思入新詩　盧蒲江

139 栽菊
新分菊種自鋤山　手□枯藤作□欄　比似□書空用□　種花猶得一年看　高九万

140 楊妃菊
玉環一点旧香魂　流落東籬艸樹根　猶作霓裳嬌媚態　零紅墜粉湿秋痕　張方叔

141 十月菊
□殿重陽九□期　金英新發（原作「開」，改作「發」）兩三枝　客非靖節来休問　隠逸風□不入□
僧良即休

① 「讀」，後文校記云内閣文庫本「談」作「讀」，此處原文如此。——譯注

142 五月菊
東籬千古属重陽　此本偏宜夏日長　會得渕明高臥意　故来同占北窓凉　宋壷山

143 黄白菊花
何処金銭与玉銭　化為胡□夜翩〻　青□綱在芳□上　開作□花取意妍　玉屑

144（蘭花）
絶無人処有香飄　樹底岩根雪未消　□古醒魂招□返　晩凬斜日恨蕭〻　僧□肇

145
竹底松根慣寂寥　肯随桃李媚□書　高名厭尽離騒巻　不入離騒更自高　許忱甫

146 感蘭
幽花一似古君子　色不媚人唯有香　柰尓春風無好醜　故令荆棘過渠長　僧道原

147（薔薇）
一朶長條百朶春　嬾紅深□小窠匀　□應根下千年工　曽葬西川織錦人　李益

148（芭蕉）
瓦溝月暗乱蛍飛　照見芭蕉葉上詩　憶得前時吟最苦　自携残烛拂蛛絲　僧蔵叟

149 韋使君宅海榴詠
淮陽臥裡有清風　臈月榴花帯雪紅　閉閤寂寞常對此　江湖心在数枝中　皇甫孝常

150（水仙花）
借水開花自一奇　水沈為骨玉為肌　暗香已壓酴醿倒　只比寒梅無好枝　温飛卿

151 玉簪花
燕罷瑶池阿母家　飛瓊扶上紫香車　玉簪墜地無人拾　化作東南第一花　*

152 懷小栢

手種庭前小栢樹　分枝散葉総天成　涉旬不見長相憶　况是經年別友生　范德機

153 老檜

皮幹鱗皺耐得寒　誰能移植倚欄干　四時謾有不凋色　近日人多種牡丹　趙慶大

154 插檜

檜枝蒼翠色長鮮　双耳銅壷浸石泉　粧点吟窓似僧舎　一春不費買花銭　銭少章

155 竹

籬外清陰接薬欄　晩風交戞碧琅玕　子猷没后知音少　粉節霜筠漫歳寒　羅隠

156 新竹

東風弄巧補残山　一夜吹添玉数竿　半脱錦衣猶半着　籜龍未信没春寒　楊廷秀

157 盩厔官舎新竹

心覚清涼躰似吹　滿風輕撼葉垂〻　無端種在幽閑地　衆鳥嫌寒鳳未知　薛能

158 笋

数步春畦独步尋　迸犀抽錦矗森〻　□文死去賓朋散　抛擲三千玳瑁簪　王元之

159 無笋

暖透苔痕三徑深　竹根稚子竟潜身　踈林自要添風月　豈是雲山不受春　陳野雲

160 因官代松

大夫去作棟梁林　無復清陰誰緑苔　只恐江頭明月夜　誤他千里鶴皈来　胡尊生

161 禁中新柳

万條金線帯春烟　深染青絲不直銭　又免生當離別地　宮鴉啼処禁門前　施肩吾

卷之十一

162 柳絮

柳送腰肢日幾回　更教飛絮舞樓臺　顛倒忽作高千丈　風力微時穏下来　陳去非

163（柳）

城外春風吹酒旗　行人揮袂日西時　長安陌上無窮樹　唯有垂楊管別離　劉禹錫

164

緑樹千絲更万絲　春風到処一般吹　離愁結在長亭路　不似珠廉側畔垂　杜子昕

165　枝闘腰繊葉闘眉　春来無処不成絲　灞橋陵原上多離別　少有長條拂地垂　韓成封

166　宜風宜雨又宜時　纔弄黄時便轉青　非是管人離別恨　生来多近短長亭　陳仲謀

167　渭水橋辺送別時　馬前折贈笛中吹　若教繫得離情住　何必千絲又万絲　僧雪岑

168　百花洲畔覆青坡　第五橋頭蘸碧波　八管竜笙春寂〻　緑陰終日伴漁歌　僧季潭

169 又(苔錢)

山居雨后蘚紋斑　滿地錢流疊翠團　若是得之能使鬼　多應不到野人看　葉秀實

卷之十二

170 内宮月

三十六宮秋夜深　昭陽歌断信沈〻　唯應独伴陳皇后　照看長門望幸心　杜牧之

171 天山月

寂寞寒光照鉄衣　関西老将老眠遲　絶怜青塚愁雲裡　猶自嬋娟学*眉　趙漢宗

172 京城翫月

秋滿西湖月正圓　家〻酔賞倚欄干　西凮茆葦長淮地　應有征人带泪看　盧登甫

173 (月)　嫦娥竊薬出人間　蔵在蟾宮不放還　后羿遍尋无覔処　誰知天上亦容姦　袁郊

174 雪月　霜月輕吹小夢回　雪窓撩得眼增明　月明幸自无人覔　誰遣梅花送影来　楊済翁

175 片雲　水底分明天上雲　可怜形影似吾身　何妨舒作従竜勢　一雨吹消万里塵　僧斉己

176 (風)　拂〻林梢抹淡烟　牆桃初試小晴天　東風也似人情薄　便掉寒梅在一辺　闞謙甫

177 北風　北風捲地起黄埃　冪〻成陰約不開　淮艸蕭〻無着処　却愁吹得過江来　傅汝霖

178 天陰　数日陰雲断復連　不成輕暑不成寒　天公也似摸稜手　欲雨欲晴持兩端　趙仁甫

179 聽雨　少年交友尽豪英　妙理時〻得細評　老去同参推夜雨　焚香臥聽畫簾声　*

180　遶簷点滴如琴筑　支枕幽斎聽始奇　憶在錦城歌吹海　七年夜雨不曾知　陸務観

181 夏雨　倏然一雨送輕颸　客夢驚回夜寂寥　剛道是晴還未信　簷声和月落芭蕉　孟叔異

182 中秋雨

雨声敲作桂花寒　書伴孤灯照老顔　月色正供金闕宴　分光應不到人間　張子竜

183 夜雨　未到黄昏緊閉門　怒雷挾雨過前村　老夫熟睡渾不覚　風捲涛声入夢魂　滕玉霄

184　夜雨漲波高一尺　*却老夫平生石　明朝水高落石依然　老夫一夜空相憶　僧義銘

185 月中雨

半池明月晒金波　一片秋声出敗荷　莫怪閉門先睡去　客中聽雨不宜多　黄孝邁

186 江上雨過

一雨西来正掃空　臥堤楊柳又横風　冷雲壓地暮江急　無数人家水墨中　魏南天

187 雨意　雲頭点地黒如黟　雨脚粘天未敢飛　待得風师来判断　一斉併作晩凉飯　鄭清之

188 閔雨三首

陌上冬乾泣老農　天留甘雨付春工　阿香争試雷霆手　莫放人間有臥竜　朱喬年

189　潭底乖竜喚不膺　驕陽似欲敗西成　虚堂永夜耿無寐　起聽四郊車水声　鄭毅夫

190　暘烏下飲百川空　民自祠竜祷社公　豈是長官渾忘却　水車声不到城中　刘潜夫

191 滄氷　車倦人煩渴思長　岩中氷片玉方成　老仙*我塵労(原作「学」，改作「労」)久　乞与雲膏洗俗腸

程伯淳

卷之十三

192 江霧　紛〻一氣裹◦空〻長　絶与鴻濛未判同　無数過舩看不見　人声却在櫓声中　蕭則陽

193(雪)　蔌〻天花落未休　寒梅疎竹共風流　江山一色幾千里　酒乃消時正倚樓　高子文

194　瑞應豊年喜欲跳　曉晴纔見十分清　探梅準擬前村去　先遣家童拂石橋　曽叔良

195 春雪　欲積高深自不成　霏〻連日尚縱横　随風強作楊花舞　便向簷間作雨声　*

196　眼看平白失前坡　三日青松奈老何　昨夜東風消不尽　古牆陰処暁猶多　*季潭

197　普天銀色変山河　西望群峰湧白波　旧讀楚*今始信　層氷積雪正峨〻　趙子昂

198 江雪　人道欧閩不識寒　北風吹雪夜漫〻　断蓬折葦滄江上　只作淮南旧日看　僧聖徒

199(雪)　随風拂〻玉花飄　入夜寒牕更寂寥　炉火已残灯欲烬　一簾疎竹白蕭〻　呂信臣

200 釣雪　長江渺〻浸同雲　六出飛花着地新　老叟持竿鬪妍冷　皈来贏得一簑銀　余貴又

201(雷)　閑人倚柱笑雷公　又向深山霹怪松　必若有蘇天下意　何如驚起武侯竜　乾致元

卷之十五

202 漁舟　莫笑扁舟数尺長　幾經烟雨浸◦湘〻瀟　江舩个〻高於屋　未必荷花入夢香　宋器之

卷之十八

203(笛)　春風橋畔吹羌笛　遠客興悲淚泫然　傍有老兵心似水　防秋辺上聴多年　方君遇

204　立□蓮塘吹横笛　微風動柳生水波　北人聴罷泪将落　南朝曲中恨更多　韋應物

205 冬夜聞角
嫋〻清笳入雪雲　白頭老守臥中軍　自怜到老懐遺恨　不向居延塞外聞　*放翁

206 何処吹笳薄暮天　寒垣高鳥没狼烟　遊人一聴頭堪白　蘇武争禁十九年　杜牧

207 鞭　一莭高兮一莭低　幾回敲鞓月中皈　雖然三尺無鋒刃　○万〻百雄师属指揮　伯顔丞相

208 聞鳥声有感
流年冉〻去無情　日夜溪頭布穀声　城郭雖存人換尽　令威可悔学長生　陸務観

209 枯枝寒禽
王母宴皈西海上　空留青鳥羽参差　黄雲苦竹江南雪　独立寒條歳晩時　簷同○文

210 春禽　乱花枝上訴東風　一半身沾杏雨紅　春事等閑渾説破　何如留在不言中　宋器之

211 南海食蜆〈五年所重処有辺炉會〉
湖平蜆艇傍舩皈　買蜆辺炉亦自奇　齒頰有餘風味薄　一檠秋影晩唐詩　彭復雅

212 鶺鴒　断石残芦雪半消　悲鳴如念弟兄遥　北風原上重回首　愧殺淮南尺布謡　僧一初

卷之十九

213（鶯）　風花猶及見春和　無限青陰取次過　隔葉未須聴百囀　世間好語誤人多　羅永年

214 鶯□　擲柳迁喬太有情　交〻時作弄機声　洛陽三月春如錦　多少工夫織得成　刘后村

215 秋鶯雨中
兩个黄鸝繞樹飛　不愁寒雨濕金衣　青山到処多幽谷　底事秋深尚未皈　僧季潭

216（燕）　一年一度客天涯　春社来〻秋社皈　自是畫堂栖上穏　不知何事憶烏衣　刘克荘

217 碧綃斉剪*差池　旧侶新巣費事（原作「支」，改作「事」）持　應是畫堂簾未捲　一双猶舞緑陰低

施定子

218 新燕　灯花徹夜落還開　争把明朝喜事猜　午枕起来無个事　一双新燕入簾来　闞謙甫

219（子規）

杜宇声〻怨不皈　蚕鳧国破事還非　皈應添得無窮恨　不似蘇耽丁令威　姜邦闞

220 声〻啼血染残春　怨殺當年右帝灵　縦尓欲皈〻何処　蜀山不是旧時青　銭子漸

221 南人一聽一悲凉　怜尓西皈蜀路長　聞説雲安啼更苦　不知何処的為郷　*

222 三月江南花□開　啼教花□□蒼苔　若嫌此地非君土　今度皈来時莫更来　趙紫芝

223 錦水浮萍不計春　一枝聊寄倦遊身　天長翼短無皈処　閑把心情勧別人　曾茶山

224 春尽江南緑正肥　声〻蜀魄泣斜暉　岷峨見説辺烽満　休澆寒林恨不（原作「未」，改作「不」）皈

曾景純

225 哀〻不叫銅街月　長叫岩花在翠陰　非是愛喧幽谷耳　自緑朝市少知心　陳伯和

226 旧艸堂東水竹西　年〻只与落花期　長亭今夜声連暁　愁似經年病拾遺　僧北礀

227 今古相傳望帝魂　見之再拝□孤臣　天津□上人初聽　腸断江南三月春　僧正徒

228 燕山三月初三夜　聞得啼鵑第一声　同是小樓孤烛下　主人眠熟客心驚　范約荘

229 解嘲杜鵑

神武門頭穏掛冠　至今猶頌二疎賢　試将史傳従頭讀　不説西京有杜鵑　僧北礀

230 雁字　起然聖処勝張顛　整〻斜〻落照辺　好寫人間不平事（原作「字」，改作「事」）　吗開閶闔為箋天　陳明甫

231　虹影浸堦驟雨餘　声〻新厂度雲衢　弯弓欲射仍停手　只恐燕山有帛書　薛新甫

232　客裡緘書寄厂皈　吾家松逕□□扉　天□□遠應難認　〻取白雲飛処飛　陳本中

233（鴛鴦）　翠翅紅頸覆金衣　灘上双〻去又歸　長短死生無兩処　可怜黄鵠愛分飛　呉融

234　蘋洲花嶼接江湖（原作「潮」，改作「湖」）　頭白成双得自如　春晚有時描一對　日長消尽繡工夫　曺組

235（鷺）　漠〻江湖自在飛　一身閑処占漁磯　稲田水浅魚能幾　莫被泥沙汚雪衣　趙希崩

236（鶴）　天上瑶池覆五雲　玉麟金鳳好為群　不須更飲人間水　直是清流也汚君　＊

237　九臯清響漏残時　想見松間露濕衣　弱水弗関雲外路　乗軒終不似横飛　僧北磵

238（鷗）　霜毛渾不染纖埃　相伴蘋花幾度開　塵世累傳人有約　沙頭只見鷺鶿来　宋器之

239 桃花馬　白毛紅点巧安排　勾引春風背上来　莫解雕鞍橋下洗　恐随流水泛天台　馬伯庸

240 詰猫　古人養客乏車魚　今汝何功客不如　飯有溪魚眠有毯〈他敢切〉　忍敢鼠囓案頭書　刘潜夫〈見翰墨全書〉

241 鼠□　業為鼠技不能群　酷似狼貪却畏人　歃血未乾猶竊粟　豈應秦了又生秦　僧橘洲

242 鬪雞　天宝三郎好鬪雞　酔中宮錦賤如泥　沉香亭北花含笑　不管漁陽胡馬嘶　僧葳叟

243 聋竹雞

山行三日壓泥行　幸自今晨得一晴　又聴数声泥滑ゝ　情知浪語也心驚　楊廷秀

卷之二十

244 秋蝿　秋蝿知我政哦詩　得ゝ縁眉復入髭　欲打群飛還歇去　風光乞与幾多時　楊廷秀

245（蝶）　輕ゝ舞態怯春寒　蜚入花叢立未安　桃李自於春富貴　年ゝ只作夢中看　宋器之

246（蟬）　夕陽枯木乱蝉鳴　野露充飡一腹清　若近栢梁臺下宿　羽虫部裡合長生　徐山玉

247　説露談凬有典章　詠秋吟夏入宮商　蝉声無一些煩惱　自是愁人枉断腸　楊廷秀

248　一殻空ゝ紙様輕　凬前却有許多声　叫来叫去渾無事　叫到詩人白髪生　楊廷秀

249（昆虫）　度水穿雲蜜又疎　紗囊曽聚旧茆庐　畫堂銀烛明如昼　只照笙歌不照書　僧以仁

250（蜘蛛）　網羅最蜜是蛛絲　却被秋蚊聖得知　粘着便飛来不再　蛛絲也○有乙解疎時　楊廷秀

251 聋蛙　兩蛙盛怒鬪春池　群吹同声徹暁帷　等是一物狼藉去　更無人与問公私　朱元晦

252 覩蟻　一騎初来隻又双　全軍突出成(原作「陣」，改作「成」)陣行　策勳急報千夫長　渡水还争一葦航

楊廷秀

253 蚕蛾　不願全身願奏功　感君卯翼見初終　早知猶有児女累　悔不只従渴沐封　*

254 網魚　船頭撒網小児撑　網得魚来便煮羹　是則別無它富貴　也勝徒手問功名　宋器之

255 盆魚　数頭鮮活養恩波　瓢飲相忘較幾何　小水固知無甚楽　五湖烟浪曲鈎多　僧以仁

256□紓魚
哆口昂藏派玉川　背衣疎印墨光鮮　被渠喚起思呉興　夢入芦花刺釣舩　李南金

257烏賊
秦帝東巡渡浙江　中流風緊墜書囊　至今収得磨残墨　猶帶宮車載鮑香　楊万里

258（食蟹）
寒汀沙落接平坡　就縛纍〻可奈何　只道火攻為下策　到頭水戦亦投戈　黄叔方

259糟蟹
旧交髯薄久相思　公子相従独味長　酔死糟丘終不悔　看来端的是無腸　陸放翁

260焼蚤
饕虱不逃湯沐賜　饞蝇終受劒鋒摧　君才十倍啬丕輩　秉畀祝融心始灰　李公甫

後集卷之七

261煎茶
午鼎松声万壑餘　蒲團曲几未全疎　春風肯入薑塩手　不廢秋窓一夜書　僧橘州

卷之九

262謝惠茶
白髪前朝旧史官　風炉煮茗暮江寒　蒼竜不復従天下　拭泪看君小八團　韓子蒼

263（謝送酒）
温如春色爽如秋　一榼樽前自献酬　百万愁魔降未得　故應用尔作戈矛　林和靖

（終）

〔校記〕

凡　例　於前編《千家詩選》批注的編号下，用以下符号，記《新選集》之中的編目、題目並文字異同。

a：起句　b：承句　c：轉句　d：結句　z：作者名

□：原本破損　*：欠文　♯：兩本附「作」字

兩：建仁寺兩足院藏本　內：內閣文庫本

但是關于兩、內二本共通有的異文，省略校本的名稱。

1　節序　a：雨脱（內）　z：眞作具

2　同　春日作　b：間作問（內）

3　同　又（春日作）　z：平上有冠字

4　同　又（春日作）

5　同　又（春日作）

6　同　又（春日作）　a：陽作傷

7　同　又（春日作）

8　同　又（春日作）　a：古作石（內）　字作事（內）　c：破鳥作鳥破

9　同　又（春日作）　a：帳作悵（內）　寒作闌（兩）閑（內）　c：萱作管（內）

10　同　又（春日作）

11　同　又（春日作）

12　又（春日作）　a：看作青（兩）蒼（內）

13　同　又（春日作）

14　同　又（春日作）　a：壓作厭　鬢作髮　b：閑作閉

15　同　♯　a：柴作紫（內）　d：春作天（內）

16 同 (＃)　a：空作定(內)　c：梅作桃

17 同 (＃)　b：簷作檐(兩)欄(內)　c：子作千(內)　夜半作半夜(兩)

18 同 (＃)　b：却作脚

19 同 (＃)　b：絲飛二字在行脚(內)

20 同 (＃)　b：蒼作■(內)　c：本自作自本(內)　糢作模(兩)　z：苗作笛

21 同 (＃)　z：胡作明

22 同 (＃)

23 同 (＃)　c：患作悪　z：函作豳

24 同 (＃)　d：庭作簾(內)

25 同 (＃)

26 同 (＃)

27 同 (＃)　b：乍作半(內)

28 同 又(春夜)(＃)

29 同 又(春夜)(＃)　c：愛作受(兩)

30 同 脱(內)

31 同　b：秋千作鞦韆　d：輕作經

32 同 又(夏日)(＃)　a：汗作汙(內)

33 同 又(夏日)(＃)　a：□作去

34 同　夏日♯　d：妨作好(内)
35 同
36 同
37 同　a：□作居　b：亭作天　d：*有得字
38 同　c：上作頂
39 同　♯　a：宵作霄(内)　d：微作聲
40 同　(♯)　a：咽作明(内)　d：簾作簷
41 同　(♯)
42 同　b：西作秋
43 同
44 同　z：僧介石
45 同　(♯)　a：火作大(内)　b：簷作檐(兩)櫩(内)　花作前(兩〈改花〉)
c：看作有　窓作自
46 同　(♯)　a：聞作闌(兩)　c：外作前(兩)　d：*有一字
47 同　元旦
48 同　立春
49 同　又(立春)　d：得作倚
50 同

51 同　又(立春)　a：官作管　d：訴作新　z：脱(內)小作十(兩)
52 同　寒食　b：甚作堪
53 同　又(寒食)　a：*有人字　c：□作知
54 同　寒食野望(內脱望字)　a：辺作過 骨字脱(內)　c：冢作塚　z：熊孺登(內下二字轉)
55 同　a：心作情(兩)　b：室作家　c：無□雨二字
56 同　呉松江上清明(內上作逢)　c：□作家
57 *
58 節序　a：茅作茆(內)
59 同　b：到作在
60 同　七夕　a：無上開字　c：期作斯(內)　d：摸作換
61 同　又(七夕)　b：珮作佩　c：還作遠(內)客作別(兩)
62 同　又(七夕)
63 同　又(七夕)　d：愁作秋(內)
64 同　又(中秋)　d：宵作霄(內)　z：無作字
65 同　又(中秋)　c：〻作處
66 同　又(中秋)　c：無天字　z：無作元(內)
67 同　又(中秋)　c：尽作冷(兩)　d：約作釣
68 同　又(中秋)　z：德良作僊原(兩)

69 同　中秋　z：夷作度(内)
70 同　z：遠作達
71 同　重陽　a：歓作懽(内)
72 同
73 同　b：坐作生(内)
74 同　晚　c：口作日(内)　z：宗作宋(内)
75 同　又(晚)　c：尽作尺(内)
76 草木
77 同
78 同　梅　b：只作口(内)　z：□作卿
79 同(*兩)　又(梅)　d：知作如(内)　時作詩(内)
80 同　又(梅)
81 同　又(梅)　z：實作宝(内)
82 同　又(梅)　b：頰作頷(兩)領(内)　c：如作不(兩)
83 同　又(梅)　d：幾字在行脚(内)
84 同　又(梅)
85 同(*内)又(梅)　a：拆作折(兩)
86 同　又(梅)　a：茆作茅(内)

87 同　又(梅)　c：熳作漫(兩)

88 同　又(梅)

89 同　又(梅)　d：層氷作增水(内)

90 同　又(梅)　c：横斜作暗香

91 同　又(梅)　a：綃作梢(内)　b：花作桃(兩)挑(内)

92 同　又(梅)　a：澗作磵(兩)

93 同

94 同　和紅(兩)

95 同(＊内)　和紅梅(兩)

96 同　早梅　c：仗作伏(内)

97 同

98 同

99 同　b：中作林　d：恨作覚(兩)

100 同　紅梅(内)

101 同　c：茆作茅(内)

102 同

103 同　d：楊作揚(兩)繞作遶(兩)

104 同　烛下観瓶裡梅花　z：同(胡德昭)(内)伯作白(兩)

105 同(＊內)　b：惟作誰(兩)
106 同
107 同　c：老作死(兩)(內老〈改死〉)
108 同　傍作倚(內)
109 同　b：無梅字
110 同
111 同　梨花　a：□作作　c：態作躰(內)
112 同　c：宵作霄(內)
113 同　又(海棠)　b：欄作闌
114 同　又(海棠)　d：栢作橘　z：我字脱(兩)
115 同　又(海棠)　c：醉作睡(兩)
116 同　又(海棠)　z：肇字脱(兩)
117 同
118 同　c：醉作睡(兩)
119 同　b：無次第二字
120 同　z：陸務觀
121 同　d：□□作何況 □作　z：＊(兩)同(陸務觀)(內)
122 同　b：上□作花 下□作清　c：上□作莫 翠作緑(兩)

123同　a：無秋字　b：頭轉作轉頭
124同　王作三(內)
125同　a：□□作萍黏 □作水　b：上□作葉 下□作小
c：上□作古 用□作処用(兩)用処(內)　d：□作丈　z：□作僧
126同　荔枝
127同
128同　芙蓉　d：風作寒(兩)
129同　b：群作郡(內)
130同
131同　a：移作秋(內)　c：依作仙　d：晚作曉(兩)
132同　b：籬作簷(內) 栄作縈(兩〈改栄〉)
133同　c：無落字
134同
135同
136同　菊花　a：荒作叢
137同　又(菊花)　b：秋作愁(內)　c：□作不　d：談作讀(內)
138同　采菊　a：□作旋
139同　b：上□作縛 下□作矮　c：上□作著 下□作力

140 同

141 同　a：上□作雖 下□作日　d：上□作標 下□作時

z：無良字(兩)

142 同　b：宜作愛(兩)

143 *

144 草木　蘭　c：上□作千 下□作不　z：*有元字

145 同　又(蘭花)　a：寂作宗(內)　b：□作兒

146 同　z：原作厚(內)

147 同　薔薇　a：朶作架 百作万　b：嬾作嫩(兩) □作緑

c：□作只 工作土(兩)去(內)

148 同　芭蕉　b：見作看(內)

149 同　a：裡作理　c：寞作寥(內)　z：常作帝(內)

150 同　水仙花(內脱花字)

151 *

152 草木

153 同　b：倚作傍(內)　c：凋作彫(內)

154 同　b：浸作侵(兩)　z：章作皐

155 同

156同
157同　脱新字(兩)
158同　a：数作散(兩)　歩作畝(內)　b：犀作墀(內)　c：□作田
159同　b：稚作椎(內)
160同　a：去作知(內)　b：誰作護(內)
161同
162同　c：倒作狂(內)
163同　柳
164同(*兩)　又(柳)
165同(*兩)　又(柳)　c：無橋字(內)　z：封作對(內)
166同　(柳)　a：又作復　時作晴　z：杜子昕(兩)
167同　(柳)　b：贈作送(內)
168同　(柳)　a：青作坡(內)　坡作城(兩)　b：波作池(內)
169同　苔銭
170天文　禁中月
171同　d：*作晝
172同
173同月　d：容作客(內)

174 同　　a：月作竹　b：明作開　c：覔作覚
175 同
176 同　東風　b：牆作緗(兩)
177 同　　b：羃〻作幕〻(內)
178 同
179 同　聽雨戲作　b：妙作玅(內)　c：推作惟　z：陸務觀
180 同　又(聽雨戲作)　b：斎作斉(內)
181 同　　a：脩作倏(兩)
182 同　　d：光作明〈光亻〉(內)
183 同　　a：閑作閉
184 同　又(夜雨)　b：*作失　c：無高字
185 同　　d：聽作聞(內)　z：孝作考(內)
186 同
187 同　　b：敢作肯　d：併作伴(內)
188 同　無三首二字
189 同　又(閔雨)
190 同　又(閔雨)
191 同　　b：方成作成方　c：*作咲　d：雲作雪(內)

192 同
193 ＊
194 天文　雪　b：十作一　清作消　z：僧季潭(内)
195 同　春雪　d：簷作檐　z：僧季潭(兩)同(僧季潭)(内)
196 同　c：尽作得(兩)　z：＊(兩)同(僧季潭)(内)
197 同　雪中即事　c：楚＊作招魂
198 同　江上雪　a：欧作甌(兩)
199 ＊
200 ＊
201 天文　雷　a：笑作咲　c：意作雨(内)　z：乾作韓(兩)
202 器用　a：笑作咲　c：江作紅(兩)
203 同　初聞羌笛　b：涙作泪(内)　d：秋作愁(内)
204 同　野次聞横笛　a：□作馬　b：生水作水生　c：泪作涙(兩)　d：恨作怨
205 同　角下有声字　d：塞作寒(内)　z：放翁作陸務観
206 同　辺上聽胡笳
207 同　b：作鐙(内)
208 鳥獸　鳥作鴬(内)　d：可作應
209 同

210 同　　a：訴作訢(內)
211 同　無注(內)
212 同
213 同　鶯　　c：囀作轉(內)　z：羅作維(內)
214 同　□作梭
215 同　暮秋雨中見黄鸝有作　　a：繞作遶(兩)
216 同　燕　　c：栖作棲(內)　上作止
217 同　又(燕)　　a：*作快　b：侶作侶
218 同
219 同　杜鵑
220 同　又(杜鵑)　　b：右作古　c：何作底
221 同　又(杜鵑)　　a：凉作傷(內)　z：趙紫芝
222 同　又(杜鵑)　　a：□作正　b：□□作片委　d：無上来字　z：同(趙紫芝)
223 同　又(杜鵑)　　a：浮萍作萍浮
224 同　又(杜鵑)
225 同　又(杜鵑)　　c：谷作客(內)　z：和作知(兩)
226 同　又(杜鵑)　　b：期作斯(內)
227 同　又(杜鵑)　　b：□作感　c：□作橋　z：正作聖

228 同　燕山聽鵑（聽内作聞）　a：三夜作夜三（内）
229 同
230 同　a：□作超（兩）起（内）
231 同　聞雁
232 同　鴈　b：□□作小柴　c：□□作長路
233 同　鴛鴦　a：翠翅紅頭作紅頸翠羽（兩）翠翅江頭（内）
234 同　又（鴛鴦）　z：組作徂（内）
235 同　鷺　b：閑作到（内）　d：莫作枉（兩）　z：崱作則（兩）
236 同　鸛（兩）鶴（内）　z：李九齡
237 同　又（兩鸛内鶴）
238 同　鷗
239 同　c：下作上（内）
240 *
241 鳥獸　□作狼　a：業作葉（内）　技作伎（内）
242 同　c：笑作咲
243 同　a：壓作厭　d：心驚作驚心（内）
244 同　c：飛作蜚（内）
245 同（*内）又（蝶使）　b：蜚作飛（兩）

246 同　蝉　a：枯作古(内)　c：下作上
247 同(＊内)又(聽蝉)　z：同(楊廷秀)(兩)
248 同
249 同　又(螢)　a：螢作密　b：茆作茅(兩)
250 同　覩蛛絲　a：螢作密(兩)　c：不作分(内)
251 同　b：帷作惟(内)　c：物作場藉作籍(兩)
252 同　b：全作金(内)
253 同　c：児女作女児　d：渴作湯　z：鄭中卿(内)
254 同
255 同　c：固作因(内)　d：鈎作釣(内)
256 同　□紵作鲈
257 同　烏賊魚
258 同　蟹
259 同　a：思作忘　z：放翁作務観
260 同
261 同
262 同　謝人惠茶　d：泪作目(内)
263 同　酒　d：尔作你(内)

關於《新選集》

堀川貴司　撰
陳小遠　譯

一、研究史回顧

15世紀後半葉至18世紀初這約250年間，有一本與《三體詩》（宋・周弼編）齊名，同爲詩學入門的書，這就是《錦繡段》。這本書收録了唐宋元明七言絶句約330首（原本328首，傳抄本331首），按照内容分類，編者是京都建仁寺的禪僧天隱龍澤（1422—1500），於康正二年（1456）編成。16世紀此書有了注本（稱爲「抄物」的口語體注釋），17世紀後陽成天皇時期，有了活字本「慶長敕版」，此後多種坊刻流傳於世，對俳諧詩人松尾芭蕉、小説家井原西鶴、演劇作家近松門左衛門等代表的17、18世紀文學産生了廣泛的影響。

因此，此書的重要性很早就被學者認識到，以抄物爲研究資料的中世、近世日本語研究者，以及以松尾芭蕉爲中心的近世文學研究者把此書作爲研究對象。然而，作爲本書産生之母體的中世禪林文學，亦即所謂五山文學，其研究者卻未曾留意此書。因此，對此書影響之研究不斷深入，而對其本身的編纂、作品來源等問題的研究，卻没什麽進展。

此書編者跋語云：

近有《新編》《新選》二集而出自中唐至元季每篇千餘首。童蒙者往往倦背誦。余暇日采摭爲三百二十八篇，又自書以與二三子令誦之。庶幾知鳥獸草木名云。

首次明確揭示出這段跋語的是堀川貴司《〈錦繡段〉小考》（《愛知縣立大學説林》第46號，1998.3）。這篇論文以及《〈錦繡段〉小考（續）》（同上刊第47號，1999.3）、《〈錦繡段〉小考（三）》（《日本漢學研究》第三號，2001.3）介紹了《新選集》《新編集》的成書、版本以及此二書與《錦繡段》的關係。（這三篇論文又收入《詩的形與神——中世日本漢文學研究》，若草書房2006年版。）

其後，岩山泰三的《〈狂雲詩集〉與楊貴妃相關詩群——表達方式與儒佛觀》（《國文學研究》第111集，1993.10）指出了《新選集》對一休宗純作品的影響，朝倉尚的《禪林中的詩歌總集研究——需求與編纂意圖》（《古典學的現在》IV，文部科學省科學研究費補助金特定領域研究《古典學的再構築》發行，2001.11）則討論了《新選集》的編纂情況，及其與《中華若木詩抄》（收録了五山僧與中國人詩歌的注釋書）的關係。

近年，堀川氏的《建仁寺兩足院藏〈新選分類集諸家詩卷〉録文·據同系統其他版本之補遺——〈新選集〉〈新編集〉研究之一》、《慶應義塾圖書館藏〈續新編分類諸家詩集〉録文·據其他版本之補遺——〈新選集〉〈新編集〉研究之二》、《據增補、改編本之補遺及所收作品對照表——〈新選集〉〈新編集〉研究之三》（刊於《斯道文庫論集》第46輯至第48輯，2011.2—2013.2），網羅並抄録了現在已知的《新選集》、《新編集》各版本。

中國學者中，卞東波也評價了《錦繡段》的文獻價值，並注意到《新選集》、《新編集》，發表了《天隱龍澤〈錦繡段〉文獻問題之考訂》（《域外漢籍研究集刊》第六輯，2010）、《稀見日本漢籍〈新選分類集諸家詩卷〉、〈續新編分類諸家詩集〉中宋人佚詩及其價值》(《國際漢學研究通訊》第五期,2012)。

二、《新選集》的成書與内容

在《新選集》各傳本(詳見下文)裏,國立公文書館内閣文庫藏本中,有作爲幕府使節訪問過中國大陸的建仁寺禪僧九淵龍賝(? —1474)寫於寶德元年(1449)的跋文。據跋文,《新選集》是同爲建仁寺禪僧、長於詩文的江西龍派(1375—1446)於應永初年(1400前後)編纂的。《新編集》是九淵的業師、建仁寺的慕哲龍攀(? —1424)在近20年後,收集《新選集》未收作品而編成的。

二書收録的作品是自唐至明的中國詩人(包括僧人)的七言絶句。《新選集》有約1140首,《新編集》有約1280首,按内容分類編排。《新選集》分爲天文、節序、地理、寺觀、懷古(附題詠)、人品、簡寄(附贈答)、尋訪(附會合)、送别、行旅(附從軍)、遊覽、閨情、哀傷、器用、食服、草木、鳥獸、畫圖、雜賦共19門,《新編集》有天文、節序、地理、草木、禽獸、宫省、居室、懷古(附題詠)、儒學、仙道、釋教、武用(附從軍)、雜職、人事、簡寄(附贈答)、訪尋(附会合)、送别、行旅、遊覽、閨情、哀傷、圖畫、器用、食服、雜賦共25門。二書都不分卷。

除了雜賦,懷古(附題詠)、草木、畫圖三門分别收録了100首以上詩歌,其次是節序門收詩最多。這反映了當時禪僧日常創作漢詩的情況。他們在寺内定期舉辦詩會,事前制定詩題,所有參加者就同一個題目寫作。題目多是中國歷史上的人物事件、四季景物、水墨畫的畫題等等。此外,武士與朝臣也常請他們作題畫詩。總之,兩書收録的作品主要是禪僧們創作的參考與模範。書中所收全是七言絶句,也是因爲當時的詩會、題畫詩所用體裁都是七絶。

所收作品的出處，主要是當時流行於禪林的中國詩歌總集（《唐宋千家聯珠詩格》、《唐宋時賢千家詩選》、《中州集》、《皇元風雅》等）、別集（黄庭堅、陸游、釋宗泐等）、詩話（《苕溪漁隱叢話》等）、類書（《新編古今事文類聚》等）、地理書（《新編方輿勝覽》等）。值得注意的是，當時最流行的總集《三體詩》（《增注唐賢三體詩法》）的作品均未收入。這説明，兩書是以熟悉《三體詩》作品的讀者爲對象而編集的。後來抄撮此二書而成的《錦繡段》，也就自然與《三體詩》並爲初學者的必讀書。

三、現存諸本解題

此處擬兼論與《新選集》關係密切的《新編集》。現存各本均爲鈔本，因爲書寫時的遺漏，或書寫者的私自增補，即使同系統之内，各本作品也會有所出入。此外，此二書的全名是《新選分類集諸家詩卷》、《續新編分類諸家詩集》。

【新選集】

原撰本系統

1. 建仁寺兩足院藏本

室町中期（15世紀後半）抄。一册。共1184首。書寫年代古老，比起其他傳本，訛誤較少。此本來自本書編者所在的建仁寺，所以是體現了《新選集》初始面貌的重要傳本。但是部分地方排列有些混亂。

2. 龍谷大學圖書館藏本

天文九年(1540)抄。一册。共1141首。僅次於1的古老寫本。與13同時寫成。第19紙竄入了同館藏《新編集》的内容。與兩足院藏本有同樣的排列混亂之處,可見兩者的關係較近。

3. 國立公文書館内閣文庫藏本

江户初期(17世紀初)抄。一册。共1137首。林羅山舊藏。同作者同題作品,只保留一首,故收録作品稍少。但又獨自增補了一些作品。

4. 無窮會圖書館天淵文庫藏本

近代(19世紀後半)抄。一册。以内閣文庫藏本爲底本,有朱筆校勘記。

5. 前田育德會尊經閣文庫藏本

大正七年(1918)抄。二册。與11同時寫成。

增補本系統

6. 德川博物館彰考館文庫藏本

江户前期(17世紀後半)抄。二册。共1319首。主要對天文、懷古(附題詠)、草木、鳥獸、圖畫、雜賦六門增補了大量作品。

7. 石川武美記念圖書館成簣堂文庫藏本

室町後期(16世紀後半)抄。一册。共843首。京都南禪寺僧最岳元良(?—1657)舊藏。僅有草木、鳥獸、圖畫、雜賦四門的殘本。增補作品與彰考館文庫藏本大致相同，又增加了來自《新編集》的内容。

【新編集】

原撰本系統

8. 慶應義塾圖書館藏本

文明六年(1474)抄。共1278首。石川丈山、福井崇蘭館舊藏。書寫年代古老，但書寫的準確性稍有欠缺。

9. 國立公文書館内閣文庫藏本

江户時期(17世紀初)抄。一册。共1268首。林羅山舊藏。比8收録的作品略少，但也有獨自增補的内容。

10. 無窮會圖書館天淵文庫藏本

近代(19世紀後半)抄。一册。以内閣文庫藏本爲底本，有朱筆校勘記。

11. 前田育德會尊經閣文庫藏本

大正七年(1918)抄。二册。中有永山近彰識語，記録了抄寫9原由。

改編本系統

12. 龍谷大學圖書館藏本

天文九年(1540)抄。一册。共497首。中有識語云，此本寫於寧波嘉賓堂。和2一樣，用紙都是竹紙，大概是用當地的紙抄寫從日本帶來的寫本。作品數不到原書數量的一半。作品按作者分類整理編排，故排列與門類都有了較大變化。

新選集・新編集糅合改編本

13. 名古屋市蓬佐文庫藏本

室町後期(16世紀後半)抄。二册。共2389首。將兩書按韻目重新編排。分上平聲十五、下平聲十五、仄聲，共31門。同一韻内，按照《新選集》中出現的先後順序排列，將《新編集》中相同部門的詩放在《新選集》作品之後。雖有遺漏和重複，但改編時所依據的底本來自兩書的原撰本系統，故而在確定二書成書時所收作品、校訂文字方面，是很重要的傳本。

四、批注作品與諸本之關係

正如住吉朋彦的解題所云，批注抄録的作品幾乎全部來自《新選集》，但也並非只參照了此書。收入《新編集》的兩首作品(193、199)就不見於現存《新選集》各傳本。此外151《玉簪花》只見於增補本系統的彰考館文庫藏本、成簣堂文庫藏本。200《釣雪》不見於任何傳本。

假定有這樣一個《新選集》增補本系統中的寫本，像成簣堂文庫藏本一樣補入了《新編集》的内容，同時又包含了天文等全部門類，因而收録了193、199、200號作品，一本在手，就能得到批注包含的所有作品。但這只是徒具可能性罷了。從現存各傳本的情況來看，批注同時參考了增補本系統《新選集》和原撰本系統《新編集》的可能性更大。

附記：本文乃應劉玉才先生之約，爲本書解題所作的補充。非常感謝劉先生給我這個機會。文中所涉各版本的詳細解題，刊於《斯道文庫論集》第49輯（2014.2）。

圖書在版編目(CIP)數據

合璧影印中日分藏珍本分門纂類唐宋時賢千家詩選. 上下/劉玉才,(日)住吉朋彦編. —北京:北京大學出版社,2014. 3

ISBN 978-7-301-23936-0

Ⅰ. ①合… Ⅱ. ①劉…②住… Ⅲ. ①唐詩—詩集②宋詩—詩集 Ⅳ. ①I222. 74

中國版本圖書館 CIP 數據核字(2014)第 022664 號

書　　名:合璧影印中日分藏珍本分門纂類唐宋時賢千家詩選(上下)
著作責任者:劉玉才　[日]住吉朋彦　編
項 目 統 籌:東亞漢籍研究工作坊
責 任 編 輯:武　芳
標 準 書 號:ISBN 978-7-301-23936-0/I·2715
出 版 发 行:北京大學出版社
地　　址:北京市海淀區成府路 205 號　100871
網　　址:http://www. pup. cn　新浪官方微博:@北京大學出版社
電 子 信 箱:dianjiwenhua@126. com
電　　話:郵購部 62752015　發行部 62750672
編輯部 62756694　出版部 62754962
印　刷　者:北京雅昌藝術印刷有限公司
發　行　者:北京大學出版社
經　銷　者:新華書店
720 毫米×1020 毫米　16 開本　46. 5 印張　210 千字
2014 年 3 月第 1 版　2014 年 3 月第 1 次印刷
定　　價:680. 00 圓(上下)
